의사 그리고 25년

연 규 호(延 圭 昊)

내과 전문의사
Garden Grove, California

국학자료원

著　者

著者와 부인 申榮淑(방사선과 의사)

醫師 그리고 25年

〈에세이 모음〉

醫聖 히포크라테스의 가르침을 성실히 실천해 보고자 부단히 노력은 했으나, 돌이켜 보면 너무나도 아쉬웠던 25年이었다.

어쩌다가 유행 따라 미국 이민자의 대열에 끼어 목적도 방향도 없이 피난민처럼, 부평초처럼 살아왔는데, 이젠 알이 부화되어 껍데기를 벗고 새가 되어 창공을 날아가듯이 밝은 내일의 희망을 바라보면서

이번에는 神聖 예수님의 가르침을 성실히 실천해 보고자 한다.

1994年 12月 6日
醫大졸업 25년을 기념하면서

추천의 글

학교에서는 선후배로 교회에서는 목사와 교인으로 병원에서는 의사와 환자로서 만나 깊은 관계를 맺고 있는 저자의 글을 추천하게 됨을 영광으로 생각합니다.

저자는 신앙심이 깊은 부부 의사로서 안팎으로 많은 사람들에게 사랑과 존경을 받으며 하나님을 경외하는 겸손의 사람입니다. 많은 사람에게 의술로써 사랑을 베풀어주는 것뿐 아니라 생활 속에서 친절과 검소함, 대화 속에 구수함이 끊이지 않는 사람입니다.

어떤 사람은 생각한 것을 일기장이나 노트에 남기고, 어떤 사람은 직업인이나 시인, 수필가, 소설가로 생각한 것을 글로 옮겨 책으로 발간해서 여러 사람에게 읽히게 합니다.

여기에 수록된 글은 저자가 혼자만 생각한 것, 노트에 적어 놓았던 것이 때가 되어 이렇게 세상에 공개하게 된 것입니다.

이 글들은 전문인이 쓴 것처럼 잘 다듬어져 있거나, 매끄러운 문체는 아닐지 모르나 솔직·담백하며, 순박함이 있습니다. 특히 저자는 미국에 오래 살고 있는 의사로서 보고 느낀 것과 생각한 것 또한 주위의 이야기를 소박하고 진솔하게 적고 있습니다.

읽으시며 즐거운 시간 가지시며

복된 나날을 누리시기를 바라면서

1996년. 10월
목사 박 대 균

IRVINE, CALIFORNIA
U. S. A

책을 펴내면서

아버지가 돌아가신 후 나에게 엄습해 오던 인생에 대한 후회, 좌절에서 오는 고민을 기회있을 때마다 Essay로 써보면서 나를 스스로 위로했습니다.

醫大 졸업 25년을 기념하면서 여기저기 흩어져 있던 원고지들을 정리하여 몇몇 친구들에게 보여준 것이 우연히도 그들의 격려로 인해 조그만 책으로 펴내게 되니 떨리는 마음뿐입니다.

어떤 목적을 갖고 쓴 글도 아니며 되는대로 써 놓은 글들입니다. 文學的으로도 별가치도 없으며 사회적으로는 흔히 발표되는 성공담도 아니므로 독자들에게는 별로 도움도 못주는 한(恨)풀이의 글이 될까 봐 걱정이 앞섭니다.

어느 글은 겹치는 내용이 많아 하나로 통일하여 정리하고 싶었지만 있는 그대로 편집해 보았습니다.

어느 글은 너무 특정인을 지칭하였기로 혹시 그분에게 누를 끼칠까봐 송구스럽게 생각하며 삭제해 버릴려고도 했으나 있는 그대로 실어 보았으니 양지해 주시기 바랍니다.

나는 본래 미국에 이민으로 와서 오래 살려고 하지는 않았고 어떻게 해서던지 빨리 專門醫자격을 획득하여 한국에 들어가서 의과대학에서 교수로 봉직하고자 하는 희망으로 유학을 왔었습니다.

나는 가정적으로도 장남이며 종손이므로 나의 가문을 이끌어 가야하며 집안의 크고 작은 일에 간여하여야 되는 몸인데 이곳 미국에서 너무나 오래 머물러 있게 되었는데 그것은 38선이 막혀서 그런것이 아니고 내가 나의 할 일을 다못한 결과였습니다. 이런 일로 인해 나는 남몰래 많은 고민도 하였으며 비관도 했었으며 정말이지 미국생활에서 받는 갈등과 고뇌가 많았었습니다. 그러면서 그러한 내용의 수필들을 책으로 펴낸다는 것에는 선뜻 용기가 나지를 않아서 책상 서랍속에 숨겨 둔지도 벌써 2년이 지났습니다.

세월은 무척이나 빨랐습니다.

1994년 12월 6일, 결심했던 일들이 조금씩 조금씩 되어가는 느낌이었습니다. 하나님은 분명히 나를 도와주고 계심을 느꼈습니다.

숨겨진 듯 했던 나의 25년을 재조명하게 되며 결코 무의미하게 숨겨졌던 세월은 아니었고 앞으로 올 또다른 나의 25년을 위한 준비 기간이었다고 느꼈습니다.

無名草에 불과하다고 생각했던 나의 25년도 결코 無名草가 아니고 有名草가 되기 위한 준비 단계였음을 알게 되었습니다.

먼 하늘의 별들도 결코 그곳에만 있는 것이 아니고 때로는 움직여서 나에게로 살며시 내려와 내 어깨에서 잠드는 목동의 기쁨도 느껴봤습니다.

오래오래 사실 것 같았던 나의 祖母님도 작년에 돌아가셨고 나의 아버지, 할아버지 옆에 묻히셨으니 분명히 세월이 흐르고 있는 것임을 절실히 느끼게 되며 고향에 가고 싶은 욕망이 더해졌습니다.

창세기에 등장하는 야곱과 요셉의 人生을 통해서 만나고 헤어지는 아픔과 기쁨을 알게 되었으며 진정한 행복은 물질보다는 마음에 있음을 알게 되었습니다.

나는 마음을 다하여 여호와를 의뢰하고 네 명철을 의지하지 말고 허물을 덜어주는 자는 사랑을 구하는 자임을 알게 되었습니다.

그러기에 나의 1995년은 값지고 의미있는 또다른 生의 출발이었습니다. 부지런히 묵상하고 생각나는 대로 에세이 쓰기를 계속하여 수년내 또다른 수준 높은 책을 내고 싶습니다.

더욱 자유스럽고 스스로 승리했고 성공했다고 하는 자부심의 글들을 쓰고자 합니다.

끝으로 내게 큰 희망을 갖도록 격려해 주신 벗들과 선배님들, 그리고 목사님께 감사드리며 보잘것없는 나의 조그만 책을 예쁜 표지로 장식해 주신 분께도 마음에서 우러나는 사랑과 감사를 드립니다. 아울러 이 책을 결혼25주년의 기념으로 출간하면서 그간 부족한 나와 같이 동고동락해 온 아내 申榮淑 방사선과 의사에게 심심한 감사와 애정을 표합니다.

1996년 11. 11

저자 씀

목 차

제4편 : 히포크라테스와의 대화

제 1 편 서 론

"內科 醫師로써 수많은 죽음을 보아왔지만 이것을 나의 현실로, 실존으로, 받아들이는데, 그토록 오랜세월이 걸렸던 것은 醫師라는 오만과 경제적인 부유와 지나친 명예욕과 성취욕으로 인해 마음이 가난하지도 못했고, 그 결과 하나님과 가까이 하지 못했던 결과였음을 나는 늦게나마 깨닫게 되었으니 이 얼마나 다행스러운 축복이었는지… 늘 하나님께 감사하며 나의 주어진 삶과 나의 직업에서 오는 소명을 고귀하게 내 생명 다할때까지 나의 최선을 다하는 것이 醫師의 길이라고 믿는다."

서론 하나

"머나먼 저곳 스와니 강물 그리워라.
날 사랑하는 부모 형제 이몸을 기다려
정처도 없이 헤매이는 이 내 신세
언제나 나의 옛 고향을 찾아나 가볼까
이세상의 정처 없는 나그네의 길
아 - 그리워라 나 살던곳, 멀고먼 옛 고향"

중학교 시절 음악시간에 배웠던 독일노래, 스와니강… 지도를 펴서 가까스레 찾아보니 동독과 서독 국경에 접해 있는 조그만 강이었다.

안개낀 뉴욕, 뉴저지 High Way에서;
함박눈 내리든 오하이오 지방도로에서;
이글이글 타오르는 태양열 아래
야자수 마저 지쳐버린 南加州 Free way에서;

병원과 집을 오가며 운전대 붙들고
눈시울 붉혀가며, 때로는 소리내어 울면서
불러본 노래; "스와니강" …

아 - 꿈에도 잊지 못할 나의 고향, 충청도 道安;
내가 태어났고 나의 祖父가 묻히셨고
나의 父親마저 묻히신 그곳 …
스와니강, 道安川
멀고먼 옛고향;

　1963년, 의과대학에 입학하고 그간 손때묻은 고등학교 책들을
정리하는 도중, 우연히 아버지의 책장에서 무심코 발견한 것은 만
년필로 또박또박 쓰여진 작고하신 아버지의 "나의 자서전"이었다.
노트로 3-4페이지밖에 안되는 글이었지만 지금도 나는 나의 마음
속에 그 글을 간직하고 있으며 가끔 소가 반추하듯이 음미해 보며
아버지를 회상해 본다.
　1982년, 서울에 있는 나의 집이 어느 날 이른 새벽, 화마에 타버
렸고 그후 아버지께서는 시름시름 앓으시다가 1985년 9월말 홀연
히 돌아가시고 나니, 갑자기 나는 고아가 된 느낌이며 그토록 가
깝던 서울이 아주 멀리 있는 듯 느껴졌다. 옛날 일들이 조금씩 나
의 기억에서 사라져 가고 있음을 느끼게 되었고 조국에 대한 애착
도 식어 가는 것을 느끼게 되어 몹시 안타까웠다. 더욱이 자신들
의 뿌리를 전혀 모르는 나의 사랑하는 두 아들을 볼 때마다 무엇
인가 그들에게 나의 역사, 가족사와 조국을 기록하여 후일에 읽어

보도록 하고자 하는 욕망으로 1986년 8월 23일 첫 붓을 들었다.

 먼 후일 이 기록이 생생한 나의 가보가 될 것을 믿어 의심치 않으며 그들에게는 산 교육과 교훈이 되어, 그들이 어디서 왔으며 어떻게 살아야 할지를 가르쳐 주리라 믿는다.

> "나같은 죄인 살리신 주은혜 놀라와
> 잃었던 생명 찾았고 광명을 얻었네
> 죄악에서 건지신 주은혜 고마와
> 나 처음 믿은 그 시간 귀하고 귀하다.
> 거기서 우리 영원히 주님의 은혜로
> 해처럼 밝게 살면서 주찬양 하리라."
> 人生은 어차피 이렇게 왔다가 가버리는 것일진데,
> 후회하지 말고 서로 위로하며 서로 사랑하며, 그리워하며,
> 그렇게 살다가 자기 고향에서 죽어 묻히는 것이 아니던가.

 아버지의 시신을 선산에 안장하며, 한없이 울면서 불렀던 찬송과 그날 1985년 10월 3일을, 이 글을 쓰는 기점으로 삼고 꾸준히 그리고 성실하게 투박한 글이지만 기록하고자 한다.

(1986. 8. 23)

또 하나의 서론

1969년 2월 21일 눈오는 날 오후 2시

"이제 의업에 종사할 허락을 받으매

나의 생애를 인류 봉사에 바칠 것을 엄숙히 서약하노라

나의 은사에 대하여 존경과 감사를 드리겠노라

나의 양심과 위엄으로써 의술을 베풀겠노라

나의 환자의 건강과 생명을 첫째로 생각하겠노라

나는 환사가 알려준 모든 내정의 비밀을 지키겠노라

나는 의업의 고귀한 전통과 명예를 유지하겠노라

나는 동업자를 형제처럼 여기겠노라

나는 인종, 종교, 국적, 정당, 정파 또는 사회적 지위 여하를 초월하여 오직 환자에 대한 나의 의무를 지키겠노라

나는 인간의 생명을 그 수태된 때로부터 지상의 것으로 존중히 여기겠노라. 비록 위협을 당할지라도 나의 지식을 인도에 어긋나

게 쓰지 않겠노라

이상의 서약을 나의 자유 의사로, 나의 명예를 받들어 하노라."

연세대학교 의과대학 졸업식의 꽃 :

누구도 부러워하는 숭고한 의사들만의 의식 :

히포크라테스의 선언문을 여러 선배, 교수, 부모님들 앞에서

오른손을 번쩍 들고 엄숙히 선서하던 순간은

온 몸에 전기가 통하는 듯한 긴장감과 경직마저 느끼며

소리 높여 외치고 나서부터, 나는 그토록 되고 싶었던

당당한 의사가 되었고 의업에 종사하는 특권과 의무를 부여받게

되었다.

그때 나는 "슈바이처"와 같이 만인으로부터 존경받는 의사가 되

겠다고 거듭거듭 다짐하며 의사로서의 첫 발을 내딛게 되었다. 이

와 같은 마음은, 비단 나뿐만이 아닌 62명의 졸업 동기생 모두가

한결같은 심정이었음을 우리는 서로 알며 또한 그렇게 되고자 결

심했었다. 마치 마라톤 경주에 임하듯 출발선에 일렬로 서서 각자

의 길로 힘차게 뛰어나갔다.

나는 대학(모교)에서 내과를 전공하고 교수가 되고자 대학병원

인턴으로 들어갔으며, 더 많은 유능한 동기생들은 미국에 가서 더

좋은 의학교육과 수련을 받고 세계적인 의사로 봉사하고자 군의관

으로 입대하였고 혹자는 막강한 배경을 갖고 있어서 군대를 거치

지 않고 미국으로 직행해 간 행운의 동기생들도 더러 있었다.

나는 뜻밖에도 진로의 수정이 생겨 인턴 수료 후 군에 입대하여

봉사하다가 제대하여 1973년 미국에 유학하여 내과 전문 과정을

어렵게 수련하고 California 주 Garden Grove시에서 별로 자랑할 만한 것도 없는 극히 평범한 개업 의사로서 지역사회의 한 일원으로 지내 오던 중, 세월이 흘러 의대 졸업 25주년, 재 상봉행사로, 전 세계에 흩어져 있던 동기생들의 모임을 1994년 5월 8일부터 일주일간 서울 모교에서 갖게 되었다.(연세대 개교기념의 한 행사)

25년만에 다시 만난 동기생들은 이제 머리가 완연하게 희어졌고 이마는 벗겨진 원숙한 의사들로서 혹자는 모교 및 기타 한국에 있는 의대에서 교수로 봉직하며, 혹자는 미국에 있는 의과대학에서 교수로, 그리고 나처럼 개업 의사로서 지역사회에서 봉사하며 바쁘게 살고 있었다.

62명 전원이 모두 결혼하여 좋은 가정을 이루었는데 자랑스러운 것은 이혼한 가정이 하나도 없었고 불행스러운 것은 미시건에서 신경과 전문의로 개업하고 있던 유상진군이 간 질환으로 이미 고인이 된 것과 보스톤에서 소아과를 개업하는 우화자씨가 부군과 사별하여 홀로 되신 것이었다.

바쁜 일을 뒤로 미루고 48쌍의 부부가 서울에 모여 기쁘게 얼굴들을 대하게 되었다. 뉴욕, 버지니아, 캐롤라이나에서 미주리, 텍사스, 일리노이, 미시간, 오하이오, 와싱턴 그리고 내가 사는 캘리포니아에서 부산, 인천, 청주, 춘천 등지에서 각기 잘 생기고 현숙한 부인들을 대동하고 모였는데 한마디로 대단히 성공적인 의사들의 모임이었다. 더욱이 자랑스러운 것은 동기들의 자녀들도 한결같이 명문대학에 입학하여 혹은 이미 졸업하여 대학원에 가서 의사공부, 법률공부를 하는 자녀들의 수가 꽤 돼서 몇 년 후에는 의사로 배출되는 2세들이 부모들보다 더 많을 것 같았다. 더욱이 이미 의사들을 사위로 맞은 동기도 있었다.

　스위스 그랜드호텔에서 황홀하고 화기애애한 전야제를 갖고 다음날 아침 일찍 단체로 제주도로 3박 4일의 관광을 하게 되었다. 관광도 하고 골프, 테니스를 치며 옛날 18-19세때 만났던 의예과 시절로 되돌아가는 즐거움도 맛보게 되었다. 정말 즐겁고 흥분된 여행이었다. 나는 나의 부인과 같이 백사장을 거닐며 옛날(23년전) 신혼여행 시절로 다시 되돌아가는 추억도 가져 보았다.

　호사다마라고 할까,

　행사 이틀째 저녁, 즐거운 여흥 순서도 무사히 끝마치고 각기 잠자리에 들었는데 예기치 않는 사건이 발생하였다. 모교 의대에서 정형외과 교수로 봉직하고 있는 강군순 교수가 평소에 갖고 있던 심장 부정맥 증세로 잠자는 동안에 급사하는 불행한 일이 발생하였다. 강교수는 나와 같이 동대문 밖, 청량리에서 살던 막역한 나의 친구로서 대학 6년을 같이 지냈고 세브란스 병원 인턴 시절, 나와 같이 한 방에서 지냈다. 뿐만 아니라 내가 결혼할 때 그는 그의 딱벌어진 등판에 함을 지고 나의 처가집에 갔었던 사이였었다. 그는 신앙심이 신실하고 생활에 너무나 충실하여 친구들은 그를 예수님과 같은 사나이라고 불렀으며 그는 남을 구제하는데 앞장섰으므로 그러기에 그의 생활은 늘 가난했다고 한다.

　그는 전날 친구들을 위해 사양하지 않고 멋들어지게 "고향무정"을 불렀고 그날 저녁 그는 그의 영원한 고향인 하나님의 품에 안겼다.

　그는 나를 위해 무거운 함을 졌지만 나는 그가 담긴 나무로 만든 임시관을 지고 서울로 돌아와서 장례를 하게 되었으니 이 어찌

25주년에 갖는 생과 사의 교차란 말이든가… 많은 사람들은 머지 않아 그의 죽음을 까맣게 잊어버리겠지만, 그리고 그의 모습은 조 용필의 노래 "친구여"에 묻혀 영원한 계곡속으로 흘러들어 갔으며 나의 25주년 기념은 기쁨과 슬픔으로 범벅이 되어 전후 좌후가 분 명치 않는 혼돈으로 되었고 다시 미국으로 돌아와서 나의 생업에 종사할 때 한여름의 꿈같이 혼공함을 느끼며 멀리 희미하게 보이 는 그를 뒤쫓는 것 같았다. 강군순 형! 평안히 잠드소서.

1994년 7월 12일

아 웬일인가! 이번에는 나의 또다른 친우인 정병찬 군의 죽음을 대하게 되었다. 마취과 전문의사로서 확실한 기독교 신자로서 L.A. 에서 개업하고 있던 그는 대학에서뿐만 아니라 미국에 와서도 뉴 욕 Brooklyn 시커먼 동네에 있는 병원에서 같이 고생하며 수련을 받다가 루이지아나로 이주한 후 L.A.에 와서 다시 만나 서로를 위 로하며 의지하며 지내오는 사이였는데, 작년 협심증으로 인해 심 장 관상 동맥 수술을 받고 비교적 좋은 건강을 유지하며, 25주년 재상봉행사에도 같이 갔다와서 그의 49회 생일을 축하해 준지가 엊그제였는데 그날 아침에 일찍 일어나서 운동을 하다가 갑자기 졸도하며 병원에 입원하였고 깊은 혼수에 빠져서 2-3일간을 지내 다가 그도 역시 친구 강군순 군을 따라 먼 안식의 길로 가고 말았 다.

Rose Hill에 그를 안장하고 내려올 때 나의 발걸음은 무겁게 죽 음을 향해 한걸음 두걸음 가고 있음을 느끼게 되었다. 이 두분의 친구 의사들은 의사의 길을 성실히 소명감을 갖고 봉사해 온 작은 슈바이쳐들이었으며 히포크라테스의 선서대로 비교적 짧은 인생이었지만 하나님과 환자들 앞에서 조금도 부끄러움 없이 살다가 가신 분들이었다.

1994년이 다 가기 전에 나는 조용히 무릎꿇고 나를 재조명해 보며 먼저 가신 세분 동기 친구들로부터 인생과 의사의 가르침을 받고자 한다. 나의 지난 25년 의사 생활은 너무나도 철저하게도 "나를 위한", 그리고 자기 만족과 이익을 추구하던 세월이었는데 앞으로 주어질지도 모르는 25년은 "남을 위한, 타인의 만족을 위한 봉사의 생활을 하고자" 다짐하며 지난날의 즐겁거나 슬펐던 일들을 기억에서 사라지기 전에 글로 적어 보고자 한다. 먼저 가신 세분 친구 동창들의 영전에서 조용히 머리 숙여 명복을 빕니다.(세분:유상진, 강군순, 정병찬)

(1994. 8. 27)

The Oath of Hippocrates

I swear by Apollo, the physician, and Asclepius and Health and All-Heal and all the gods and goddesses that, according to my ability and judgement, I will keep this oath and stipulation:

To reckon him who taught me this art eqully dear to me as my parents, to share my substance with him and relieve his neccessities if required; to regard his offspring as on the same footing with my own brothers, and to teach them this art if they should wish to learn it, without fee or stipulation, and that by precept, lecture and every other mode of instruction, I will impart a knowledge of the art to my own sons and to those of my teachers, and to disciples bound by a stipulation and oath, according to the law of medicine, but to none others.

I will follow that method of treatment which, according to my ability and judgment, I consider for the benefit of my patients, and abstain from whatever is deleterious and mischievous. I will give no deadly medicine to anyone if asked, nor suggest any such counsel; furthermore, I will not give to a woman an instrument to produce abortion.

With purity and with holiness I will pass my life and practice my art. I will not cut a person who is suffering from a stone, but will leave this to be done by practitioners of this work. Into whatever houses I enter I will go into them for the benefit of the sick and will abstain from every voluntary act of mischief and corruption; and further from the seduction of females or males, bond or free.

Whatever, in connection with my professional practice, or not in connection with it, I may see or hear in the lives of men which wought not to be spoken abroad I will not divulge, as reckoning that all such should be kept secret.

While I continue to keep this oath unviolated may it be granted to me to enjoy life and the practice of the art, repected by all men at all times but should I respass and violate this oath, may the reverse by my lot.

제 2 편 나

"많은 사람들이 醫師가 되고자 역경을 극복하며 열심히 노력하여 그것을 성취하는가 하면 반면 이루지 못하게 되면 자기가 못한 것을 그 자식에게서라도 성취해 보려고 한다.

醫師! 과연 의사란 무엇인가?

나또한 그렇게 노력하여 醫師가 되었다.

나의 아버지를 위해서, 그리고 또 다른 나를 위해서…

그리고 하나님께서는 내게 醫師를 부인으로 주셨으니

여기에는 무엇인가 큰 뜻이 있는 것이라고 믿는다.

더욱이 나를 멀리 미국, 남가주의 한 도시에서 살게 하신 것도 무엇인가 숨겨진 그의 뜻이 있으리라고 믿는다."

아버지의 자서전

나를 이야기하기 전에 돌아가신 나의 선친과 그가 남겨 놓으신 조그만 그의 자서전을 소개하는 것이 나를 이해시키는 순서가 될 것 같다.

어렵게 의대에 입학하고 고등학교 책을 정리하다가 우연히 발견한 아버지의 자서전을 호기심과 긴장감에서 읽어 본 것이 기억난다. 아버지의 자서전을 읽어본다는 것은 아마도 별로 흔치 않을 줄 믿는다. 다만 그가 써 놓은 글은 대학노트에 불과 4페이지 정도, 만년필로 쓰다가 만 미완성 작품이었다.

이 글은 아마도 그의 나이 불과 29세 되든 1953년경에 기록한 것으로 6·25전쟁이 막 끝나고 그가 지병인 장티푸스에서 가까스로 회복되고 사랑하던 아들(내동생)이 뇌막염으로 고생하다 죽은 후에 절망 중에서 하나님의 인도로 인근 교회를 찾아 나가서 기독교 신자가 된 후 하나님을 알게 되고 새로운 생의 희망을 맛보시고 감격하여서 쓰신 글로 이해가 된다.

나의 선친은 가난한 시골 농사꾼의 집에서 장남으로 태어나서 어려서부터 너무 가난하게 자라서 영양실조로 몸이 몹시 허약했으며, 설상가상으로 6·25동란 중에 장티푸스에 걸려서 거의 빈사상태로 있다가 구사일생으로 회복하셨고 게다가 그는 일제 말기에 징집을 피하기 위해 고등학교 2학년인 18세때에 결혼하여 19세때 나를 출산하여 가장이 되었고 엎친 데 덮친격으로 나의 할아버지가 작은 부인을 두시고 경제적으로도 무능하게 되니 밑으로 두 남동생과 이복형제 세명까지 책임지며 교육시키고 경제적인 부담까지 지게 되었으니 그는 그의 청춘을 완전히 잃어버린 불행한 분이었다.

그러나 그가 믿던 기독교의 가르침을 따라 그의 쇠약한 육체를 굳게 지켰으며 모범적인 장로님으로 교회봉사에도 열심이셨다.

그의 자서전은 다음과 같이 시작되었다.

"나의 집은 기어 들어가고 기어 나오는 조그만 초가집이었다."

"하루에 두끼 먹는 것은 운이 좋은 날이었고 그나마 식사는 주로 조와 감자로 만든 죽이었으며 산나물을 먹는 것이 고작이었고, 고기국은 먹어 본 기억이 별로 없었다."

"나의 책상은 사과 궤짝으로 만든 것이었는데 그나마도 나의 할아버지(나의 증조부)가 나 없는 사이에 부셔서 땔감으로 사용했으며, 잡기장을 겨우 준비하여 어렵게 필기해 둔 것을 불쏘시개로 태우시곤 했다."

다른 내용은 생략하고자 하는 것은 그런 내용을 지금의 젊은이들, 특히 나의 아들들은 믿으려고도 하지 않을 것임이 틀림없겠고 미국에서는 그런 집을 보려고 해도 볼 수도 없겠고 그 당시 말기에는 누구나 흔히 있었던 일들이었으니까 말이다.

그래도 60여리나 되는 시골에서 기차통학을 하며 청주에서 고등학교를 졸업하신 것을 보면 그의 의지력은 대단했다고 본다. 그후 어렵게 고학하시며 야간 대학을 졸업하셨고 수의사가 되어서 가축을 치료하고, 곁들어 사육도 하며 5명의 동생들까지 훌륭히 대학을 졸업시키고 교회의 장로님으로 여기저기 봉사하다가 지병인 만성 간염으로 59세의 젊은 나이로 타계하셨다.

시골에서 지방도시로, 다시 서울로 이주하시고 자식들을 모두 서울의 명문대학에 보내신 것을 보면 그는 철저한 자기 희생으로 세상을 사셨는데 장남이며 외아들인 나는 그와 같이 생활하지 못하고 특히 그가 병중에 있을 때 같이 옆에 있어 드리지 못한 불효를 생각하면 미국에서 보낸 10여년을 나는 후회도 하며 차라리 내가 의사가 아니었더라면 미국에 오지 않았더라면 하는 생각과 함께 이렇게 괴롭지는 않았을 것이다.

지금도 문득 운전하며 고속도로를 가다가, 교회에서 기도하다가도 그의 아픔을 같이 하지 못했던 나를 발견하며 하염없이 눈물을 흘리고 한다.

그러나 나는 나를 찾는 아버지와 비슷한 연령의 환자를 대할 때마다 나는 나의 선친에게 다하지 못했던 나의 정성을 그들에게 쏟아 본다. 그러면서 오히려 그들로부터 위로를 도로 받기도 한다.

아버지, 아버지, 사랑합니다.

의사가 되기까지

나는 1945년 1월에 태어났으니 머지 않아 50세가 되는 셈이다. 한국에서는 가장 추운 대한 추위에 태어났고 그날이 마침 나의 증조부의 제사날이라고 했다. 나의 생가는 충청북도 도안이라고 하는 시골이며 그해는 일본 제국주의가 몰락하던 최악의 때였으니 먹고사는 것이 여의치 못할 때였다. 내가 지금까지 죽지않고 살아 있는 것도 극히 운이 좋은 편에 속한다고 생각하곤 한다.

나의 생가는 그후 보수공사를 하면서 지금까지 그 자태를 유지하고 있는데 최근에 본 집은 극도로 퇴락하여 곧 무너질 듯하며 집안에 있던 큰 살구나무는 베어져 없어졌고 뜰에 있던 우물은 메워져 없어졌고 뒤편에 있던 밭과 논에는 아파트 단지가 조성되느라고 파헤쳐져서 그 동안의 시대변화를 실감한다.

나의 부모는 나를 낳으시고는 기를 능력이 없어서 할아버지에게 맡기고 청주로 나가셔서 취직하시고 야간대학에 나가시느라, 나는 불가불 할아버지집에서 6세까지 살다가, 후에 아버지가 오셔서 청

주로 데리고 가셨다. 나는 주로 냇가에서 놀기도 했고 근처 국민
학교에 가서 먼지를 뒤집어쓰고 놀기도 했으며, 나는 아버지 어머
니가 없는 줄 알았고 할아버지를 아버지로 알고 자랐다. 이곳 시
골에는 정거장도 있었고 학교도 있었고 경찰서 지서가 있었고 놀
랍게도 전기도 들어왔었다. 그리고 조그만 교회도 있었다.

　뒷산에는 여기저기 무덤들이 있었고 성황당 고개에서 돌을 던
져 보았고 밤에는 소위 "달걀귀신(계란)"도 나왔었다. 할아버지로
부터 천자문도 배웠고 제사도 지냈으며 절하는 법도 배웠었다.

　국민학교는 제법 큰 도시인 아버지가 계신 청주에 가서 6년을
다녔으며 지금도 누군가 고향을 물으면 "나의 고향은 청주입니다"
라고 자랑스럽게 대답한다. 할아버지 곁을 떠나 아버지가 계신 청
주에 와 보니, 낯설은 나의 남자동생이 하나 있었는데 그는 이미
세살이 넘었고 불행하게도 피난 중에 뛰어 놀다가 실수로 책상 모
퉁이에 부딪친 이마의 뼈에 골수염이 생겨서 2년간을 시름시름 앓
다가 급기야는 뇌속까지 퍼지면서 상태가 악화되었다. 수복직후
나의 선친은 그 동생을 자전거에 태워서 매주 정거장 근처에 있는
<신 외과>병원에 가서 치료를 받았는데 그때마다 치료비로 쌀 한
되를 지불해야 되는데 먹을 쌀도 없던 그때, 그것을 지불하기가
수월치 않았던 모양이었다. 가끔 나의 아버지가 혼자서 우시는 모
습을 볼 수 있었는데 후에 내가 알기로는 치료비(쌀)를 못내서 진
료거부를 당하고 집으로 돌아와서 손수 집에 있는 요드징크로 환
부를 씻어준 후 아들에게 미안하고 서글퍼서 우신 것이라고 했다.
내동생은 그 후 몸이 붓고 간질도 하며 병세가 악화되더니 5세의
어린 나이로 이 세상에 와서 고생 고생하다가 하직하고 우암산 중

턱 어딘지 모르는 곳에 친척 노인들에 의해 매장되었는데 세월이 흘러 지금 그곳은 말끔한 아파트 단지로 변해 버렸으니 그의 유골은 트랙터에 밀려서 어디론가 간 것이었다.

내가 잊지 못하는 것은 그 당시의 청주 부자 김원근 선생이었다. 일제시대에 깡통차고 다니며 구걸하던 거지에서 시작하여 충청북도 제일의 부자가 되신 김 옹은 배운 것도 없는 가난뱅이었지만 피눈물 나는 노력으로 당대에 큰 부를 이루었는데, 그는 그 재산을 대성학원, 상업학교, 청주대학, 기술학교들을 세웠으며 일부는 불우한 이웃을 위해 기증하여 고아원을 세우신 보기 드문 훌륭한 분이었는데 그의 집 대문 근처에 달아놓은 어려서 밥얻어 먹던 깡통들을 보는 것이 청주관광의 하나였었다.

나의 국민학교 시절은 피난 후의 혼란기 속에서 구호물자, 우유 등을 얻어먹으며 아침에는 공부하고 오후에는 퇴비증산, 실과작업으로 보냈지만, 저녁 늦게까지 축구시합을 하며 노는데 전력을 다했다. 그후 선친은 서울로 단신 상경하여 하숙하면서 가축병원을 운영하시게 되었고 나도 또한 공부 잘한다는 명목으로 서울로 와서 명문중학에 응시하게 되었다.

1957년 3월 어렵게 우여곡절끝에 대광중학교에 입학하여 청량리에서 신설동까지 매일 걸어서 다녔는데 시골 촌 녀석이 서울에 와서 못 보던 전차, 시내 버스, 높은 건물들을 보는 재미로 첫 일년은 그런대로 빨리 지나갔다. 2학년에 들어서면서 다소 철이 들게 되었고 나의 위치가 좋지 않은 것을 느끼게 되면서 부지런히 공부를 하여 최우등으로 졸업, 학교측의 간곡한 권유로 전액 장학생으로 고등학교에 진학했다.

중학교 2학년까지 방두칸짜리 셋방에서 부모님과 밑으로 여동생 3명 합하여 6명이 살았으니 집이 좁아 책상 놓기도 힘들었고 주인집 마루 귀퉁이에 책상놓고 밤늦게까지 공부했다.

다행히 중학교 3학년 전반기에 작은 집을 장만하여 이사를 나가게 되었지만 그래도 집이 좁아서 나는 대부분의 시간을 학교 도서관, 근처 고대, 경희대 도서관에서 공부를 하고 잠만 집에서 자게 되었고 점심은 적당히 해결하기가 일쑤였다. 그래도 아버지의 근면덕분에 내가 직접 돈벌어 오는 일은 없었고 학교 일로 돈을 못 쓰거나 못낸 일은 없는 행운이였다. 이런 환경이지만 나의 선친은 교회목사님 자제분들의 등록금을 대납해주고 교인들 병원비도 대납해주는 일은 도맡아 하셨다.

4·19, 5·16혁명을 겪으며 정치적인 격동기를 넘기며 꾸준한 노력으로 고등학교를 최우등으로 졸업하게 되었는데 그때 나의 선친은 너무나 기뻐서 눈물을 흘리며 감사기도를 하시던 것이 눈에 선하다.

이렇듯 나의 고등학교 시절은 비교적 가난했지만 점점 부해지는 것이었고, 없는 듯했으나 풍족하게 지냈으며 연약한 듯했으나 굳건히 자랄 수 있었던 것은 나의 선친의 정직하고 굳건한 신앙심에서 열심히 일하신 덕분이었다.

나의 선친은 교회와 자선사업에 결코 인색하지 않으셨기 때문에 상대적으로 나의 집은 빈곤해 보였으나 나에게는 대견한 것으로 받아들여졌다. 나뿐만 아니라 내 동생들도 모두 의대, 법대에 진학하여 의사, 교수가 된 것을 보면 우리는 하나님의 큰 축복을 받은 가정이었다.

4·19와 5·16의 격동기를 보내며 내게도 정치에 대한 호기심이 생겼고 새생활 운동을 통해 농촌 봉사에 대해서 큰 관심을 갖고 덴마크 갱생운동을 재현해 보고자 농과대학 법과대학 그리고 역사학에 대한 매료를 갖고 그 분야의 대학으로 진학하고자 하였었다. 문학반, 향토 역사반에 가입하여 나는 미래를 꿈꾸던 순박한 시골 출신의 고교생이었고 사회에 물들지 않은 고요한 호수였었다. "내 마음은 고요한 호수, 구름이 지나도 그림자지고, 바람이 불어도 흔들리는" 잔잔한 호수였다.

의과대학 진학

1963년 나는 연세대학교 의과대학에 진학했다. 문과계통을 버리고 의과대학으로 진학하게 된 동기는 돌아가신 선친의 간곡한 권유와 그의 못다하신 한을 풀고자 하는데 있었다.

나의 선친은 고등학교를 우수한 성적으로 졸업은 하였으나 가정 사정으로 직장을 갖고 후에 수의과에 입학하여 수의사가 된 반면, 같은 시골에 사시던 친구분은 비교적 집이 부유하여 서울에 있는 세브란스 의전에 진학하여 의사가 된 후 경제적으로나 사회적으로나 아버지보다 성공하셨으나, 나의 선친은 그렇지 못한데서 오는 소원풀이도 있었으며 그 보다 더 큰 동기는 6·25중에 머리에 상처를 받고 병들었던 내 동생을 치료하면서 받은 의사에 대한 마음의 상처를 아들을 의사로 만듦으로 그 한을 풀고자 하신 것이었다. 고등학교 3학년이 되어서부터는 거의 강요하시다시피 의과대학에 가기를 희망하셨는데 그의 집념은 무척이나 진지했고 강하서서 나는 그의 뜻대로 의과대학을 그것도 그의 친구가 사각모자를

쓰고 다녔던 "세브란스"에 굳이 입학하게 된 셈이다. 나 또한 의사
가 되어서 틈틈이 문학도 하고 농촌도 찾아보는 것이 가능하다고
믿었었다.

내가 의과대학에 진학했을 때 나의 선친의 기뻐하심은 물론이거
니와 시골에 계시는 조부께서는 춤을 추고 동네 사람들을 모아놓
고 돼지잡고 잔치를 하셨는데 노인들 말씀이 "이제 우리가 병들어
도 고쳐 줄 의사가 이 시골에서 나왔다"고 하며 같이 손잡고 춤을
추시며 축하해 주셨는데 금년 내고향을 방문해 보니 그 당시 노인
어르신 중에 살아 계셔서 그 일들을 기억하시는 분은 거의 다 돌
아가셨고 비록 내가 한국과 미국의 의사자격을 갖고 있다고는 하
나 그들에게는 조금도 도움이 되지 않았었고 나의 신분이 무용지
물에 불과한 외국인임을 알았을때 나는 내가 살아온 지난 25년에
대한 강한 회의감과 수치심을 느끼게 되었다. 그들에게는 철없는
배반자에 불과한 것임을 소스라치게 느끼게 되었다.

나는 한국 사람일 뿐 결코 美國사람이 될 수도 없었고 되고 싶
지도 않았음을 솔직히 고백하며 할아버지와 아버지 무덤 앞에서
입술을 깨물며 필히 언젠가는 이곳에 돌아와 그들의 후손을 위해
일하다 이곳에서 나도 묻히리라고 나 스스로를 위로하게 되었다.

한편 나는 아름다운 延世 동산에서 무한한 가능성의 학문을 익
히는 것 외에도,

인간이 인간을 사랑하고 하늘을 경외하는(敬天愛人) 참지식도 배
웠으며, 모란이 피던 5月 어느날 人間이 더 人間 되어가는 사랑도
배웠으며 작은사랑과 약속이 영원한 사랑과 약속이 된다는 진리도
배웠으니,

延世는 내마음의 영원한 고향이 되었음을 고백하며 내 평생 그 곳에서 보고 배웠던 것들이 결코 소멸되지는 않는다고 믿는다.

이같은 진리는 한국에서 보다 부모와 고향을 떠나 이곳 미국에 살면서 더욱더 간절하고 실감나게 느끼게 되었다.

나의 영원한 고향 延世여!

나의 영원한 애인 延世여!

만남

내 마음 고요한 호수에 돌을 던지던 사람

노래를 부르던 사람들이 모두 물러가고 나니 고요와 평화가 되찾아오고 별들이 살며시 내려오듯이 지루하고 힘들었던 6년간의 의사 공부를 끝내고 나는 내 일생에서 가장 희망차고 부담 없었던 시절을 갖게 되었는데 그것은 세브란스 병원에서 햇병아리 의사로 응급실에서부터 7층에 있는 숙소까지 밤낮없이 뛰어다니던 인턴 시절이었다. 지긋지긋한 시험도 없었으며 인턴을 끝내고 나면 내과 레지던트 자리도 확보되었으며 모교(母校)이기 때문에 받는 온갖 혜택으로 열심히 공부하고 일만 잘하면 내과 전문의나 의학박사가 되는 것은 보장된 것이었다.

더욱이 많지는 않지만 괜찮은 정도의 월급도 주며 의식주도 해결되었고 가끔 선배나 교수들로부터 좋은 규수가 있으니 선도 보라고 하는 권유도 있었으나 오로지 전문의가 되고자 하는 명예욕에 사로잡혀서 그런 것에는 신경을 쓰지 않았다.

그러나 하나님은 무슨 뜻이 있었는지 3월 어느 날 내게 나의 아내와 만나는 기회를 주셨는데,

그때 그녀는 이화의대 졸업반에 있는 지성과 여성미를 갖춘 훌륭한 의학도였는데 갓 졸업한 나에게서 1개월전에 치렀던 의사 시험문제와 미국 의사시험(E.C.F.M.G)에 대한 정보를 얻기 위하여 만나게 되었다.

나는 갖고 있던 의사시험 문제집과 내가 기억할 수 있었던 문제들을 성심껏 전달해 주게 되었고 그것이 인연이 되어 피차 바쁜 중에서도 여러 차례 만나게 되었고 그녀가 자주 가서 봉사하던 강원도의 무의촌에 가서 도와주게 되었고 그러던 중에 나는 그녀의 돈독한 기독교 신앙과 봉사정신에 감동을 받게 되었으며 그녀에게 점점 사랑을 느끼게 되었지만 감히 결혼을 하리라고는 생각하지 못하였다.

그것은 그녀와 나 사이에는 뱁새와 황새의 만남인 것처럼 가정적으로 큰 차이가 있었기 때문이었으며 나는 의사보다는 음악, 文科, 미술 계통의 평범한 여성과 결혼하기를 바랬었고 그녀는 의사보다는 공과계통의 배우자를 원했었다고 했다.

그녀의 아버지(현재 나의 장인)는 성실하며 야심에 넘치는 50대의 한창 번성하던 서울에서 잘 알려진 사업가였으며 그녀는 9남매 중의 장녀로서 명문고등학교와 의과대학을 다니고 있었으니 아버지가 알아서 신랑감을 이미 점찍어 둔 듯한데 그런 분의 눈에는 나와 같은 햇병아리 의사가 탐탁하게 보이지를 않았을 것이며 그는 내가 결혼할 때까지 나를 면담하기를 꺼리셨기에 한번도 만나뵙지를 못했었다.

해가 기울면서 12月이 되니 내게도 고민이 생기게 되었는데, 그 것은 장인께서는 꼭 그의 사윗감으로 미국에 유학하여 훌륭하게 성공하여 돌아오는 의사를 바란다고 하는 전제조건이라고 하니 그 렇게 하려면 나는 군에(군의관) 입대하여 3년을 보내고 미국에 가 서 유학하여야 되는데 감히 엄두가 나지를 않았다.

다음해 3月이 되면서 나는 기약없이 미국에 가서 전문의사가 되 고자 인턴을 마치고 공군에 입대하여 군의관이 되었고 그녀 또한 별볼일없는 나를 위해 3년간 대학병원에서 방사선과 레지던트를 하며 기다려 주었고 우여곡절 끝에 결혼하고 미국에 오게 되었으 니 내가 갖고 있던 처음의 계획과는 완전히 다른 인생의 출발을 다시 하게 된 것이었다.

나는 결혼하기까지 많은 어려움을 겪었는데 그때마다 나의 아내 의 인내심과 희생의 대가가 컸었다. 우리의 만남에는 결코 경제적 인 것만이 문제가 된 것도 아니었다.

달리 생각하는 가풍, 목표에 대한 추진력, 종교적인 문제등, 수 없이 많은 것이 있었지만 나는 그녀를 사랑하였기에 그녀와 더불 어 새로운 인생항로를 헤처 나가게 되었다.

힘든 항해였다. 때로는 좌초되고 역행도 하였지만 그래도 꾸준 히 항해하여 지금에 이르렀다.

야망에 찼던 장인님도 이젠 연로하셨는데 그의 눈에는 우리의 만남이 어떻게 평가가 됐는지 나는 잘 모르겠으나 벌써 23년간을 동고동락하며 남부여대하며 꾸준히 살아왔으며 아직도 갈 길이 멀 기만하니 섣불리 평가를 받고 싶지는 않다.

가정주부로 어머니로 방사선과 의사로 동료 의사로서 밤낮없이

뛰어다니다 보니 나의 아내도 이젠 몹시 지쳐있는 듯하며 피곤해
하는 것을 자주 보다 보니, 차라리 그때 긴 인생의 경륜과 사업의
수완으로 먼길 앞을 내다보시던 아버지의 뜻대로 했더라면 지금보
다 더 수월하며 행복했을지도 모를텐데 하는 미안함을 느끼게 된
다.

정말로 미안합니다.

제 3 편 의사들

"인류 역사상 질병이 존재하는 한 醫師는 어떤 형태로든지 존재하였다.

인류에 이익을 끼치지 못하고 해로운 독소를 갖고 자기를 위해 치부하다가 죽은 의사도 많았지만,

반대로 자기를 희생하여 남을 위하여 헌신하다가 죽은 의사도 많았다.

잊혀지지 않는 의사들, 그리고 문학 작품 속의 의사들…

나를 가르치신 은사, 의사…

의사로서 아니 내 생명 다하는 날까지 잊혀지지 않을

그분들을 적어 보고자 한다"

醫師들

의사가 되는 것은 한국이나 미국이나 힘들고 피나는 노력을 들여야하는 것은 마찬가지이다. 한국에서는 의예과 2년, 의학과 4년, 도합 6년의 대학과정을 마치면 의사가 되는데 비해, 미국은 일반 대학 4년, 의과대학 4년, 도합 8년(예외도 있긴 하지만)의 긴 세월이 필요하며 졸업후 인턴 레지던트를 마치려면 3-5년이 더 걸리므로 11-13년의 긴 세월이 소요되는 셈이다. 공부도 힘들지만 재정적인 뒷받침도 만만치 않아서 돈 없으면 의사가 되고 싶어도 엄두가 나지 않는 셈이다.

청량리에서 신촌까지 하루도 빼지 않고 6년을 개근하면서 길고 지루한 의과대학을 다녔는데 수없이 치른 시험지만도 상당량의 분량이었다. 80명이 입학하여 6년후 같이 졸업한 동기는 50명 정도가 채 못되었으며 중도에 탈락한 친구들은 끈기가 없던지 경제적으로 부족해서 그렇게 된 것 같았으나, 검소하게 매일매일 꾀부리지 않고 공부하던 동기들은 모두 졸업하여 의사가 되었다. 의사가 되고 싶어서 입학한 사람들은 대부분 의사가 되는데 성공했으나 마지못해 의과대학에 입학한 사람들은 첫 1-2년 사이에 중도 탈락한 것 같았다. 한국과 미국 의사 면허증을 동시에 갖게 되었는데 이것은 내가 잘나서 그런 것이 아니고 한국의학교육이 미국의학교육과 비슷하고 그 당시는 미국으로 유학가는 것이 최고의 길 인줄 알고 공부하다보니 자연적으로 취득하게 되는 것이었기 때문이었다. 1969년 나는 드디어 의사가 되었고 나의 선친은 그가 못 다한 의사의 길을 아들을 통해서 이루신 것이었고 나는 히포크라테스의 후예로 내 갈 길을 힘차게 밟은 것이었다.

히포크라테스(Hippocrates)

醫聖 히포크라테스는 근대의학의 아버지라고 불리우며 B.C. 460 년경에 그리스의 섬 Kos에서 태어나서 B.C.377년경에 사망한 현대 의학의 기초를 이룬 의사인데 히포크라테스선서는 아직도 동서양 어디에서나 엄숙히 지켜지고 있는데 그는 내과 외과 전분야에 걸쳐서 그의 이론을 펼쳐 놓은 의사이다. 그는 음식, 공기, 기후, 습관을 중요시하였고, "For when there is the love of man, there is also love of the art." 라고 하는 그의 의사로서의 목표를 뚜렷이 표현하는 것이었다.

Albert Schweitzer(1875-1965)

내 일생에 가장 큰 영향을 준 의사는 아마도 슈바이쳐 박사일
것이다. 그는 독일인으로 철학자요, 음악가요, 선교사요, 신학자이
며, 의사였다.

4·19를 겪으며 나는 새생활 운동에 적극 참여하면서 덴마크 갱
생운동사를 통해서 달가스, 구룬두비를 알게 되었고 슈바이쳐 전
기를 읽으며, 그는 나의 존경과 흠모의 대상이 되었다. Strasburg에
서 8년간 의과대학 및 수련의 과정을 마쳤으니, 지금의 의사들과
비교하면 보통 일반의사의 수준이었지만 당시로서는 잘 훈련된 의
사로서 개업하여 돈을 벌 수 있는 기회를 뿌리치고 남이 가지 않
은 적도 아프리카 가봉에서 문둥병, 말라리아, 기타 토착 전염병을
치료하며 Lambarena에 병원을 짓고 거기서 그의 일생을 마쳤다. 더
욱이 그는 노벨상을 수상하고 그것으로 병원을 증축하고 문둥병을
위한 병동을 지은 것이었다. 그는 그의 아내와 더불어 아프리카

가봉에 묻혀서 오늘도 숨을 쉬고 있는 위대한 의사였다.

얼마전 내가 다니는 교회에 아프리카 Gambia에서 오신 이재환 선교사를 통해서 그곳의 비참한 모습을 소개받으며, 나는 의과대학 시절의 슈바이처박사를 되새겨 보며 그 당시와 지금의 현저한 차이를 느껴 보았다. "그물을 버리고 나를 따르라"라는 예수님의 말씀에 묵묵히 뒤따랐던 자들을 보며, 아프리카에 찾아간 슈바이처 박사를 생각해 볼 때 나는 그렇게 하지 못함을 느낀다. 왜 그럴까? 그것은 "부양해야 될 식구들, 즉 나의 아들들, 어머니, 연로한 할머니 그외 친척들, 떨쳐 버릴 용기가 없으며 매달매달 꼬박꼬박 지불해야 되는 집값, 음식값, 교육비, 자동차, 보험료 등을 생각하면 감히 그물을 떨쳐 버리고 따를 용기가 나질 않는데, 그보다도 신앙심도 적으며 봉사하고자 하는 마음자체가 없기 때문일 것이다.

젠너와 Tay사건

다 아는 얘기지만 영국의 의사 젠너는 종두법을 개발하여 그 첫
시술로 자기의 아들을 선택했던 용기 있는 의사였다. 그 당시 천
연두는 대단히 무서운 전염병으로 수많은 사람들이 죽어갔고, 공
포의 질병이었는데 지금도 면역이라는 개념을 터득하기가 힘든데
그는 소에게 천연두를 전염시키고 거기서 얻은 면역항체를 이용하
는 종두법을 발표하고 시술할 때 많은 사람들은 믿으려 하지 않았
으며 젠너가 자기 아들을 죽일 수도 있으리라고 염려를 했지만 그
는 그의 이론에 신념을 갖고 그 일을 해냈었고 그후 지구상에서
천연두는 완전히 박멸되어 버렸다.

이런 연구를 하면서 그는 개업의 시간을 희생하게 되었고 그로
인해 경제적으로도 큰 타격을 받게 되었었지만 영국 의회는 그에
게 큰 상을 주어 칭찬하고 격려해 주었다. 그는 Berkely에서 태어
나 London에서 의학공부를 하고 그의 고향으로 돌아와 평범한 개

업의사로서 이와 같이 큰 일을 이룩해 놓은 것이었다.

최근 내가 사는 Orange County에서 소의 우등생들로 이루어진 Computer살해 사건이 발생했는데 이들 소년들의 아버지는 내가 다소 아는 한국, 중국의사들로서 개업도 잘하여 비교적 부유한 편인데 어떻게 이런 일이 일어날 수가 있었는지 믿어지지 않는다. 가난한 자기의 조국을 떠나 이곳에 와서 의사되어 큰 집 사고 좋은 차 사고 좋은 학교에 보내는데만 신경을 썼지 젠너처럼 무엇인가 사회에 기여하고자 하는데는 등한히 했던 결과이다. 큰집에서 살고 좋은 자동차를 타고 다니는 의사만이 성공한 의사는 아닐 터인데…

의사 김명선 선생님

의대 재학중 오직 한시간 배운 선생님이 계신데 그의 한시간 강의는 지금도 내 생의 지표가 된다. "大醫治國이요 小醫治病이다"라는 주제는 생리학 강의 첫시간에 김명선 부총장님으로부터 배운 글귀이다.

그는 세브란스의 산 역사이며 산 증인이시었다. 학생들의 이름을 모두 외우시기도 하지만 그의 장단점을 다 기억하시고 계셨다고 하나, 나의 재학 중에는 연로하셔서 직접 안 가르치시고 명예교수로서 가끔 나오셔서 학생들과 교제를 하셨었다.

후에 들은 바로는 교통사고로 다리를 다치시고 그후 세상을 떠나셨는데, 그의 유언중 하나는 자기의 시신을 의대생 해부학 실습으로 써달라시는 간곡한 부탁이었다. 해부학실습에 오르는 시체는 대부분 가족 없는 가난한 사람들이었는데 그는 스스로를 이들과 같이 되어 의학교육을 위해 자기 몸을 아끼시지 않은 것이었다. 우리나라 의학계에도 이처럼 **殺身成仁**하시는 분이 계심을 생각하면 우리 의학교육은 희망이 있는 것이다.

영화와 소설 속의 의사

감명깊은 영화 의사 지바고와 파계를 본 것이 고등학교 때였는데 이들 영화에서 본 두명의 의사들은 나의 지난 25년 동안에 미친 바 영향이 너무나 큰 것임을 고백한다. 영화에서의 의사들은 노벨상을 탔던 의사도 아니요 정치적으로 사회적으로 지명도가 높았던 것도 아닌 평범한 시민으로 사랑을 위해 가난을 극복하기 위해 갈등하던 의사였다.

러시아 혁명을 배경으로 한 소설영화 "의사 지바고"를 감상하며 나는 대단한 감명을 받았고 심지어는 그렇게 행동하고 싶은 충동도 느끼곤 했고 50이 되는 지금도 나는 지바고처럼 때로는 혼자서 멀리 걷고 싶은 심정을 갖는다. 토냐와 라라, 두 여인을 두고 러시아에서 시베리아로 그리고 파리로 찾아 헤매는 가련하며 숙명적인 그의 일생을 보면서 그것이 그렇게도 로맨틱하게 느껴졌고 전차안에서 밖에 지나가는 토냐를 발견하고 그녀를 외쳐 부르며 달려가다 심장마비로 쓰러지는 장면을 보면서 나는 그렇게 되는 것을 꿈꿔보며 환상까지 가졌던 영화였고 지금도 내속에서 나를 만들고 있다.

더욱이 내게 지금도 잊혀지지 않는 영화는 "파계"인데 조금은 장난기가 있는 젊은 의사와 수녀와의 사랑애기였다. 사랑하는 수녀를 청진할 때 뒤쪽 등을 통해서만 하도록 허락한 수녀를 생각하며 나는 지금도 여자환자를 진찰할 때는 그때 그의 진지하던 모습으로 숙연한 마음으로 조심스레 청진하고 있다.

이광수의 작품 "사랑"은 어떠한가! 의사 안빈과 "남정임"과의 애틋한 사랑…결핵 병동에서의 진료장면을 50이 된 지금도 잊혀지지 않은 생생한 교육으로 남아있다. 대학때 배운 식물학, 동물학, 독일어선생님은 지금은 기억도 나지 않지만, 어려서 보았던 몇가지 영화 작품은 나의 전 인생을 통해 좌우해 주는 중요한 선생님이었다.

좋은 의사를 많이 만나는 길이 좋은 의사가 되는 첩경인 것 같다. 마치 좋은 친구가 인생의 큰 도움이 되는 것 같이 좋은 대학에서 훌륭한 교수들로부터 교육을 받은 것을 나는 행운과 행복으로 생각해 본다.

제 4 편 : 히포크라테스와의 대화

part Ⅰ "나의 양심과 위엄으로써 의술을 베풀겠노라"

(1) 내 양심을 지켜준 백지 진단서
(2) 내 양심을 지켜준 Mrs. Jack
(3) 허유와 소부. 백이와 숙제

"개업의사로서 느끼는 진솔한 고백은
환자를 진료함에 있어서 의학적인 지식도 중요하지만
진실, 양심에 관한 문제가 더 중요하다고 느낀다.
개업의사의 양심이 무뎌지게 되면 비례해서 돈버는 방법도
다양해지며 수입도 늘어나며
사는 것도 외양적으로는 윤택해 지는 듯하나,
양심대로 살다보면 수입은 줄어들게 되나,
마음은 한결 더 부유해지며, 기쁜 하루가 되는 것을 느꼈다.
결국 醫師란 직업은 부단하게 자기 양심과의 투쟁의 연속이라고
볼 수 있다."

내 양심을 지켜준 백지 진단서

의사로서 가장 힘든 일 중의 하나가 의사의 양심을 지키는 일인 것 같다. 그러기에 히포크라테스도 "나의 양심과 위엄으로써 의술을 베풀겠노라"라고 선언했는지 모른다.

1980년 3월 가든 그로브에 개업하면서 우연한 기회에 중앙일보에 게재된 "백지진단서"라는 글을 읽고 스크랩해서 때마침 캐나다 뱅쿠버에서 보내준 Mrs. Jack에 관한 지방 신문기사와 같이 액자에 보관하여 사람들의 눈에 띄지 않는 곳에 숨겨 두고 틈틈이 읽어본 것이 벌써 15년이 되었다. 신문지는 몹시 퇴락하여 누렇게 변했지만 내용은 읽을수록 나에게 도움이 되는 글이다.

종종 나는 환자들로부터 정말로 들어 줄 수 없는 종류의 가짜 진단서를 써 달라고 하는 요구를 받게 되는데 그때마다 나는 양심과 현실과의 싸움을 하게 되며 그때마다 이것을 이길 수 있는 순간적인 기지를 필요로 하게 된다. 양심에 의해서 행동한 결과가 때로는 "나쁜 놈" "동족도 모르는 놈"으로 오해받는 경우도 있어서 의사가 된 것이 후회스러운 때도 있었다.

분명히 불구자가 아닌 한국 노인으로부터 불구자라는 진단서를 부탁 받았는데 이를 써주게 되면 그는 이로 인해 분명히 정부로부터 큰 금전적인 혜택을 받으며 그의 생활이 쉬어지게 되는데 나는

도저히 그렇게 써 줄 수가 없어서 점잖게 거절하였더니 그는 실망
과 원망으로 "너는 애비도, 에미도 없느냐"라는 호통을 들어야 하
는 일도 있었다.

　나는 비교적 내 양심을 지키려고 노력했으나, 어느 친구 아버지
의 부탁을 우여곡절로 거절 못하고 엉거주춤하다가 거짓 진단서를
써 준 결과 그는 정부로부터 혜택을 받게 되었고 그후 가끔 만날
적마다 "선생님 덕분에 많은 돈을 타 먹고 있지요"라는 인사를 듣
지만, 그때마다 나는 가짜 진단서를 발급해준 그것을 후회해 보지
만 이미 지나간 일이었고 그 친구가 나를 보는 눈은 마치 "연규호
너도 별놈 아니구나"라고 조소하는 기분이어서 씁쓸함을 느낀다.
특히 이런 종류의 가짜 진단서를 요구하는 분이 다름 아닌 친척이
거나 교회 목사님들이거나 할 경우는 내가 그들에게 나의 양심을
시험받는 것 같아서 더 괴롭게 마련이다.

　그때마다 나는 성경도 생각하고 히포크라테스도 생각해 보며 모
아놓은 이 글을 그들에게 보이면서 내 양심을 지켰다.

　백지 진단서라는 글은 대강 다음과 같다.

　"독일 작가 레마르크의 소설 개선문은 전쟁의 비극을 묘파하는
위대한 문학작품이다. 그러나 그보다 두개의 의사상이 아주 극명
하게 표현된 작품으로 인상을 남긴다. 파리의 개업의 <베베르>와
당대의 명의로 소문난 <앙드레 뒤랑>의 한 의사상이요 게슈타포의
체포위협에 쫓겨 망명해 온 젊은 의사 <라빅>이 다른 의사상이다.
<라빅>이 수술대 앞에서 죽음과 투쟁하는 동안 <베베르>는 자신
의 병원에 튜울립을 심을까 수련화를 심을까를 궁리한다.

　또 70노구의 교활한 의사 <뒤랑>은 도저히 집도할 수 없는 어려

운 수술을 엄청난 액수로 떠맡은 후 언제나 망명의사 <라빅>을 불러 맡긴다. <라빅>은 1만프랑짜리 수술을 하고 댓가로 2백프랑을 받을 뿐이다. 그는 불법입국자라는 약점때문에 교활하고 무능한 의사 <뒤랑>의 파렴치를 알면서도 참고 견딘다. 그에게는 <뒤랑>에 대한 미움보다 꺼져가는 생명을 구하는 의사의 본분을 지키는 일이 더 중요했다. 그 명의의 본분에 대한 확인은 고대 그리스의 <히포크라테스>이래의 전통이다. 의학의 아름다움이나 가치, 혹은 존경과 관련된 것은 <히포크라테스>로부터 비롯했다. 그래서 대학을 나오는 의사들은 <히포크라테스선서>로 의사의 사명과 책임과 명시를 스스로 확인한다.

의사의 사회적 지위가 황금시대에 이른 것은 18세기이다. 의학은 단순한 영리수단이 아니라 숭고한 이상을 지닌 직업으로 법적인 보장을 받았다. 이발사와 겸업이었던 외과가 의사의 정식과목에 추가된 것도 이 때였다. 그러나 과학적 의료의 보편화 속에서 철학적 가치 윤리적 측면은 어느새 도외시되기 시작했다. 사회에서 의사윤리가 자주 논란되는 것은 그런 여파다. 운전사 2만명에게 백지진단서를 떼어주고 의료비를 챙긴 의사들의 이야기도 그 하나다.

진단서(Medical Certificate)는 의사가 사람의 건강상태나 상처의 실정을 진단한 결과를 증명하기 위해 작성하는 문서이다. 장기간 결석이나 휴직도 그 진단서로 결정된다. 의사의 권위와 신용을 사회가 인정하는 것이다. 때문에 의료법에는 진찰하지 않고 진단서를 작성하는 것은 금지되어 있다. 법의 금지가 문제가 아니다. 의사의 권위와 신용, 사회적 사명을 생각해서도 엉터리 진단서를 써

주는 일은 없어져야겠다. 명예를 소중히 아는 사회가 아쉽다.

나는 가짜 진단서가 강요될 때마다 이 글을 보여 주면서 읽어 보신후에 그래도 필요하시면 말씀해 달라고 애원조로 부탁해 보면서 의사의 양심을 지킨다는 것이 얼마나 힘이 든 일인지를 절실히 느끼며 이 글을 쓰신 중앙일보 기자님께 감사하곤 한다.

내 양심을 지켜준 Mrs. Jack

1965년 의대 본과에 진학하면서 나는 캐다다 선교부에서 급여하는 장학금을 1년간 받았고 다음해 1년은 개인적으로 Mrs. Jack이라고 하는 분과 그의 가족들로부터 급여를 받음은 물론이고 그들 가족 특히 Mrs. Jack의 딸 Elsa로부터 자주 편지를 받는 행운도 있었다.

Mrs. Jack은 1882년 생으로 1907년 목사인 남편 Mr. Jack씨와 같이 선교사로 한국에 와서 연희전문학교에서 영어교수로 봉사하다가 1920년 일본사람들에 의해 강제로 출국 당하고 캐나다 뱅쿠버 근교 HATZIC 마을에서 화초농원을 이루고 거기서 나오는 수입으로 선교비도 보내고 장학금도 보내던 중 내게도 그들의 정성어린 혜택이 닿았던 것이다.

1974년 6월 뉴저지에서 인턴을 마치고 잠깐 갖는 방학을 이용하여 캐나다 Hatzic마을을 방문하였는데 나와 나의 아내는 그들의 근

면함과 검소한 생활에 놀랐으며 더욱더 놀란 것은 내가 그들에게
보낸 편지, 사진들이 그대로 보관되어서 그들 식구들의 사진첩에
나란히 꽂혀 있는 것이었다. 80이 훨씬 넘는 여사와 60이 넘는
Elsa는 편지를 통해서 그리고 육성을 통해서 한국과 불쌍한 동족들
에게 봉사하는 양심 있는 의사가 되라고 간곡히 부탁하곤 했다.

먼 후일 남가주에 살면서 Mrs. Jack과 그의 가족들의 편지를 받
으며 한국인뿐만 아니라 버림받는 소수민족, 불법이민자들에게도
의사로서 봉사할 수 있게 도와주신 것을 감사하며, 나를 실족케
하는 가짜 진단서를 양심으로 물리치게 해 주고 있음을 실감하며,
돌아가신 Mrs. Jack에게 오늘도 고개 숙여 감사한다.

-Mrs. Jack Profile-
〈Pioneer Hatzic resident dies〉

Catherine Winfred Jack, 97, a resident of Hatzic for the past 60 years, died January 16, 1979. Born in 1882, the daughter of Rev. and Mrs. T. Bennett, she grew up in Montreal where she graduated from McGIll University in 1901. She was grneral secretary of the YMCA until her marriage in 1907 to Rev. Milton Jack of the Presbyterian Foreign Mission. From 1907 to 1920 the couple lived and taught in Formosa and Korea.

The family returned to Canada in 1920 to the present location, "Ferncliff", in Hatzic. Mre. Jack was active for many years as a school trustee in Mission, as a charter member (1933) of the Fraser Valley Regional Library Board, and on the boards of Mission Memorial Hospital and the United CHAPLE. She also served as a steward and as Sunday school super intendent for Hatzic United Church.

Her husband predeceased her in 1964.

She is survived by four children: Laurence(Abbotsford), W.R. Bill(Hatzic and Toronto), Elsie(Hatzic), and Mrs. Marjorie Clark(West Vancouver). There are seven grandchildren and 10 great grandchildren. A family memorial service was held with interment at Hatzic Cemetery.

허유와 소부, 백이와 숙제

"저 산에 올라가
고사리를 캐네
무왕은 포악한 방법으로 주왕의 포악함에 대신 하였건만
슬프다 그 잘못을 알지 못하네
신농, 요순, 하우의 도가
홀연히 사라졌으니
내 어디로 가서 몸을 의지할 것인가
아 이대로 죽을 수밖에 없구나

고대 중국의 선비들의 얘기는 읽어도 읽어도 재미있고 해학이 넘치는 그러면서도 머리가 숙여지는 사람들이 많았기에 요순 시대가 있었고 의를 위해 고사리를 먹다가 죽은 사람들도 있었다마는 현대 사회에서는 이런 얘기를 듣기는 어렵고 특히 나를 포함해서 의사들 사회에서 이런 선비정신을 가진 사람을 찾아보기 힘든 것은 물질 문명의 탓일까, 아니면 자본주의 경제의 당연성인가. 수양산 고사리 먹다가 죽었다는 의사는 결코 없는 것일까?

개업을 하다보면 허유와 소부의 고사, 즉 소의 귀를 물로 씻고 싶은 때가 자주 있다. 한국 환자들 중에는 자주 의사를 바꾸며 나아가서는 그 의사의 비행을 얘기 해주는 분들이 많은데 그때마다 나는 내 귀를 씻어 버리고자 노력한다. 의사가 되기도 힘들었지만 의사의 길을 가는 일도 쉽지 않은 것은 예나 지금이나 마찬가지라고 본다.

part Ⅱ
나의 환자의 건강과 생명을 제일로
생각하겠노라

"개업의사의 고충은 자기 시간을 갖기도 힘들며
가족과 같이 지내는 시간도 여의치가 않은데 있다.
내 시간을 더 갖고 가족과 갖는 시간이 많아지면
자연 환자와의 시간이 줄어들게 마련이며
그들의 건강과 생명이 소홀해지게 마련이었다"

당신 3개월밖에 못살아!

내 평생에 금식기도는 못해 봤지만 나의 아내가 3일간 나와 환자를 위해서 간곡히 금식하며 기도하는 것을 보며 나도 또한 간절히 옆에서 기도해 본 환자가 있다.

환자이며 지금은 같은 교회에서 믿음의 식구가 된 B씨는 금년이 60이 되는 점잖은 분으로 1981년부터 지금까지 나와 환자-의사로서의 관계를 유지해 오고 있으니 벌써 14-15년이 되는 셈이다.

착실히 사업하여 자녀분들을 명문 Berkeley등에 보내어서 좋은 직업을 갖고 있으며, 부인께서는 지병인 취장염으로 또한 나의 치료를 같이 받으시는 분이시다.

B씨는 젊어서 서울 충무로에서 힘도 쓰시던 뒷골목의 경력도 있는데, 미국에 이민 와서는 완전히 바뀌어서 순하고 검소한 분이 되었다. 가벼운 당뇨병으로 가끔 혈당검사를 하는 것외는 별 큰 병없이 지내오다가 1987년 여름, 기침을 하며 열이 꽤 있어서 진찰해 보니 오른 쪽 폐와 늑막에 물이 많이 고여있는 것이 발견되었고, 입원하여 늑막의 물을 뽑고 특수촬영도 하고 늑막의 일부를 조직검사하여 검사실에 보내어 암, 결핵 염증등을 발견하고자 했으나 결과는 음성으로 나왔다.

다시 한번 같은 검사를 하였으나 마찬가지가 되어 일단, 흔한 결핵성 늑막염으로 잠정 진단하고 결핵치료를 하면서 반복해서 늑막 천자(물을 뽑는것)를 하고 항생제 투입등 여러가지 치료를 하였다.

이 과정에서 나는 B씨와 약속을 하였다. 즉 만일 배양 및 암검사에서 암이 발견되지 않으면 예수 믿고 우리 교회에 같이 나가기로 했는데 결국 후에 교회에 나오게 되었다. B씨는 생각보다 마음이 약해서 걱정이 많았고 암이 몸에 있지 않나 하여 수척해지기 시작하고 거듭되는 약물 치료에 지쳐 있었다. B씨를 위해서 동원된 의사로는 내과의사인 나와 선배되시는 흉곽내과 의사, 그리고 흉곽외과의사, X-ray과 의사등 4-5명으로 정확한 병명은 얻지 못했으나, 후에 한 배양검사에서 TB(결핵)균이 발견되어서 일단 결핵성 늑막염으로 결론짓고 결핵 치료를 계속하여 늑막의 물은 2주 내지, 4주마다 500cc씩 뽑아 내기를 반복하다 보니 양도 조금씩 줄어들게 되었고 환자의 병세도 많이 회복되어 갔다.

행인지 불행인지 나의 office에서 멀지 않은 곳에 K라고 하는 한국인 흉곽외과의사가 타주에서 이사오셔서 개업을 시작했는데 꽤 유명한 분이라고 소문이 나게 되었고 B씨는 한번 그분을 찾아 보고 싶다고 하여 나도 흔쾌히 기쁜 마음으로 허락하고 모든 의료기록등을 가지고 Dr. K에게 의뢰해 보냈다. 진단 겸 치료를 위해 흉곽수술을 하는 것이 좋다고 결론을 짓고 수술을 하게 되었다. 나는 그날 좋은 소식이 나오기를 기다렸으나 그러나 뜻밖의 결과가 돌출하게 되었다.

"당신의 병은 이미 흉곽에서 심장벽까지 퍼져있고 수술을 더 할 수가 없어서 그냥 조직검사만 하고 닫고 나왔으니, 당신 목사 있으면 빨리 불러와서 기도나 하쇼." 3개월밖에 못살 것 같다는 사형

선고를 받고는 그토록 병약한 B씨는 초죽음이 되었고 그 가족들은
온통 울음바다가 되고 말았다. 조직검사가 악성 암으로 나왔다고
하며 "지금까지 당신을 진찰한 의사는 무엇들을 했소? 그들로 인
해 당신 병은 더 나빠졌고 수술시기도 놓쳤소. "지금까지 치료한
엉터리 의사들을 모두 다 고소하소"라는 Dr. K의 말에 나는 B씨와
그 가족들로부터 갑자기 저주받을 의사가 되었고 급기야는 그들의
변호사로부터 고소하겠다는 편지를 받게되는 관계에 이르게 되었
다. Dr. K의 거듭되는 얘기로 한국인 약국에서까지 수군거리게 됐
고, 우연히 이 얘기를 들은 나의 처제가 알려주어서 나는 이일을
비로소 알게 되었다.

어쨌든 B씨는 Dr. K보다는 그래도 나를 찾아와서 계속 치료를
해 달라고 하며 변호사건은 없는 것으로 해달라며 어차피 자신의
생명이 이것이라면 나보고 계속 죽는 날까지 치료를 해달라는 것
이었다.

나는 나를 어떻게 처신해야 될 지 모르나 그래도 한 믿음의 식
구로 그를 항암치료하기로 방향을 바꾸게 되었다.

2일 후 B씨는 근처 다른 병원의 유명하다고 하는 일본인 흉곽의
사에게서 다시 진단 겸 수술을 받게 되었는데 결과는 전과 비슷했
고 역시 암이 흉곽에서 심장까지 퍼져 있으며 조직검사는 멀리 와
싱톤 D.C에 있는 베데스타(Bethesta)병원 병리과로 특별히 보내졌고
그 결과는 probable 악성 mesothelioma였다. 흉막암의 항암제 치료
후 5년간 살 수 있는 가능성은 겨우 10%도 안되는, 치료가 잘 안
되는 악성암의 하나이기 때문에 거의 손도 못 대보고 환자는 비참
하게 죽는 것을 나는 뉴저지에서 인턴을 할 때 근처에 있는 존스

맨빌회사노동자들을 통해 많이 보았었다.

설상가상으로 B씨는 B형 간염보균자여서 항암제 투약도 제대로 하지 못할 정도로 간 기능이 나빠지고 있어서 일찍이 이 치료마저 도 포기해야 되는 상황이 되었다.

B씨는 매일, 매주가 다르게 나빠졌으며 3개월 이내에 사망할 수 도 있게 되었으며 나와 나의 부인(Radiologist)은 다소 초조하게 되 었다. 하루는 나의 아내가 금식기도를 시작하고 간절히 B씨의 건 강회복을 기원하는 것이었고 내게 말하기를 분명히 B씨는 회복될 것이며 결코 암이 아닐 것이라고 확신하는 것이었다.

마침 교회 수요저녁예배에 78세가 되는 신유의 능력이 있다고 하는 여자 권사가 오셔서 집회를 하고 안수기도를 하는 행사가 있 었는데 나의 부인은 간곡히 B를 위해서 한번 병원을 방문해 달라 고 애원을 하며, 다른 3명의 여자 교인과 같이 밤 12시에 B씨의 병실을 찾아가서 간곡히 기도를 올렸다.

이 때 내가 본 sk의 부인은 피눈물나는 기도를 하고 있었고 같 이 오신 다른 세명의 여자 집사님들도 눈물을 펑펑 흘리며 간곡히 B씨의 건강을 위해 기도하였다. 나도 눈을 감고 "주여, B씨를 위 해 할 일이 하나도 없습니다. 오로지 주님의 권능밖에는 바랄것이 없습니다. B씨가 사망하게 되면 저의 앞길은 정말로 절망뿐입니다. 의사로서의 길도 마지막입니다. 주여, 주님의 권능으로 그의 환부 를 깨끗이 치료해 주옵소서."라는 기도를 드렸다.

주님의 권능이 B씨에게 오셨다. 예정된 3개월이 지났으나 그는 살아 있었고 매주 뽑아내던 늑막의 물도 매2주마다 뽑게 되더니 다말라 버리고 더 이상 물도 뽑지 않게 되었고 X-ray사진도 점점 좋아졌으며 식욕도 돌고 하더니 5년이 넘은 지금도 그는 건강하게 교회생활하며 내게 와서 진찰받고 있다. 베데스타병원에서는 매년 내게 편지를 보내어 그의 사망여부와 치료여부를 묻고 있으나 그는 전보다 더 건강하고 더욱 더 신앙심이 깊어졌다.

한때는 자기의 마음에 못을 박은 그 말 "당신 3개월밖에 못산다"는 사망선언에 대해 너무나 억울해 했고, 자기를 사람이하로 취급한 Dr. K를 고소라도 하여 속을 풀겠다고 다짐하더니, Dr. K가 1년전 갑자기 심장관상동맥이 막혀서 심장마비를 앓다가 겨우 수술하여 회복된 것을 알고는 그에게 동정한다고 하며 용서하는 기독정신까지 갖게 되었다.

의사의 말 한마디가 얼마나 중요한가 생각하게 되었고 B씨를 통해서 나 또한 인생의 역경과 하나님의 권능을 배우게 되었다.

사라져 버린 암덩어리

내과 의사로서 이런 수기를 쓴다면 혹자는 의사의 체면을 손상한다고 하겠지만 나는 R여사의 기적같은 치유는 도저히 의학적으로 납득하기 어려운 것이기에 소개한다.

R여사는 42-3세가 되도록 혼자 사시며, 교회에서 전도사일을 하시는 인물이 좋은 미녀인데 같은 교회에서 만난 R씨와 결혼한지 꼭 1년이 된다. R씨는 역시 45세가 되도록 노모를 모시고 혼자 사

시던 중 교회에서 그녀와 자연스러운 만남으로 결혼하여서 신앙생활을 잘하고 계시던 바 금년초에 갑작스러운 변을 당하게 되었다.

어느 성도님 집에서 구역모임을 하고 저녁을 먹고 집에 와서 잠을 잤는데 그날 저녁 내내 배가 아프며 오른 쪽 가슴이 몹시 아파서 겨우 참다가 아침 일찍 내 office에 찾아 오셨을 때는 몹시 지쳐 있었고 입원을 해야 될 정도로 상태가 나빴었다.

나는 단순히 위장염, 복통내지 담석증이 발생했는 줄로 진단하고 가슴이 아프다 하여 의무적으로 가슴촬영을 하고 보니 천만뜻밖에 오른쪽 폐와 늑막사이에 5×7cm 정도의 큰 덩어리가 발견되었고 급기야 C.T 단층 촬영을 해 보니 분명히 Solid Mass로 판명되어 하루 입원하여 조직검사까지 하였다. 한편 3년전에 촬영했다는 가슴 X-ray를 찾아와서 비교해 보니 분명히 거기에서는 덩어리가 없었다. 조직검사가 불충분하여 기관지경검사로 수술을 하여서 조직을 떼어 보기로 하였다.

다음날 R여사는 간곡히 부탁하였다.

"나는 하나님께 간곡히 매달려서 기도하면 깨끗이 치유가 되리라 믿습니다. 그러니 먼저 기도하고 오겠습니다. 그래도 안되면 수술을 하겠습니다."라는 확신을 갖고 부탁을 하기에 그리하라고 허락하면서 "저래서는 안되는데, 더 나빠져서 여기저기 퍼지면 수술의 기회도 놓칠텐데"하는 안타까움으로 한편으로는 반신반의하며 2주를 기다렸으나 R여사는 다시 방문하지 않았고 4주가 넘어서 나는 집으로 전화를 하여 그간 일이 궁금하여 물어보니 "그간 간절히 기도하여 좋아지고 있으며 분명히 치유될 것을 믿는다"고 하며 마지못해 나의 office에 와서 진찰을 받았다.

분명히 R여사는 얼굴이 안정되게 좋아졌고 배도 아프지 않으며 가슴 X-ray를 찍어보니 "아, 이게 무슨 조화인가? 아니면 기적인가? 은혜인가?" 놀랍게도 폐에 있던 5×7cm덩어리는 분명히 없어졌고 폐는 완전히 깨끗해져 있었다. 일주일후에 다시 촬영해봐도 역시 깨끗한 폐였고 그 큰 암덩어리는 없어져 버렸으며 R여사는 정상으로 된 것이다.

현대의학으로는 도저히 설명하기 힘든 기적이 여기에서 생긴 것이다. 나는 R여사에게 폐사진과 C.T. 사진을 주면서 가지고 가서 기도하신 목사님을 뵙고 하나님께 감사하고 오되 너무 요란하게 남에게 얘기하지 말도록 부탁을 했다. 3개월 후 다시 폐사진을 찍어봐도 깨끗한 정상의 폐였다.

의학적으로 X-ray에 있다가 없어지는 병들이 몇가지 있는데 주로 염증이나 alergy성 질환인데 결코 C.T 사진에 solid mass로 나오는 경우는 있을 수가 없으므로 R여사의 경우는 분명히 불가사의한 case임에 틀림없다. 분명히 이것은 R여사의 신앙심에 의한 치유인 것이다.

Maria Ramirez

Maria! 지금은 분명히 천국에 가 있는 Mexico계통의 미국인인데 2-3년전 위암으로 사망한 환자이다.

그녀는 미모에다 귀부인과 같은 인품과 늘 자선 봉사에 앞장서
는 환자로 흔히 우리가 생각하는 멕시코 여자는 아니었다. Santa
Ana시 도서관의 Board of trustee도 역임했고 교육계통에서 활동해
온 지성인이었으며 언행 또한 고상한 여자환자였다.

그녀가 나의 환자가 된 것은 1980년 내가 개업하고 rkt 3-4개월
된 후 산부인과 의사의 소개로 나를 찾아왔던 때부터였다. 그때
그녀는 44세가 된 중년이었으며 혈압이 다소 높고 흉부사진을 찍
었던 기록이 있었다. 그런데 나에게 좀 부끄러운 일이 발생했다.
분명히 소변검사를 한 기억이 없는데 내가 보낸 보험 청구서에는
소변검사가 있었으며 그로 인해 내게 12달러의 부당지출이 보험회
사로부터 생겼다는 가벼운 항의였다. 그때 나의 얼굴은 부끄러움
뿐이었고 비서의 사무착오로 그렇게 되었노라고 심심으로 사과를
하였더니 그녀는 의외로 'That's all right. I understand it."라며 그
후로부터는 허물없는 나의 환자가 되었으며 그 후 그녀는 남편,
시집식구, 친척 등등 많은 수의 Mexico인들을 소개 해 주었고 죽
는 날까지 나의 환자였다.

비교적 가벼운 혈압증세와 비만증이 있었으며 협심증으로 고생
도 했고 담석 수술도 했었다. 그러던 어느 날 멕시코 여행을 하려
고 하는데 배가 부르고 설사를 좀 하는데 살을 빼기 위한 Diet Pill
을 처방받고자 찾아왔는데, 사양하는 것을 억지로 검진을 해보니
뜻밖에도 위암이 발견되었고 서둘러서 수술을 했으나 이미 여기저
기에 암은 퍼져있는 중증의 상태였다. 결국 수술은 복부를 열고
닫는 정도였고 항암제를 투약하여 미미한 효과를 기대하는 정도였
다.

이 과정에서 나는 그녀의 의연함과 깊은 신앙심에 감동을 했다. 병원에서 그녀를 위해 간단히 기도를 드렸다. 내가 믿는 하나님과 그녀가 믿는 천주교의 하나님은 같은 존재라면서 오히려 인생 53년은 긴 세월이었고 후회되는 일은 없으며 힘겨웠던 이 세상에서 영원한 안식을 취할 수 있으리라고 하며 나를 오히려 위로하는 것이었다.

Maria!

그녀는 내가 보기엔 너무나 힘든 삶을 보냈다. 어찌된 일인지 그녀의 가정은 문제투성이었고 모든 것이 그녀가 서둘러서 해결해야 되는 것뿐이었다. 그녀의 남편은 좋은 일자리를 갖고 있는데 다소 바람기가 있으며 어찌된 일인지 그가 입양한 18세된 딸과 관계를 갖고 있다는 의심이 있어서 Maria는 몹시 흥분했고 얼마간은 별거하기도 했었다. 큰아들은 직장을 다니며 4세 연상의 여자와 결혼하여 아들과 딸까지 있는데도 이유없이 마리화나를 피우며 그는 가끔 마약을 복용하다가 입원도 하는 문제의 가정이었다.

어떻게 이토록 신앙이 좋은데 자녀들과 남편은 마약을 하는지 그녀는 죽는 날까지 이 문제로 고심하였다.

항암제 투여후 건강상태가 회복되는 듯 하여 모처럼 남편과 같이 Las Vegas를 여행하고 돌아와서 일주일 후 갑자기 상태가 악화되더니 혼수상태에 빠져 타계하고 말았다.

그녀가 나의 환자로 같이 안지 12년, 마리아는 끝내 54세의 젊은 나이로 타계하여 평소에 그렇게 그리던 천주님께 안기신 것임을 나는 믿는다. 마리아 고이 가소서. 뒤에 남는 고민은 남은 자들에게 맡기고 평안히 눈감으소서.

크리스마스 선물

12월이 되면서 남가주도 다소 쌀쌀하기 시작하여 낮의 길이도 짧다 보니 때로는 을씨년스러운 느낌마저 나는데 오늘 따라 비가 내린다.

10여년을 꾸준히 찾아 주시는 C여사가 40세의 여인 Mrs. K를 데리고 와서 내 여고 동창의 딸인데 미국에 와서 고생많이 하고 사는 것이 어려우니, 자기보험을 이용하여 진찰 좀 해 달라는 것이었다. 우연히 쇼핑센터 주차장에서 만났는데 얼굴에 핏기가 없고 기운이 없어 보여서 자꾸 물어보니 최근 몇 주 동안 가끔 항문에서 출혈이 된다고 해서 무조건 끌고 왔다는 것이었다. 사유를 들어보니, 남편과 이혼하고 미국에 와서 고등학교와 중학교에 다니는 두아들을 부양하느라, 병원에 올 여유도 없다는 것이었다. 남의 보험을 이용하는 것은 안되지만 그냥 진찰은 해 보겠다고 진찰을 해 보니 그녀는 몹시 지쳐 있었고 빈혈이 심한 것 같았다. 직장경을 넣고 보니 꽤 깊은 위치에서 5×5cm정도의 큰 덩어리가 발견됐고 그 속에서 조금씩 피가 나오고 있었다. 틀림없는 직장암이었고 조직은 일단 떼어서 검사실로 보냈다. 입원도 해서 피주사도 맞고 수술도 해야 되겠는데 의료보험이 없으니 낭패였다. Torance에 있는 Harbor병원에 전화하여 사정을 했더니 Charity case로 받아 주겠다고 하여 C여사 편에 그곳에 거의 반 강제로 입원시켰다. 결

국 그녀는 직장암으로 진단이 나왔고 성공적으로 수술하여 2주후
에 퇴원하여 그 근처에서 개업하는 Dr. Lee에게 암 치료를 의뢰했
고 그 또한 기꺼이 치료를 해 주었다.

　바쁘다 보니 Mrs. Kim은 기억에서 사라져 버린 줄 알았는데, 크
리스마스가 지나고 신년도 지난 2월경에 Mrs. Kim이 완전히 회복
되어서 나의 사무실을 찾아왔다. 감사하다고 거듭 인사를 하고는
좀 늦었지만 크리스마스와 신년도 선물로 나와 사무실 직원들에게
까지 넥타이, 스타킹 등의 선물을 주는 것이었다. 그리고 환하게
웃는 그 얼굴에는 감사의 눈물로 얼룩져 있었다.

　미국에서 의사생활하며 환자로부터, 특히 미국사람들로부터 선
물을 받는다는 것은 거의 기대도 하지 않는다. 선물보다는 퇴원
후에 조그만 이유로 고소나 당하지 않으면 다행인 셈인데, 이렇게
건강을 되찾고 다시 찾아와서 감사의 표시를 해 줄 때 느끼는 의
사로서의 기쁨은 의사된 자만 아는 기쁨이며 이 맛을 느끼고자 의
사를 하는 것이다.

　돌이켜 보면 한국에서 잠시 인턴을 하는 동안에 나는 한일도 없
이, 오히려 환자에게 해를 끼치고서도 선물을 받아 보았다. 환자가
퇴원하면 의례히 담당교수, 레지던트, 인턴, 간호원등에게 선물들
을 주고 가는데 미국에서 오래 살다보니 그것이 문제가 있음을 알
게 된다. 더욱이 수술을 잘해달라고 주는 촌지가 수술비보다 많으
며 결국 주는 사람도 문제이지만 그런 돈을 받는 의사들에게도 문
제가 크다. 의사는 돈을 받음으로 부담을 느끼고 그것이 수술이나
의료행위에 더 악영향을 끼치고 있는 것 같다.

난소암에 얽힌 얘기

내과 의사들이 비교적 등한시하기 쉬운 질병은 아무래도 부인과 계통의 질병으로서 특히 난소암은 정말이지 항상 신경써서 특별히 주의 깊게 관심을 가져야 하는 무서운 질병이다.

남가주의 1월은 비가 오고 다소 한기가 도는 일년중에서 비교적 반갑지 않은 계절인데 어느 날 정말로 가난한 50대 아주머니가 나의 사무실에 교회권사님의 소개로 찾아오셨다. 알고 보니 내가 냉면을 맛있게 먹던 구면의 식당 주인아주머니이신데 최근 사업이 안되어 거의 식당을 전폐하고 몹시 경제적으로 고생하시고 있었다.

서울에서는 청량리 전농동에서 사시다 이민왔으며 전에는 성 바오로 병원에 입원도 했다고 하니 내가 살던 집 근처에 사시던 분이셨다.

아주머니의 냉면솜씨가 좋아서 유달리 맛있게 먹었던 기억도 나지만 특별히 바로세로나 올림픽에서 마라톤 경주하던 날이었다. 그날 점심을 아주머니가 경영하는 그 냉면집에서 몇몇 동창 친지와 같이 하기로 하였는데 나는 예정보다 조금 일찍 도착하게 되었다. 차를 타고 오는 도중에 라디오가 고장이 나서 마라톤 중계방송을 듣지 못하고 그 식당에 들어서면서 아주머니에게 어떻게 되었느냐고 물으니 한국선수가 1등하고 3등을 했다는 것이었다. 3등도 대견한데 1등과 3등이라니 믿어지지 않지만 나와 아주머니는 기뻐서 오랜 식구처럼 크게 웃었고 나는 냉면을 두 그릇 시켜 먹었고 아주머니는 공짜로 사리하나를 더 주었던 기억이 난다.

남가주의 경기가 나빠지더니 이곳 식당에도 손님이 적어지며 급기야는 겨우 입에 풀칠하는 지경에 다다른 모양이었는데 엎친데 덮친격으로 이 아주머니가 배가 아프며 토하기를 한1주일 하다가 참다 못하여 나를 찾아 온 것이었다. 몸이 수척했고 완전히 아픈 얼굴이었다.

링겔주사를 놓아서 다소 회복시키고 다음날 위장 사진을 찍어보니 위벽이 두껍고 암이 생긴 것이어서 위장내과에 사정하여서 위내시경을 하였더니 암은 아니라고 하여 일단 안심을 했다. 내 진료실에서 하기에는 환자가 너무 수척하여 병원에 입원시키고자 자선 보조사례로 병원에 보냈더니 그 알량한 식당을 경영한다고 하여 현금을 요구하니 불가불 강제퇴원을 당하고 검사도 못받고 말았다. 다시 인근대학병원에 한밤중에 급한 환자로 보내어 입원시키고자 했는데 역시 식당 주인임이 판명되어 현금을 지불해야 된다고 하여 퇴원하고 결국 나의 office에 와서 링겔과 단백질 주사를 맞고 다소 회복이 되었다.

이 좋은 미국에서 이 아주머니를 무료로 받아 주는 병원이 없으니 나의 고민도 점점 커지는 것이었다. 아주머니는 날로 다르게 수척해지며 말라가는 것이어서 내가 attending으로 있는 병원에 가서 다시 사정사정하여 드디어 charity case로 입원이 되었고 본격적으로 검사를 하게 되었다. 복부 및 골반부분을 C.T. 단층촬영을 하여 보니 이미 복수가 차 있었고 엉뚱하게도 난소암이 발견되었고 위내시경으로 위암까지 발견되었으니 정녕 이 아주머니는 큰 병에 걸린 것이었다.

난소암의 수술은 비교적 힘든 것으로 가능하면 복부의 조직과 난소, 자궁을 떼내고 나서 항암치료를 하면 시간은 많이 걸리지만 성공률도 꽤 좋은 것이었으나, 내 주위에는 의사는 많았지만 선뜻 이 환자를 맡아서 수술도 하고 항암치료를 하겠다고 나서는 산부인과 의사나 암 전문의사는 없었다. 다행히도 UCI대학병원에서 흔쾌히 허락하여 거의 빈사상태가 된 아주머니를 이송하였지만 그곳에서도 치료 불가능하다는 결론으로 손도 못쓰고 되돌려 보내고 마니 부득이 나만을 찾아와서 주사 맞고, 교회가서 기도로 간구하게 되었다. 다소 불편한 것은 왜 이토록 말기가 되도록 발견을 못했느냐고 다소 원망섞인 질문을 하니 나 자신도 후회스러웠다. 아예 처음부터 눈 딱감고 보험이 없으니 다른 큰 병원에 가라고 할 것을 괜히 인정에 매여서 돈 한푼도 못 받고 고생만하고 성과도 없는 것이 원통하였다.

이렇게 고생하다가 아주머니는 4주후에 세상을 떠났고 그가 경영하던 식당도 조그만 집도 빚을 갚느라 모두 없어지게 되었고 그의 가족들은 어디론가 이사를 가고 말았다.

난소암 환자는 비교적 자주 발견되며, 아주 초기에 발견되지 않는 한 그 병의 과정이 비교적 빠르며 예후도 아주 나쁜 암이다.

내가 아는 K여사 역시 어느 날부터인지 소변보기가 다소 힘들고 아랫배가 불편하여 흔한 방광염으로 알고 약국에 가서 항생제를 얻어 복용하다가 뜻밖에 난소암으로 발견되고 항암치료와 수술을 거쳐 지금은 많이 좋아져서 비교적 건강하게 지내고 계신데 참으로 드문 경우이다.

그렇게 보면 내과 의사는 모든 과목을 다 잘 알아야 된다. 하다 못해 안과, 치과까지도 말이다. 어느 날 갑자기 눈이 불편하여 찾아온 환자가 2주일후에 다시 찾아왔을때 검사해 보니 안구 뒤에 있는 안면 악공에 생긴 암이 시신경을 눌러서 그리된 것으로 판명이 났으니 내과 의사는 그만큼 공부도 많이 해야 되며 매사에 신중하게 여러가지 가능성을 두루 찾아보아야만 된다.

신장암과 경찰조서

P씨는 나의 고객이며 마음씨 좋은 아저씨로 미국에 와서 Smith Tool이라고 하는 석유굴착기계 만드는 회사에 다니시며 예수 잘 믿고 좋은 가정을 이끌어 가는 분이었는데, 남가주의 군수산업이 쇠퇴하면서 이 큰 회사도 다른 주로 이사를 가게 되었고 P씨는 뜻밖에도 실직을 하게 되었다.

그래도 그는 굴하지 않고 구두수선을 직업으로 택하고 그런대로 가정을 유지해 오던 중 인근에 경쟁으로 생긴 2-3개의 Shose repair shop으로 인해 가계가 쇠하게 되었다.

어느 날 P씨와 부인이 급히 나를 보자고 하여 자초지종을 들어보니 1개월전에 한국에 방문 가서 종합진찰을 받았는데 오른쪽의 신장에 혹이 있다고 하는데 어떻게 해야 되는가라고 물어왔다.

급히 내 진료실의 X-ray와 초음파 사진등을 동원하여 검사해 보니 오른쪽 신장에 5×7cm크기의 종양이 있으며 분명히 신장암이었다.

급히 병원에 사정하여 입원하여 비뇨기과 의사를 불러서 수술을 하니 정말 운이 좋아서 신장에만 암이 있을 뿐 주위의 림파선에는 퍼지지는 않았다고 하여 우리는 모두 기뻐했고 1개월, 3개월후, 다시 비뇨기과와 내과에서 검사를 받기로 하고 그는 웃으며 퇴원했다. 1개월, 3개월, 6개월후에도 그의 신장암은 재발하는 것 같지 않았고 혈액검사도 정상으로 경과가 무척 좋았었다.

그동안 그가 경영하던 shoe repair shop은 값싸게 팔렸고 그는 welfare구호금으로 부인이 세탁소에서 일해 오는 돈으로 겨우겨우 살아가게 되었지만 일단은 소강상태의 생활을 하고 있었다. 1년이 조금 지나서 그는 구토를 하고 배가 아프고 하여 검사를 해보니 혈액속의 calcium농도가 높았고 분명 신장암이 재발한 것이었다. 재수술을 해보니 오른쪽 신장을 뗀 주변의 임파선이 주먹만하게 커졌고 그 나쁜암이 다시 재발한 것이었다.

비뇨기과 의사는 더이상 자기는 못하겠노라고 하여, interleuken,이라고 하는 항암치료를 해야 되는데 인근에 있는 St. Joseph병원에서 그전부터 이와 같은 환자를 찾고 있었다.

마침 담당의사가 중국인이어서 응급실을 통해서 보내면 선처하겠다고 했다. 여기에서 문제가 있었는데 그것은 의료보험이 있어야 되는데 나는 P씨가 의료보험이 없는 것을 의식적으로 이야기를 하지 않고 그냥 보내면 받아 주겠지 하는 바람으로 환자의 상태가 다소 좋아진 후 그 병원으로 이송했다. X-ray file과 검사물등과 같

이 보냈는데 응급실의사는 그가 보험이 없으니 도로 보내겠다고
하였고 나는 우리병원에서는 interleuken치료를 못하니 중국의사를
꼭 불러달라고 하여 결국 입원이 되었고 항암치료를 1개월 받았으
나 경과가 나쁜 상태로 퇴원하였으며 그후 상태가 좋지 않기를 거
듭하다가 내 환자로 나의 병원에서 세상을 떠나게 되었다. 그의
몸은 가죽만 남아 눈뜨고 못 볼 정도의 상태로 세상을 떠났고 그
에게 남겨진 치료비만도 7-8만달러에 달하였으며 medical에 겨우
사정하여 갚게 되었다.

그로부터 3-4개월후에 나는 카운티 경찰조사반으로부터 오라는
호출을 받았는데 이유는 P씨를 치료하는 과정에서 비인간적인 물
의가 있어서 "항의조사"가 요구되어 불가불 조사를 하게 되었으니
환자의 X-ray, chart등을 가지고 오라는 것이었다. 환자보호자에게
떨리는 마음으로 문의해보니 "우리는 연선생님의 은혜를 고마워하
지 결코 불평한 적이 없다"는 것이어서 우선 환자-보호자의 관계
는 아닌줄을 알고 경찰조사반으로 가서 검사를 받았는데 뜻밖에도
St. Joseph병원에서 보고를 한 것이었다. "보험이 없어서 보낸 것이
아니며, 그 병원에서만 interleuken치료를 하며, 중국인 의사가 받아
들이기로 한 것과 P씨가 나의 10여년의 환자였음을 주지시키고 나
서 혐의를 벗고 나오게 되었다.

그후 P씨 부인은 나에게 감사하였고 그후 teenager인 아들들이
비뚤어져 가며 반항적인 소년들로 되어 가고 있음을 얘기해 주었
다. P씨는 그렇게 하여 세상을 떠났고 가정의 문제는 더욱 복잡해
지며 P씨부인은 눈물로 세월을 보내야 되니 이놈의 암이 제발 해
결만 된다면 얼마나 좋을까? 하는 의사같지 않은 한숨을 쉰다.

우울증 환자들

미국에 와 있는 한국인들중에 우울증 및 알콜중독으로 고생하는 사람이 의외로 많으며 더욱이 놀라운 것은 좋은 고등학교, 대학교를 졸업하고 경제적으로나 사회적으로 꽤 성공하신 분들에게 많은 것을 나는 개업을 통해서 더욱 실감하고 있다

그런 사람들을 가만히 관찰해 보면 보통사람들 보다는 똑똑하므로 계획했던 일도 많고 무엇인가 시작한 일은 많은데 미국 주류 사회에 속하지 못하다 보니 성취가 되지를 않는데서 오는 불만과 남에게 져서는 안되며 그렇게 될 때 느끼는 패배감을 극복하지 못하는 데 있는 듯하다. 이와 같은 현상은 의사들 세계에서 더 많은 것 같아서 지극히 일부의 일을 소개하고자 한다.

의사 O씨는 소위 한국 최고의 명문고등학교와 의과대학을 졸업하고 동부에 있는 대학병원에서 마취과를 전공하고 명성있는 병원에서 Staff로 일하면서 수입도 꽤 많았고 가정도 화목하여 남이 보기에는 부러운 것이 없어 보이는데 어찌된 셈인지 그는 친구들과 어울리지도 않고 혼자 있는 시간이 많아지고 알콜을 조금씩 마시기 시작하더니 어느새 그는 중독자가 되었는데 그 원인은 몇 차례 응시한 마취과 전문의 시험에 실패한 것인데 K.S 마크로서 이런 시험에 실패한다는 것은 그에게 있어서는 도저히 참을 수 없는 일이었기 때문이었다. 그의 증세는 점점 나빠지기 시작하더니 급기

야는 정신병원에 입원하게 되었다.

일이 잘못되느라고 정신병원에 입원한지 하루만에 그는 병원으로부터 행방불명이 되었으며 3년이 지난 지금도 그의 소식은 살았는지 죽었는지도 모르는 채 앞길이 캄캄하다. 경찰과 사설 탐정을 동원하여 그토록 찾았으나 그의 소재는 오리무중이며 그의 가족들은 졸지에 가장을 잃고 수입도 없어졌으니 가산은 기울게 마련이었다. 지금도 행여나 하여 그의 소식을 갈망하고 있으나 생사가 확인되지 않아서 생명보험혜택도 보류되어 있는 상태이다.

의사 H씨도 의사 O씨 못지 않게 똑똑한 의사로서 그는 전문의 과정을 두개나 마치고 시험도 깨끗이 합격한 유능한 의사인데 알콜을 매일 다량 마셔야 하는 중증의 환자이다. 그의 배경을 보면 어려서 부모님으로부터의 심리적인 상처가 그를 alcoholic으로 만들어 놓은 셈인데 술끊기가 그토록 힘들다고 하나 그의 배경은 역시 심각한 우울증에서였다.

의사 K씨는 한때 세상의 얘기거리가 된 산부인과 의사이다. 어려서 그는 다소 불행한 사춘기를 가졌는데, 의사가 된후 괜찮은 집안의 규수와 결혼하였으나 평소에 부인으로부터 받은 stress와 집안에서 오는 열등감으로 우울해지다가 부인으로부터의 해방감을 얻기 위해 그녀보다 월등히 대하기 쉽고 포근한 느낌을 가질 수 있는 같은 처지의 여자들과 접촉하다보니 부인과의 사이가 나빠지게 되고 분한 마음 끝에 독한 마음을 먹은 부인으로부터 불의의 뜨거운 기름세례를 받게 되는 치욕스러운 과거를 갖게 되었다. 결국 그는 한국으로 들어가서 그의 갈 길을 찾았고, 부인은 감옥소에서 2-3년의 형기를 마치고 나왔는데 그들에게 남은 것은 공허였고 한

탄뿐이었다.

내가 아는 마취과 의사들이 가끔 호소하는 것은 한 달에 두세번은 살고 싶지 않을 만큼 심각한 스트레스를 수술환자들로부터 받는다고 한다. 수술 후에 쉽게 깨어나야 될 환자가 깰 시간이 되었는데도 깨어나지 않으면 앞이 캄캄해지며 어찌 할 바를 모르게 된다고 한다. 그래서인지 마취가 의사들은 특히 머리가 많이 희어있는 듯하며 여행을 자주 다니며 비교적 은퇴를 위해 부지런히 부동산 투자에 열심인 것 같았다. 결국 스트레스와 우울증으로 고생하는 의사들의 수효는 매년 더 늘어나는 셈이다.

항상 최선을 또는 최고가 되려고 애쓰다 그 일을 이루지 못하고 우울증에 빠지는 우리네 인생들, 의사들에게 차선이라도 만족을 해보는 생활을 권하고 싶다.

미국에서 본 말라리아 환자

한국에서는 모기에 물려서 발병하는 학질 열병(Malaria)에 대해서 어려서부터 자주 들어왔고 나도 어려서 한차례 앓았던 기억이 난다.

현재 미국에서는 Malaria는 보기도 힘들고 내가 사는 로스엔젤레스에서는 거의 상상하기 힘든데 얼마전 그런 환자를 치료한 기억이 나서 소개한다.

7월 무더운 어느 날, 20대의 불법으로 체류하는 멕시코 여자가 찾아왔는데 고열로 일주일 가량 고생하고 있었으며 몹시 피곤하여 견디다 못해 불법자의 신분으로, 그래도 동양인인 나를 찾아와서 치료를 부탁한다며 내가 아는 멕시코 환자가 데리고 왔다. 에스텔라라는 21세의 미혼의 여성인데 나이에 비해 꽤 늙어 보이며 4개월전에 멕시코 국경도시 티화나를 거쳐서 L.A.에 와서 이것저것 일을 하다가 병이 난 것이었다.

진찰을 하고 피검사, 소변검사, X선검사들을 하였으나 병명이 잡히지를 않아서 항생제를 주고 3일후에 다시 찾아왔을때 그녀는 무척이나 수척해 보이며 빈혈도 심해졌고 심장에서 잡음까지 (murmur)들리기에 근처 병원에 입원시켰는데, 문제는 신분도 그렇고, 보험도 없으니 더욱 난감하였다. 우선 200불을 병원에 예치하고 개인부담으로 후불하기로 하고 입원을 시켜서 검사와 항생제를 투약하였으나 2-3일이 지나도 계속 고열로 더 악화돼 가는 것이었다. 빨리 나아서 퇴원을 하여도 큰돈이 소요되는데 진단도 잡히지 않으니 난감하였다. 마침 전염병학을 전공한 중국의사 친구를 만나서 병력을 얘기 했던 바 혹시 "malaria"가 아닌가 하여서 그날 피검사를 다시 해보니 아뿔사 생각지도 않았던 말라리아 유충이 현미경에서 발견되었다. 수혈도 하고 키니네 종류의 약을 투여하여서 며칠 후부터 그녀는 점점 상태가 호전되기 시작하였다. 다음 날 병원 전염병 committee와 오렌지카운티 보건소 검역소에서 검역반이 나와서 환자를 검사하고 갔다. "에스텔라는 영어도 못하는 데다 여기저기 검사원이 나와서 조사해가니 병보다도 밀입국으로 들어온 것이 탄로난 줄로 알고 걱정이 태산이었다. 일주일이 되니 빈혈도 좋아지고 열도 떨어지기 시작하여 완전히 질병에서 소생되었다.

나는 처음에 이 환자를 입원시킬때 가능한 병원으로부터 자선혜택을 받는 것을 약속했기 때문에 그녀의 누적되는 병원비를 어떻게 해야될 지 막막해서 걱정중이었는데 궁금하여 나를 찾아왔던 중국인 의사에게 이 문제를 얘기하였더니 그는 뜻밖에도 환자를 슬며시 도망가게 하고 간호원에게 보고하라는 귀뜸이었다.

나는 일요일 오후에 병원에 들려서 에스텔라를 병원에서 슬며시 나가도록 지시하고 약 1시간정도 후에 간호원실에 들어가서 나의 환자, 에스텔라가 보이지 않으니 어떻게 된 일이냐 물었더니 병원이 발칵 뒤집혔다. 환자가 없어진 것을 병원에서는 오히려 내게 사과를 하면서 미안해하는 것이었다. 조금은 병원에 미안했지만 돈없는 에스텔라로서는 최상의 방법이었다. 미국에서 처음으로 본 malaria환자 결국 그녀는 Mexico에서 왔다가 그리로 다시 돌아간 셈이었다. 이렇게 해도 되는 것인지를 나 스스로에게 물어보면서 하나님께 용서를 빌었다.

한 2년쯤 지난 어느 날 에스텔라가 나의 사무실에 다시 찾아왔고 그녀는 건강했으며 이번에는 어느 직장에 취직하여 건강보험까지 가지고 있는 의젓한 직장인이 되었다. 그리고 내게 얘기하기를 지난번에 베풀어 준 호의에 감사를 못하고 그냥 Mexico에 갔었는데 이번에는 보험도 갖고 왔으니 그때 못받은 돈을 이번에 청구하여 받기를 바란다는 것이었다. 은혜를 갚을 줄 아는 마음 그녀는 축복받은 말라리아 환자였다.

San Joaquine Valley Fever

L.A에서 동북쪽으로 한참 가다보면 Bauersfield와 Fresno를 지나게 되는데 동쪽 편으로는 Tularemia로 유명한 Tulare county가 나오고 그 동쪽을 San Joaquine Valley로 불리우는데 그 곳에서 유래된 "San Joaquine Valley"라는 곰팡이 종류의 병이 있다.

전염병학 시험을 볼 때마다 곧잘 출제되곤 하는 병이지만 실제로는 평생에 한 두번 볼까말까한 병이다. 이와 비슷한 곰팡이 병 cryptococcus로 인한 병은 그래도 몇 차례 본 경험이 있지만 —.

어느 날 나는 고열과 기침을 하는 45세된 한국인 환자를 진찰하고 X-ray를 촬영해 보니 분명히 좌측 상단에 폐염이 꽤 심한 편이었다. 마침 환자는 건강보험이 없는 비교적 가난한 분이어서 입원을 시켜서 치료하는 대신 간호원을 집에 보내어 매일 두번씩 항생제주사를 놓아주기를 10일간을 했는데도 열은 조금도 떨어지지 않고, X-ray촬영에도 별 진전이 없는 희귀한 경로를 가고 있었다. 결국 charity case로 병원에 입원하여 항생제 투여하며 분비물 배양을 다각도로 해 보았고 C.T단층촬영도 하고 혹시나 해서 기관지경 검사를 하였는데 열은 계속 고열이며 배양검사에서도 계속 음성으로 나오게 되니 당황하게 되었고 환자도 불안해 하며 짜증을 내기 시작했다. 결국 open lung biopsy를 하기로 결정하였는데, 뜻밖에도 전날 검사실에서 반가운 전화가 왔다. 기관지 세척에서 보낸 분비물에서 곰팡이 즉 cocccdiodosis균이 나온것 같은데 아직 100% 확실치는 않다는 것이었다.

김 선생님은 한국에서 온지 7-8년이 되는데 한국에서는 교사를 하시다가 이곳에 와서는 정원사를 하고 계시는데 일하는 도중에 결국 곰팡이에 의해서 전염이 된 듯했다.

곰팡이 약을 투약한지 4-5일후부터 4주이상 계속되는 고열이 다소 누그러지기 시작했고 환자도 비교적 상태가 좋아져서 음식도 전처럼 먹기 시작했으니 그 동안 그는 무척 수척해졌었다.

이른바 San Joaquine Valley fever환자인 셈인데 이로 인해 나는 병원 병리검사실로부터 여러차례 전화를 받았으며 많은 인사를 받게 되었다. 왜냐하면 그들도 이런 case를 그리 쉽게 볼 기회가 없었기 때문이며 이런 곰팡이가 어떻게 한국인에게까지 옮겨졌는지 사뭇 신기해했다. 얼마전까지는 AIDS환자가 발견되면 온통 떠들석했는데 요즘은 왠지 하도 흔하다 보니 시큰둥해 하며 오히려 곰팡이균에 의한 병이 더 희귀하게 되었다. 이런 덕분에 책도 더 읽어보게 되며 늘 열병환자에게는 신경이 더 쓰이는 셈이다.

아직도 이 환자는 열이 내려가지 않고 생각했던 것보다 경과가 좋지는 않아서 다소 걱정이 된다.

울적한 토요일 오후 만사 제치고 자동차를 몰고 확트인 평원 San Joaquine Valley를 지나며 Yosemite로 해서 다녀 올까 하는 충동이 난다.

서부전선 이상없다

고등학교 시절에 소설 "서부전선 이상없다"를 읽은 후 다소 이해 못하던 것들이 의사를 하면서 비로서 이해되는 것이 있었다. 큰 병원, 대학병원, 때로는 유명한 의사들도 많은 실수가 있기는 인간이기에 마찬가지이므로 잠깐 부주의로 아까운 생명을 잃게 하는 일도 부지기수였다.

이런 일들이 일부러 되는 것은 아니지만 권위주의나 인간을 경하게 취급하다보니 가끔 생기게 마련인데 미국에서 보다 한국에서 더 심했던 것 같았다.

의과대학에 다니는 동안에 내과 실습에서 본 어느 환자는 분명히 위궤양으로 위장출혈을 하고 있는데 급히 외과에 의뢰하여 수술을 했더라면 며칠 입원으로 끝날 수 있는 것을 괜한 권위의식과 자기 고집으로 수혈하고 얼음 냉각치료 한다하여 3주간이나 끌다가 가족들의 항의에 의해 마지못하여 수술을 하여서 겨우 생명을 건지는 것을 보며 나는 내과 과장이 되면 저렇게 자기 고집으로 그렇게 해도 되는 것으로 알았으나 지금 나의 의사된 양심으로는 가능한 빨리 외과에 보냈어야 되는 것이 지극히 당연한 일이건만, 그 당시 그 과장 밑에 있었던 레지던트나 조교수들 중 누구하나도 감히 겁이 나서 과장에게 건의하는 것을 보지 못했으니 그 환자는 그렇게 하여 며칠 후에 죽게 되었다.

OHIO에서 내과 레지던트를 할 때에 백인 폐기종 환자가 입원하였는데 상태가 나빠져서 오른쪽 가슴 정맥에 플라스틱 바늘을 꽂아야 하는데 이를 위해 그 당시에는 외과 레지던트에게 의뢰하였다. 두명의 외과 레지던트가 시술을 하러 왔다. 옆에서 배우기 위하여 관찰하는 도중 그중 하나가 주사바늘을 찌르는데 아뿔사 실수로 그는 폐를 찔러 버리니 환자가 갑자기 숨이 차하며 그 일로 그는 더 악화되었고 나는 이일로 늦게까지 병원에 남아서 호흡기계를 설치하는 등 (Respirator) 바쁘게 보내다가 결국 그 환자는 사망하고 말았다. 그러나 그날 그 외과 의사가 기록한 진료 기록에는 환자의 병이 갑자기 악화되어서 죽은 것이지 폐를 찔렀다는 기록은 전혀 없었고, 결국 "서부 전선 이상없음"으로 처리되고 만 것이었다.

K여사는 심장판막협착증으로 고생하고 있었는데 근자에 와서는 심부전증이 생기며 심장이 몹시 커지며 숨도 막히며 몸이 점점 붓기 시작하여 도저히 약물 치료만으로는 회생하기가 힘든 것 같아서 U.C.I대학병원으로 보내어서 판막교체수술을 하게 되었다.

설상가상으로 K여사의 남편이 구두수선공으로 일하다가 몇개월 전에 폐암이 발병되어 방사선 치료후 상태가 좋지 않아 경제적으로나 가정적으로나 지극히 힘든 상황에 부인이 수술을 받게 되었으니 집안도 어수선하게 되었다.

판막수술은 그리 힘들지도 않으며 수술로 인한 치사율도 그리 크지 않은데 K여사의 수술은 성공적으로 되었으나 그녀는 수술대에서 깨어나지를 못하고 말았다.

시체 부검을 하고 원인규명을 하느라고 법석을 떨었지만 그녀의

사인(死因)은 죽을만한 이유에서였다고 하는 것이었다. 역시 "서부 전선 이상없음"이었다.

H씨는 체구가 좋으며 인품이 있는 50대의 한가족의 가장이었는데 복부 동맥에 "Aneurysm"이 생겨서 급히 수술을 받아야 된다는 外科의사의 반위협적인 추천에 망서리다가 자의반 타의반 수술을 받게 되었다.

정작 수술을 하는 날, 믿고 믿었던 그 外科의사가 집안에 급한 문제가 있다고 하며 수술을 못하고 다른 동료 외과의사를 대신 보내서 수술에 들어갔는데 결과는 엉뚱하게도 수술하는 도중 사망하고 말았다. 그렇게 되니 그 외과의사는 엉뚱하게도 내과의사가 너무 늦게 진단을 해서 수술의 시기를 놓쳤다고 변명을 했다.

그 결과 환자 보호자들은 내과의사인 나에게 원망의 눈초리를 보여 주는 것이었고 싸늘한 대화가 오게 되었다.

얼마나 나를 원망했겠는지 … 생각만해도 나는 소스라치는데 이런 애기를 3-4개월이 지나서야 알려 준 것이었다.

그 3-4개월 동안 그들 식구들은 깜빡 나를 원망했던 것이었다. 서부전선의 이상은 결국 외과의사의 실수가 아니고 내과 의사에게 있었다는 것이었다.

"권위있는 외과의사의 잘못은 조금도 없는 셈이었다"

W씨는 환갑을 바라보는 나이의 당뇨병 환자로, 어느 날 가벼운 중풍증세가 왔으며 검사결과 목에 있는 동맥혈관에 피와 cholesteral이 응고되어서 동맥이 거의 막혀있는 것이었다. (carotid avrery stenosis)

아스피린과 피응고 방지제를 투약하였는데 내과 진단과 치료에 불만을 갖고 수소문하여 근처에 있는 혈관 외과에 가서 다시 진찰하였고, 결과는 동맥수술을 하여서 응고된 피를 꺼내서 혈관을 원래처럼 깨끗하게 만드는 수술을 하게 되었다.

내게는 수술한다는 연락만 왔지 같이 상의할 기회도 없이 수술을 하였는데, 수술은 1시간여만에 성공적으로 끝났지만 환자는 반신불수가 되어서 부랴부랴 다시 재수술을 해봤지만 결과는 암담하게도 반신불수에 말도 제대로 못하는 지경에 이르렀다. 정말, 암담한 모습이었다.

환자와 보호자들의 충격은 컸으며 엉뚱하게도 내과 의사인 내가 책임을 져야 했고 설상가상으로 병원비는 4-5만불이 지출되었고 외과의사는 수술비용으로 수천불을 받았으나 그후에는 그 환자를 거들떠보지도 않았고, 찾아와 본 일도 없었다.

견디다 못해 환자 보호자들은 외과의사를 소송하겠다고 변호사를 찾아가려고 하는 것을 극진한 간호로 설득하여 일단 무마시켜 놓았다.

역시 병원 환자 기록에는 당연히 생길 문제가 생긴 것이지 외과의사의 과실은 없었다고 기술되었으며 역시 서부전선 이상 없다는 것이었다.

수술 받은지 2년이 지난 지금의 W씨는 당뇨병의 합병증으로 성한 다리마저 절단하였으며 영영 자기발로 서 볼 수 없는 버림받은 인간으로 양로원 한구석에서 동물처럼 손으로 밥먹으며 인간의 모습만 있지, 그 삶은 비참하게도 60세 환갑의 의미도 모른채 그는 오늘도 살고 있는데 과연 이것도 선택된 축복의 삶인지 의사인 나도 답답할 뿐이다.

"일년에 위내시경을 네번씩이나!"

내가 아는 G환자는 위가 불편하여 나에게 진찰을 받았다. 분명히 신경성 위장염이었다.

그의 아버지가 위암으로 돌아가신 후부터 그도 위가 불편하여 혹시 위암이 걱정이 되어 나를 찾아와서 진찰을 받고, 위장 사진을 촬영한 바 깨끗하여 간단한 처방을 주며 괜찮을 거라고 달래어 보내며 4주후에 다시 오도록 부탁했는데 그후 그는 나를 찾아오지 않았다.

6개월이 지난 어느 날 그는 나의 사무실을 다시 찾아왔는데 듣고 보니 그간 그는 다른 내과의사를 찾아가서 진찰을 받고 위내시경검사를 했는데 위암이 발견되어서 2주후에 내시경검사를 다시 하게 됐노라고 하며 몹시 원망하는 눈초리였다.

위암이 발견됐다고 하니 정말 발견됐으면 빨리 수술을 할것이지 왜 또 2주후에 내시경을 해야 되는지 나 스스로도 궁금하였다.

한편으로는 내가 일찍 더 빨리 위암을 발견해줬더라면 얼마나 좋았을까 후회도 했고 6개월전에 찍은 X-ray를 다시 들여다봐도 그는 분명히 정상이었다.

또한편으로는 그간 G환자가 나를 얼마나 원망했고 가족들 또한 얼마나 나를 미워했을까 생각하니 밤잠이 오질 않는 것이었다.

3주후에 G씨가 다시 내게 찾아 왔는데, 그는 그전보다 무척 명랑하였다. 다시 내시경 검사를 했는데 깨끗이 정상이라고 하며 이번에는 그에게 암이라고 말한 다른 내과 의사를 욕하는 것이었다.

암도 아닌데 어떻게 그렇게 얘기 할 수가 있으며 자기는 그 일로 심리적으로 육체적으로도 큰 고통을 받았다고 했다.

이런 일은 우리 직업에서 가끔 있는 일이다. A라는 의사는 암이라고 하고 B라는 의사는 아니다라고 하는 수수께끼 같은 일들이 곧잘 빚어지며 나 또한 이런 일에 휘말리게 되며 현명하게 처리하지 않으면 큰 실수를 범하게 된다.

G씨는 이번엔 내게 부탁하는 것이었다.

자기에게 그 암을 진단한 의사에게 전화해서 정말로 암인지 아닌지를 물어봐 진위를 가려달라는 것이었다.

부득이하여 그 內科의사에게 전화하여 물어보니

"암일지도 모른다고 했지 암이라고는 하지 않았다"는 것이며 그 환자가 다소 암에 대해 공포증을 가진 정신병환자 같다는 것이었다. 수긍이 가는 내용이었다. 일개월 후 그 환자는 또 다시 위 내시경을 하였으니 결국 1년 사이에 4번이 넘는 위 내시경검사를 했으며 그에게 지불해준 보험회사의 금액은 무려 8000$에 해당했으며 정신적, 육체적으로 받은 그의 고통은 돈으로 친다면 수만달러에 해당하리라 믿는다. 그런데 문제는 환자만도 아니고 의사에게도 있는 것이었다. 내시경에 그리 경험도 없는 일반 내과의사가 마치 경험이 많은 위장내과의사 마냥 서슴없이 검사를 하면서 중요한 Biopsy(조직검사)를 하지 않았는데도 어떻게 그렇게 얘기를 할 수 있는지 이해가 가지 않으며 그 의사의 양심을 의심해 보게 된다.

그렇게 해서 벌은 돈으로 구입한 그의 집은 마치 백악관마냥 어마어마하게 커서 그의 부엌만해도 웬만한 사람들의 집만한 크기가 되니, 그가 차라리 內科의사가 아닌 장사하는 사람이기를 바랄뿐이었다.

그렇게 해서 벌은 돈으로 교회에 헌금한 것도 하나님이 기쁘게 받으실는지? 그것이 과연 신앙심이 깊은 것으로 평가해야 되는지 … 오늘도 G환자가 다시 나를 찾아왔다. 말로는 그 의사를 불평하면서도 계속 찾아가서 내시경을 받는 그 또한 문제가 있는 사람이 아니던가 … 그 환자에 그 의사, 차라리 G씨가 나를 찾아주지 말았으면 고맙겠다.

사람병원과 가축병원

나의 선친께서 가축을 치료하시고 가끔 입원도 시키시던 수의사이셨는데 비해 나는 사람을 진찰하고 입원시키는 의사이지만, 이곳 LA에서 개업하면서 느끼는 것은 영어를 못하는 우리네 동족들을 병원에 입원시키고 보면 가끔 가축병원을 상상하게 되며 쓴웃음을 짓게 된다. 가축을 입원시키면 제한된 공간내에서 나가려고 몸이 불편한데도 낑낑거리며 부단히 노력하며, 좀 길들인 동물은 대소변을 참느라고 무척 애를 쓰며 2-3일을 참다가 억지로 배설하는 것도 있었다.

말이 통하지 않은 동물들을 나의 선친은 늘 그들의 요구를 빨리 알아내어서는 해결해 주었었다.

이민 오신 노인들(나의 어머니를 포함해서)의 영어실력은 극히 저조하여 급히 병원에 입원을 시키게 되면, 진찰과 치료뿐만 아니고 입원에서부터 대소변 보는 일과 침대작동법 퇴원후의 비용문제 등에 이르기까지 어느것 하나 손이 안가는 분야가 없다.

더욱이 한국인 환자들과 그 보호자들은 조금도 병원에 돈을 지불하려고 하는 의지가 없다. 어떻게 하든지 의료혜택을 받으려고 하며 돈을 내게 되면 무슨 큰 손해라도 보듯이 야단들이기에 내가 이용하는 병원에서는 아예 한국인을 하나 고용하여서 그로 하여금 이 골치 아픈 일을 중간에서 해결해 주고 있다. 어렵게 입원이 된 노인들에게는 낯설은 최신식 의료기계와 흰둥이 검둥이의 간호원들 의사들, 그리고 검사실 직원들이 들락날락하며 피도 뽑고, 산소도 주고 2층으로 3층으로 밀고 다니고 코에는 산소 마스크가 끼이고 소변을 위해서 고무호스가 삽입되고 옆에 환자가 아우성치고, 심지어는 죽어나가고 하니 정신이 홱 들게 마련이며 통하지 않는 대화를 하게 되며, 변을 참다못해 침대에 싸놓고는 어찌할줄 몰라하며 변소에 가려하나 여기저기 부착되어 있는 의료기계를 다치게 되고 간호원은 급히 와서 손발을 묶어 놓게 되니 이제는 영락없는 개나 소처럼 되고만 셈이다.

이것이 나의 환자, 특히 노인환자들의 실례인데, 어쩌다 음식을 갖다주지 않으면 꼬박 하루를 굶게 되니 허기지고 목은 마르나 물병도 없으니 탈수가 되게 마련이다. 나의 어머니가 이렇게 입원했다면…

H여사는 중환자실에 3-4일 입원하고 있다가 어느 날 발가벗은 채로 주사바늘등을 다 뽑아버리고 복도로 달려나가며 소리를 지르니 백인간호원들 눈에는 영락없이 미친여자로 보일 수밖에… 병원에서 전화가 왔다. 내가 급히 가서 H여사를 타이르니 그 유창한 한국말로 그간의 사정을 불평하는데, 간호원은 자기를 해치는 존재로 검사실 직원은 피를 마구 뽑아가는 흡혈귀로, 흑인의사는 꼭 자기를 죽일것 같은 강도로 보이니, 어떻게 이곳에 있겠으며, 물먹고 싶어서 물달라고 해도 말이 통하지 않으며, 챙피해서 변을 참다보니 사흘째는 배가 아프고 토할것만 같아서 도저히 죽으면 죽었지 병원에 더 못 있겠다는 것이었다.

K씨는 한국에서 정보부에서 근무하던 고위공무원이었는데 영어가 서투르며 게다가 자존심이 세어서 문제가 생기게 되었다. 멕시코 계통의 여자가 갖다수는 음식을 먹으려 하니 도저히 입에서 목으로 넘어가지 않는다는 것이었다. 한국인의 김치나, 국이 먹고 싶은데 그런 음식을 주지는 않으니 못있겠다는 것이었다. 허락없이 집에서 가져오는 음식을 먹다가 간호원에게 지적당하고 나니, 그의 자존심은 극도로 상하였다.

어느 날 그는 가져온 음식을 영양사 앞에서 내동댕이를 치고 호통을 치는 것이었다. 급히 불러서 가보니 이 병원에서 퇴원하고 싶다는 것이었다. 결국 그는 병원문을 나섰으며 그후에 그를 더

볼 기회가 없었다. 병원 복도를 지나오는데 필리핀 간호원이 나를
부른다. 어제 입원한 한국인여자가 허락없이 삽입해둔 소변 장치
(Foley cathetcr)를 잡아 빼는 바람에 입구와 요도를 다친것 같았다
는 것이다. 피가 나오고 있었다.

　한국의 병원에 입원했으면 언어의 장애가 없으니, 이런 문제가
없겠지만 미국의 병원에서는 흔히 보는 현상이다. 그래도 요사이
는 한국의사가 수적으로나 양적으로도 늘어서 많이 해결되고 있지
않은가…

part Ⅲ. 보잘것없는 어느 내과 의사의 고백

"나는 의사가 되기 전까지는 그래도 나를 괜찮은 사람으로 생각했고 매사에 자신감을 갖고 살아왔는데,

의사가 되고, 특히 미국에 와서 유학하면서 나는 나의 존재가 이토록 보잘것없는 것인지를 느끼게 되었다.

그리고 매사에 실패하는 보잘것 없는 내과의사인것을 알게 되었을때는 이미 나의 선친은 세상을 떠나셨고 나의 머리도 희끗희끗한 장년이 되어 버렸고,

다시 붙잡고 싶었으나, 그것은 이미 허사였음을 알게 되었다.
그리고 오도가도 못하는 바쁜 개업의사로
하루하루를 다람쥐 쳇바퀴 돌듯이 같은 일을 반복하다보니
또 한해가 가고 그리고 다른 한해가 가고,
나의 인생도 그렇게 가고 있음을 느끼며
무엇인가 새로운 분출구를 찾고자 부단히 노력하게 되었다."

이정표

　시골에서 흔히 보던 이정표를 미국에서는 고속도로나 일반도로에 있는 표지판으로 보게 되는데, 운전하는데 필수적으로 중요한 이 표지를 잘못보고 가게 되면 전혀 엉뚱한 곳으로 달려가게 된다.

　뉴욕에서 길을 잠깐 잘못 판단하고 운전하다보면 흑인들만 사는 곳으로 들어가게 되어 무척 당황하게 되는데 언제였던가 홀로리다 탐파시에서도 잘못 운전하여 (표지를 잘 못 읽고) 들어간 곳이 흑인동네였는데 이곳을 빠져나오느라고 여간 고생을 하지 않았었다. 아마 괜스레 갖고 스산한 느낌 때문에 더 고생했으리라.

　내가 의과대학을 졸업하였을때의 이정표는 분명히 세브란스 병원내과를 가르치는 방향이었는데 어찌하다보니 태평양을 넘어 미국 뉴욕으로, 오하이오로 해서 캘리포니아 가든그로브에 와 있게 되었으니 이렇게 된 것은 내가 처음 생각했던 것과는 전혀 다른 결과가 된 것이었다.

　나는 미국에 올 마음도 없었고 그럴만한 능력도 없었으며 시골 촌사람이며 한 가정의 장손으로서 한국에 남아서 착실히 공부하며 기회가 되면 미국에도 한번 오겠거니 하고 졸업 후 아무 미련없이 세브란스 병원에서 인턴하고 내과 수련의가 되고자 계획을 했었다. 나는 너무 즐거웠고 매일 매일이 희망의 하루였었는데 어느 날 내게 큰 변화를 준 여성을 만났으니 현재의 나의 부인이었다. 대학 입학후 2-3년 잠시 못 이룰 연애를 해본 후 그후는 연애도 못해보고 졸업한 후 나보다 1년 후배인 여자 의대생을 만나서 내가 갖고 있던 미국의사 시험문제들을 전해주며 몇 차례 만나서 얘기해보니 봉사정신이 강하며 신앙심이 좋고 공부도 잘하며 인물도 좋은 아가씨여서 나는 그녀를 좋아하게 되었다. 그녀와 같이 빈민촌 봉사도 가서 진료도 하고, 특히 여름방학을 이용하여 시골에 같이 가게 되어 무의촌 봉사도 하면서 자연스럽게 그녀를 사랑하게 되었다. 나의 부인은 비교적 집이 부유했고, 나의 장인은 몹시 진취적이어서 좁은 한국에서 보다 미국에 가서 공부하고 그곳에서 성공하여 오는 의사사위를 기대한다고 하여 몇개월의 고민끝에 나는 미국으로 유학을 결심하게 되었다. 그러면서 비교적 심한 반대를 극복하고 끝내 결혼하였다.

그 동안 나는 남자로서의 군대의무 3년을 공군에서 당당히 마치게 되었고 졸업후 4년만에 미국으로 유학을 가게 되었다. 이토록 나의 이정표는 한국에서 미국으로 바뀌게 되었으며, 학교에 남아 교수가 되겠다고 했던 이정표와는 정반대로 개업을 하여 돈 버는 일에 전념을 하게 되었고 시골에 자주 가서 봉사하고자 했던 이정표는 급기야 대도시에서 별의별일 다봐가면서 지내게 되었다. 아버지 곁에서 지내고자 했던 이정표는 아버지곁을 멀리 떠나 가까이 뵙기도 힘든 결과가 되었는데 나는 이것도 주어진 하나님의 계획이며 그의 이정표대로 된 것으로 받아들인다. 결코 후회도 자만도 하지 않는다. 내가 계획했던 이정표와 실제 하나님의 이정표는 다를 수도 있고 이곳 미국에서도 마음만 먹으면 얼마든지 봉사하

며 살수 있는 기회도 있고 반드시 한국의 가난한 농어촌 시골이
아니더라도 대도시의 빈민촌도 있으니까 하면서 생각을 바꾸어 보
았다.

　의사가 되고 보니, 사회적으로 인정받는 자가 되며, 금전적으로
도 부유한 자가 되어 주어야 하는 위치가 되었다. 의사가 돈 없다
고 해도 믿을 사람도 없으며, 의사가 아프다고 해도 그렇게 인정
하려는 사람도 없었다.

"Primum, No Nocere" <먼저 네 건강부터>

　남의 병 애기를 쓰다 보니 스스로 미안함을 느끼는 것은 마치
의사인 나는 병도 없는 완벽한 건강체인가 하는 느낌이 난다.

　"의사도 병에 걸리나요?"라는 어처구니없는 질문을 받으면서 처
음에는 저 사람이 정말로 물어 보는 것인지 아니면 빗대어서 하는
것인지 의아해 한 적이 한 두번이 아니었다.

　의사도 병을 직접 알아 본 일이 있으면 환자들을 이해하고 또한
위로하는데도 큰 도움이 될 뿐만 아니라 그 분야의 지식도 훨씬
더 잘 아는 전문의사가 되는 셈이다. 50년을 사는 동안에 나도 몇
차례 큰 병을 알아 본 일이 있었다. 어려서 못 먹는 소위 굶주림
은 누구나 그 당시 겪었던 일이지만 폐염을 앓다가 죽을 뻔했다고
한다마는, 내 기억에 남은 것으로는 의과대학을 졸업하고 군의관

으로 근무하는 도중 늑막결핵을 심하게 앓은 적이 있었다.

초겨울에 결혼하고 청량리에서 수원에 있는 공군기지까지 출퇴근하며 군의관일을 했었다.

추운 아침 새벽에 일어나서 편도로 2시간 넘게 버스를 타고 다녀야 했는데 마침 그 당시에, 공교롭게도 북한 주석인 김일성이 환갑을 서울에서 하겠다고 엄포를 놓는 바람에 비상근무가 잦아서 더욱 더 피곤하게 만들었다.

그러던 2월 어느 날 몸이 으시시 춥고 기침을 자주하며 입맛이 떨어져서 흉부 X-ray를 찍어보니 오른 쪽 폐와 늑막에 물이 괴어 있었다. 급히 모 대학병원에 입원하여 진찰을 받았더니 간 농양 및 흉막하 농양으로 급히 수술을 해서 농을 제거해야 된다고 하며, 수술을 권유하여 원자력 병원에 가서 간사진을 찍어 가지고 오라고 하여 가는 도중에 일반 X-ray 병원에 가서 흉부촬영을 더 하여서 늑막염임을 증명해가지고 대학병원교수에게 갖다주니 그때서야 오진을 시인하고 수술을 취소했던 아슬아슬했던 기억이 난다.

이때 나의 부인이 X-ray전문의 과정이어서 다행이었지 아니었더라면 꼼짝없이 성한 간 수술을 해서 오히려 크게 악화될 뻔 했었다. 그후 나는 군병원에서 2-3개월을 더 입원하여야 했으며 결핵약도 1년여를 더 복용해야 됐다.

이 일로 인해 나는 그 당시 나의 지상목표인 미국 유학의 꿈도 포기해야 될지 모르는 상황이었지마는 말끔히 회복되었다.

26세의 젊은 나이를 병상에서 보내자니 그토록 암담하여 허무한 것이 없었다. 천신만고 끝에 미국에 와서 수련의 과정을 거의 마치게 된 1979년 2월경 나는 유달리 코피를 자주 홀리며 몸이 피곤하며 매사가 힘이 들었지만 마지막 남은 chief resident의 일을 성실히 마무리하여야 하는 때여서 이를 악물고 일을 하였다.

마침 캘리포니아 UCI대학병원에서 신경내과 수련의의 길이 있어서 자동차로 OHio에서 2-3일 걸려서 찾아와서 면접을 하고 오하이오에 되돌아간 간 그날 아침에 자고 일어나 보니 나의 왼쪽입이 오른쪽으로 돌아가 있었다. 소위 풍(Bell's Palsy)이 생긴 것이며 며칠후에 나는 내 몸에 간염이 있음을 알게 되었다. 돌아간 입도 문제이지만 간염은 더구나 더 난감했다. 더구나 B형 간염이었으니 —. 간기능 검사는 무척 나빴으며 건강도 좋지 않았고 풍도 그리 쉽게 회복되지 않아서 조급하고 불안한 하루하루를 보내게 되었다. 공부하기도 힘들었으며 육체적으로도 극도로 피곤하였고 정신적으로 받는 피곤함과 객지에서의 외로움은 더욱더 심했다.

집에 돌아가서는 밥을 먹고 그냥 쓰러져서 자는 것이 그 당시의 일이었다. 약 2개월이 되면서 입도 서서히 제자리로 돌아왔으나 간기능 검사는 계속 좋지 않게 나와서 나는 활동성 B형 간염으로 진단이 나고 매주마나 피검사하며 잘 먹고 쉬어야 회복이 된다고 하는데 나의 사정은 그렇지 못했다.

B형 간염은 동북아시아에 특히 많은 전염병으로 소수의 경우에서는 간경화증으로 이행하고 수년에서 수십년 사이에 간암의 발병률이 무척 높아서 한국사람에게 간암이 꽤 많은 것이다. 나의 아버지도 이병으로 인한 희생자였으니 내가 갖는 심리적인 불안감은 상당외로 높은 것이었다. 나는 B형 간염환자도 많이 보았고 이로 인해서 죽어간 사람도 더러 있었으며 새로 나온 interferon으로 치

료한 환자가 몇 명된다.

내가 아는 의대 선배 한분이 동부에서 위장 내과를 전공하시며 그는 그가 활동성 B형 간염 환자인 것을 일찍이 알게 되어 그는 언젠가 그에게 갑자기 닥쳐올 지도 모르는 죽음을 준비하며 조용히 그것을 받아들인 것을 나는 알고 있었다.

나의 B형 간염은 추측컨대 환자의 피를 뽑다가 바늘에 찔린 일이 몇차례 있었는데 그로 인해 전염이 되어서 그후 6개월이 지나 1978년경에 발병된 셈이었다고 추측된다.

B형 간염이 내게 미친 영향은 너무나 컸다. 육체적으로 피곤해지는 것 뿐 아니고 정신적으로도 약해지며 성취욕도 잃고 모든것을 포기하게 되었고 이로 인해 전문의 시험준비에도 막대한 지장을 주었었다.

나와같이 개업을 한 의사들은 의욕적으로 건물도 사고 땅도 살때에 나는 자신감을 잃고 부동산 투자를 피했었고 같이 쓰던 현재의 건물에서 새건물로 이사갈때도 나는 비용을 아끼기 위하여 같이 행동을 취하지 않았으며 L.A. 한인타운에 가는 것조차 자동차 운전하는 것이 피곤하여 기피해 왔었다. 적은 수입을 갖고 차라리 육체적으로 편안하게 사는 편이 B형 간염으로 고생하는 편보다 낫다고 생각하고 무리하게 돈 버는 일을 가급적 삼가해 왔다. 나는 이 문제로 때로는 우울해 질 때가 많았으며 조금이라도 몸이 불편하면 혹시라도 간염이 나빠져서 간경화증이나 간암으로 변하여 고생하지나 않을까 하는 노이로제에 걸려서 걱정하다가 신앙에 매달리는 생활을 하게 되었다. "주여 사람이 죽고 사는 것이 오로지 주님의 뜻일진대, 올 때 빈손으로 온 것처럼 갈 때도 빈손으로 가는 것이 인생이 아니옵니까?"

　1987년 초겨울 나는 끔찍한 교통사고로 거의 죽음을 맛보게 된 일이 있었는데 나의 인생이 그때부터 덤으로 사는 것이라고 느끼게 되었다. 감사주일도 지나고 크리스마스를 바라보는 12월초 나는 나의 동서가 새로 개업하는 세탁소에 조그만 냉장고를 하나 선물하고 마침 교회에서 크리스마스연극 준비를 하는 아들을 데리러 가는 길에 고속도로에서 큰 변을 당하게 되었다. 저녁 5시가 넘으면서 다소 으스스한 초겨울의 밤이 성큼 다가오니 고속도로는 삽시간에 캄캄해지며 자동차는 불을 켜고 60-70마일로 운전하고 가는데 내 뒤에 바짝 붙어서 따라오던 대형트럭이 갑자기 내게 달려들면서 내 차의 뒤를 받아 버려 나의 차가 갑자기 가속이 붙으니 운전대를 잡고는 정신을 잃어버리고는 순식간에 고속도로 밑으로 굴러떨어지게 되었는데 그 이후로는 도저히 기억이 나지를 않았다. 얼마간 시간이 지났는지 나는 갑자기 귀에서 왕왕 울리는 소리가 나며 눈을 뜨게 되었고 가만히 응시해 보니 환한 불빛이 눈을 부시게 하고 있었다. 나는 도대체 여기가 어디이며 무슨 일이 일어났는지를 모르고 있었는데 간호원과 경찰이 와서 내게 알려주기로는 교통사고로 인해 응급차에 실려서 UCI대학병원의 응급실에 누워 있으며 방금전에야 눈을 뜨고 의식을 회복했노라는 것이었다. 그때서야 비로소 조금씩 나를 느끼게 되고 멍한 꿈속에서 의사인 내가 나를 가만히 진찰해 보았다. 가만히 두다리를 움직여 보니 분명히 움직였으며 눈을 좌우로 돌려보니 그것도 괜찮았고 손과 목을 움직여보아도 괜찮아서 일단 나는 큰 신경계통의 이상이 없음을 확인했다. 그런데 조금도 아프지가 않았다. 사실 그 당

시 나는 머리에 부상을 입었고 오른쪽 쇄골, 늑골 네 곳이나 골절
이 됐고 오른쪽 어깨가 부셔져서 움직이기가 힘들었고 오른쪽 엄
지발가락의 발톱이 빠져나갔었다. 머리 C.T사진(단층촬영), 목사진
등 여기저기 촬영을 하다보니 비로소 아픈 데가 수없이 나타나는
것이었다. 더욱이 병원 간호원이 가까스로 우리집에 전화를 걸어
서 Dr. 연이 지금 병원에 교통사고로 치료받고 누워있다고 했는데
집에서는 내가 교통사고 환자 때문에 병원에 있는 줄로 착각하고
밤늦게 까지 아무도 찾아오지를 않았다. 병원에 2일간 입원한 후
만신창이가 되어서 가까스로 퇴원을 하였으나, 그렇다고 집에서
쉴 수도 없는 처지여서 억지로 쑤시는 몸을 하고 Office에 나가서
환자를 보게 되었는데 그때 아팠던 통증을 지금 생각하면 끔찍하
기만 했다. 글씨도 왼손으로 겨우 써야 했고 조금만 움직여도 어
깨 가슴이 아프며 자동차 운전도 한달 후에야 겨우 왼손으로 하게
되었고 잠을 자는 것도 눕고 일어나기가 힘들어서 안락의자에 앉
아서 잠을 자게 되었는데, 이러기를 2-3개월이나 하여야 했다.

　후에 내가 굴러 떨어진 고속도로에 가보니 굴러 내려가던 나의
차가 큰 나무에 받쳐서 다행이었지 그냥 떨어졌으면 나는 그 자리
에서 죽었을 것이었다고 생각했다. 8개월이 지나서야 오른 쪽 어
깨를 움직이게 되었으며 부러진 쇄골과 늑골도 비스듬히 붙어서
회복이 되었다. 나는 결국 죽음의 일보직전에서 운 좋게 하나님의
은혜로 살아난 것이었다. 아직 이 세상에서 할일이 남아서 인지
하나님께서 다시 돌려보낸 것이었다. 이토록 보잘것없는 목숨을
더 연장시켜 준 것은 정말 무엇인가를 더하고 오라는 것이었을까?
　90이 가까운 할머니와 70이 가까운 어머니를 더 보살피라는 뜻

이었는지 아니면 의사가 아파 봐야 환자의 아픔을 더 이해할 것이라는 뜻인지 나는 모르나 나는 오늘도 연장된 생명, 그 의미를 찾고자 열심히 살고 있다.

캄캄했던 일

미국에 와서 첫해는 비교적 순탄하게 지냈으며 무사히 인턴 과정을 끝마치고 운좋게도 뉴저지주 Englewood라는 곳에서 나는 내과 레지던트로 나의 부인은 X-ray과 레지던트로 열심히 수련을 하고 있었다.

한국에 두고 온 아들은 잘 자란다고 했는데, 나의 부인에게 뜻밖에 마음의 병이 낫다. 심리적인 병이었다. 어느 심리학자가 얘기를 했는지 글로 쓴 것을 읽었는지 "어린아이는 어려서부터 어머니와 같이 지내야지 떨어져 있으면 성격이 비뚤어지며 커서 불안한 성격의 소유자가 된다"는 논리의 글을 읽고 나서는 굳이 한국에서 잘 자라고 있는 아들을 미국으로 데리고 와서 우리가 직접 길러야 된다는 것이었다.

나는 내과, 부인은 방사선과 레지던트, 공부하기에도 힘든데 여기에 갓난아이가 오게 되면 우리의 생활은 정말로 바빠지고 공부하는 것에 큰 지장이 오는 것은 불보듯 빤한 것이었다. 내과 일년차 레지던트가 6명이 있었는데 그 중에서 2명은 다음해에 승급하지 못하고 병원을 그만 두어야 되는 소위 Pyramid식이어서 나의 고민은 말도 아니게 컸었다.

나의 영어실력으로는 같이 수련받는 필리핀, 인도, 이스라엘 사람에게 도저히 승산이 없는데 몸으로라도 때워야 될지 말지인데 그래도 사력을 다해서 병원일도 하고 공부도 하여서 처음에는 꽤 자신을 갖게 되었었다. 그러던 차에 아들의 수속이 다 되어서 신혼으로 미국에 이민 오는 처제편에 무사히 도착하였는데 갑자기 낯설은 진짜 아버지, 어머니를 만나고 나서는 한국에 있는 할아버지를 찾으며 밤만 되면 우는 것이었다.

아들이 도착한 그 순간서부터 우리는 너무나 바빠졌고 Baby Sitter를 구하랴, 애와 같이 놀아 주랴, 완전히 공부도 산만해지고 병원일도 소홀해지며 근무하다 말고 급히 "기저귀"사러, "우유"사러 나갔다 오게 되니 차차 병원에서부터 주의도 받고 눈총도 받기 마련이었다.

6개월 근무한 성적을 참조하여서 다음해의 승진여부를 결정해 주는 날이였다. 내과 수련의사를 관장당하는 의사(Director)로는 유태계의 인정없는 싸늘한 여자의사였는데 그녀는 나를 앉혀 놓고 "그동안 Dr. Yun은 근무도 잘했고 공부도 열심히 했으며 병원에서의 manner도 좋은 유능한 의사였다. 그런데 유감스럽게도 우리병원 committee에서의 결정은 다음해에 같이 일하기 힘들다는 결론을 얻었으며 미안하지만 내년도의 계약은 할 수가 없으니 다른 병원으로 빨리 자원하면 도와주겠다"는 말이었다. 순간 나는 눈이 캄캄해지며 몸이 바르르 떨리며 세상이 꺼지는 듯 했으며 두고 온 부모를 어떻게 다시 볼 수 있을까 하는 생각이 들면서 어떻게 할 바를 몰랐다.

이렇게 하여 나는 Englewood병원을 떠나 다른 병원의 수련의 자리를 구해야 되는데 갓난아기도 와 있고 나의 부인은 이 병원에서 X-ray수련의를 계속해야 되니 내가 찾아야 할 직장은 자연히 인근 병원이나 뉴욕시에 있는 병원을 찾아야 되는데 내과 레지던트 2년차 구하기는 만만치 않고 망망대해에서 구조선을 만나는 것만큼이나 힘들고 불가능한 것이었다. 어제까지 같이 일하며 웃던 동료들은 나를 슬슬 피하기 피하기 시작했고 나와 같이 탈락된 다른 한국인 의사와 같이 한숨만 쉬며 이 와중에 나머지 6개월을 더 이 병원에서 보내야 하는데 이처럼 고되고 지루한 일이 없었다.

더욱이 매일같이 이 보기 싫은 유태계의사와 매일아침 만나서 의학 토론도 해야 되는데 울분이 솟는 것이었다. 여기저기 병원에 원서를 구하고 신청서를 제출했으나 소식이 없었고 있어도 늘 우울한 것 뿐이었다. 새해가 오고 봄이 와도 내게는 우울하고 잠도 잘 오지를 않고 패배자로서 절망속에서 지내게 되니 사는 것이 무의미하고 그러다 보니 아들에게만 더 애착이 가는 것이었고 그와 지내는 시간이 가장 즐거운 시간이었다.

한때는 그 유태계 의사를 찾아가서 하소연도 했으나 그의 대답은 냉정했고 지금도 늦지 않으니 정신과나 다른 과목의 수련과정을 선택해 보면 어떻겠냐고 할 때는 속에서 분노가 목까지 솟아오르는 것을 억지로 참기도 했다. 권총을 사 가지고 아니면 칼을 가지고 가서 협박해 볼까, 아니면 쏴 죽여 버리고 그냥 한국으로 돌아갈까 하는 마음도 품어 보았다.

6월 30일이면 이토록 지긋지긋한 Englewood병원 레지던트는 끝

나는데 7월부터 시작 될 다른 병원의 Job을 구하지 못하게 되니
나는 바짝바짝 마르며 여위어 갔다. 사람을 만나는 것도, 교회에
가는 것도 모두 포기하고 패배자같은 세월을 보내게 되었다. 수없
이 보낸 원서에 대한 대답은 늘 "I regret—로 시작되는 대답이었
다. 푸른 풀이 솟고 나무에 순이 나 잎이 제법 파래진 4월이 되었
는데도 나는 Job를 구하지 못했고 급기야는 수련의사보다는 입에
풀칠하기 위해 인근병원의 숙직의사자리라도 구해야 될 지경에 이
르렀다. 한국에 보내는 나의 편지는 늘 잘 있다는 내용과 열심히
공부 잘하고 있다는 극히 상투적인 거짓말 편지의 연속이었다.

제법 더워진 6월 중순이 되어서 나는 신경과 수련의 자리를 인
근 Newyark에 있는 병원에서 구하게 되었고 생각지도 못했던 전공
을 하게 되었다. 그러나 이것도 감지덕지였고 불행중 다행이었다.
나는 이 과정을 통해 최상에서 최하로, 부유함에서 가난함으로, A
에서 F로 내려 떨어지는 극한 상황을 맛보았고 인생을 사는 것이
얼마나 힘들며 얘기치 않은 일은 언제나 내 가까이에 있음을 알
게 되었다. 이일로 인해 나는 그렇게도 가고 싶어했고 기여하길
원했던 한국에 빨리 돌아갈 기회를 놓치고 이곳 미국에서 이렇게
지내고 있는 결과가 되었다.

눈물이 주르르 흐르는 것을 나는 손으로 닦는다.

그 캄캄한 절망속에서 지냈던 6개월은 60-70년의 인생에 비하면
극히 짧은 세월이었으나 황금기 같은 청년시절에 생긴 일로 나의
의사로서의 진로에 너무나 큰 돌이킬 수 없는 충격을 주었었다.

돌이켜 보면 그래도 감사했던 것은 나의 부인의 끊임없는 위로
와 인내심으로 절망가운데 소망을 갖고 나를 도와준 아내의 손길

이었다. 그때의 그 사랑이 오늘도 새삼 고마울 뿐이다.

자개 명패 유감

한국사람들은 예의가 바르고 윗사람을 극히 공경하는 풍습을 갖고 있어서 타칭 동방예의지국이라고 불리워 왔고 이것을 큰 자부심으로 생각하며 살아왔다마는 이것이 지나쳐서 선물내지 뇌물을 공여하는 버릇은 미국에 와서도 마찬가지인 것 같아서 씁쓰름하다. 한국의 병원이나 관청에 가면 자개명패가 특히 눈에 많이 띄인다. <의학박사 아무개 의사>라던지 "장관 아무개"라고 쓴 자개 명패를 자주 보아 왔는데 이런 것은 본인들이 직접 비용을 내서 만들기보다는 뇌물성 선물로 받는 것이 대부분이다.

그런데 이런 명패가 버젓이 미국인 의사 사무실에도 놓여 있는 것을 보면 한국에서 하던 버릇이 미국에서도 역시 마찬가지 임을 쉽게 알 수 있다

정정당당하게 실력대결로 우열을 가려야지 자개명패나 자개상을 선물하는 식으로 우열을 가린다고 하면 그것은 정당하지도 못하며 수치스러운 행위임에 틀림없다. 내과 레지던트를 시작할 때 전체 20여명중에 3명의 한국인이 있었는데 학교는 다르지만 같은 동기의 남자들이었다. 이들중 2명은 다음해에 진급을 하지 못하고 다른 병원에서 자리를 구해야 되는 판국이었는데 묘한 심리적인 갈

등이 있었다. 마음같아서는 모두가 다 진급이 되었으면 좋으련만 군이 2명은 다른 곳으로 가야 된다고 하니 나같이 경쟁적이지 못한 사람은 죽으라고 하는 것이나 마찬가지였다. 나는 결국 그 경쟁에서 탈락하는 불운을 맛보게 되었고 다른 병원에서 자리를 찾아야만 하게 되어 너무나 억울하여 어느 날 예의를 불문하고 인사 책임자인 미국인 의사의 집을 예고없이 방문하였다.

그는 다소 불쾌한 듯 했으나 나로 인해 혹시나 해를 받을까 하여 자기 office로 들어오라고 하여 으리으리하게 잘 장식된 그이 사무실로 들어갔는데 거기에는 분명히 자개로 된 명패와 자개 상이 있었다. 분명히 한국사람 의사가 뇌물의 성격을 띄고 상납한 것이었다.

며칠후, 한국 의사들끼리 모여서 서로를 위로하며, 축하해 주는 기회가 있었는데 그중 K라는 의사가 그것을 상납한 것임을 그도 그 사실을 시인하며 다소 계면쩍어 하는 것이었다.

분명히 한국산 자개농이나 자개상은 아름다워서 서양사람들에게는 특히 유태인들에게는 좋은 선물이 되는 것이었다. 미국에서는 교통경찰관에게 뇌물을 주다가는 봉변을 당한다고 하는데 의사들, 특히 유태인들에게는 그러하지가 않은 듯 했다.

몇 년후 나의 아버지께서 미국에 오실 때 그 무거운 자개상을 하나 가지고 오셨는데 이것이 나의 귀한 아버지로부터의 유물이었고 지금도 고히 간직하고 있다. "좀더 일찍 받았더라면 뉴저지에 있는 그 유태인에게 뇌물로 주고 나의 직위를 살 수 있었는데" 하는 어리석은 후회 아닌 후회를 해본다.

한국에서 들려오는 애기로는 큰 공사를 하려면 단계마다 뇌물을 주어야만 순순히 풀려 나간다고 하는데 그리고 장례 지낼 때도 뇌물을 주어야만 일이 잘 진행된다고 하니 어찌 된 일일까?

자개 명패가 사라지는 날, 우리 한국 사회도 정화되고 깨끗한 경쟁이 용납되는 사회가 될 것 같다.

\<실패의 연속\>
─좋은 친구를 만나라는 교훈─

사람이 한번 늪에 빠지면 여간해서 나오기가 힘들며 술이나 마약등에 탐익하여도 역시 쉽게 끊기가 힘들듯이 나쁜 친구를 만나게 되면 이 또한 파멸로 가게 되는 것은 누구나 잘 아는 사실이지만 직장의 동료를 만나는 것은 내 주관에 의한것도 아니고 칼로 나무 자르듯이 대할 수도 없는 것이었다.

얼마전 뉴저지에서 나와 같이 수련의사 과정을 밟다가 전에 나처럼 실패하고 미국 해군에 입대하여 군의관으로 근무하다가 최근 제대하고 다시 수련의사 과정을 이수하고 있던 의사 A씨로부터의 뜻밖의 전화를 받고 한편으로는 놀랬으며 또한편으로는 반가웠던 일이었다. 더욱이 때늦은 감은 있지만 의사 A씨로부터 마음에서 우러나오는 사과를 받고서는 그래도 세월은 어려웠던 과거를 치유해주며 서로를 용서하게 되는 것을 느끼게 되었다.

N.J에 있는 E병원에서 내과 레지던트로 나의 꿈에 일보를 내딛

을때 나는 A씨를 만나게 되었다.

그는 나의 의과대학 1년 후배가 되나 나이는 오히려 나보다 3-4
개월이 많으며 머리가 좋으며 나와 같은 해에 미국에 와서 NJ에
있는 대학병원에서 병리학을 1년하고 E병원에 와서 straight 내과
인턴을 하게 되었는데 그는 이미 남들은 시작도 못하고 있는 연방
의사시험(FLEX)도 합격하였으며 병리학을 공부하였으니 나처럼 일
반인턴을 하고 내과를 하는 사람보다는 이론적으로 더욱 우수하게
마련이었다. 거기에다가 머리도 영리하고 마음은 좋은 편인데 한
가지 문제가 되는 것은 다소 성실하지 못한 것이 흠이었고 일찍이
결혼하여 이미 4세가 된 아이가 있었고 병원일보다도 집안일에 더
바쁘다 보니 병원을 자주 비우곤 했으며 그의 누나가 이미 미국에
와서 의사수련을 마치고 개업을 하고 있으니 나보다도 더 미국의
사의 길을 잘 알고 있었다.

그의 의사로서의 목적은 빨리 의사수련을 마치고 개업을 하여
돈많이 벌고 잘사는 것이기 때문에 굳이 내과를 안해도 좋다고 했
다.

인사를 나누고 같이 일하다보니 선후배 동창이지만 친구가 되었
고 어려울때는 서로 도와주게 되었으나 내게 부탁하는 편이 훨씬
더 많았다. 같은 조로 당직을 하는 경우도 곧잘되었으며 얼굴도
비슷하고 안경도 썼으며 한국사람이다보니 간호원들에게는 나와
그를 자주 혼동했다.

Dr. A는 인턴이므로 간호원이 부르거나 새환자가 입원하면 제일
먼저 내려가서 대하여야되며 그후에는 레지던트인 내게 보고를 해
야되는데 집안일이 바쁘다보니 말도없이 병원에서 잠적하곤하니

인턴을 찾다가 대답이 없으면 직속 레지던트를 부르곤 했었고 가끔 그에 대한 불평을 내가 뒤집어쓰게 되었다.

6개월이 지난 어느 날 나는 이 병원에서 받은 재계약에 실패하고 우울하여 어찌할 바를 모르는데 Dr. A가 나를 찾아와서는 자기도 재계약을 받지 못했노라고 할 때 나는 그가 그리될 줄은 짐작은 했으나 그 얘기를 막상 듣고 보니 같이 서글픈 신세가 되어 그 후부터는 그와 같이 병원에서 더 가깝게 지내게 되었고 병원 불평, 유태인 불평을 같이 하며 근무도 서로 나눠서 하게 되었다. 그 후 나는 여기저기 다른 병원에 원서를 내었고 천신만고 끝에 뉴저지 V.A병원의 신경과 (Neurlogy)레지던트 자리를 구하였고 다소 안정을 찾게 되었으며 이렇게 된 바에야 신경과라도 충실히 하여서 그 분야에서 성공하고자 결심하였었다.

그런데 어찌된 장난인지 Dr. A 또한 나몰래 V.A신경과를 지망하더니 그 또한 나와 같은 직위의 레지던트를 얻게 되었다고 했을 때 나는 별로 반갑지는 않았으나, 그도 또한 나와 같은 처지이니 뭐라고 할 수도 없었으며 그렇게 된 바에야 같이 가서 열심히 근무해보자고 서로 격려했으며 그 또한 그렇게 하겠노라고 약속했었다.

NJ주 Newark市에 있는 V.A병원에서 다시 신경과 레지던트로 새출발을 내디디었는데 이곳에서 같이 근무하는 1년차 동료로는 모두 4명인데, 한결같이 동양인들뿐이었다. 그도 그럴듯이 그 당시만해도 신경과는 별로 인기가 없어서인지 미국 대학 졸업생들은 몇 되지는 않았다.

그중 하나는 내과를 3년 끝마치고 다시 들어온 중국사람 Dr.

Yang이었는데 그는 우월감이 강했고 신경과 스텝을 깔보며 자기가 내과 전문의인것을 무척 과시했으며 그로 인해 미국인 교수와 동료들로부터 밉게 뵈었었다. 또하나는 중국계 필립핀인으로 Dr. Ang이라고 했는데 무척 간사하였다.

Dr. A와 나는 내과를 일년하고 왔으므로 병원에서 우리에게 거는 기대도 컸으며 처음에는 무척 열심히 착실하게 근무하였었다. 걱정했던 Dr. A는 여기서도 문제를 일으키게 되었다. 5세된 아들과 갓난 아기때문에 번번히 결근했으며 야간 당직때마다 Staff의 책상을 뒤져보기도 하며 실습나온 유태계 여학생에게 심한 성적 얘기를 하다가 Staff에게 호출되어 징계를 받게 되었다.

그후에 그는 레지던트를 그만두고 공군에 입대하겠노라고 하여 아예 2년차 레지던트를 미리 포기하겠다고 하였다.

중국인 Dr. Yang은 신경과보다는 내과 계통의 전문의 Hemarology가 되겠다고 하였다.

이렇게 되고 보니 4명의 레지던트라고는 하나, 톱니빠진 바퀴처럼 제대로 굴러가지를 못하고 삐걱삐걱소리를 내게 되었다.

결국 이런저런일로 우리 4명 모두가 다음해도 진급하지 못하는 불운을 갖게 되었다.

나는 신경과 과장을 만나서 나가야 할 이유가 없으니 제발 뽑아달라고 애걸하였으나 그는 이미 동양인 의사들에게 심히 실망을 하고 있었다.

결국 나는 연속해서 실패하고 만셈이었다. 하늘이 다시 무너지며 내 앞길이 캄캄해 왔으며 다시 지난해와 같이 어디에서인가 수련의사 자리를 구하여야 되게 되었다.

중국인 Dr. Yang은 예정대로 암혈액내과 수련의로 가고 Dr. A도 예정대로 해군군의관으로 입대하였으며 나는 부끄러움과 좌절속에서 수개월을 다시 지내게 되었다. 내게는 만나고 싶은 친구도 없었고 교회에 가기도 싫었다. 어쩌다 동창에게서 전화가 와서 뉴욕-뉴저지 동창회에 오라고 하면 솔직히 갈 용기도 없었다.

추운 겨울이 가고 봄이 오며 드디어 초여름이 되었고 나는 여기저기 수소문해서 구한 것이 뉴욕시에 있는 State병원의 정신과 레지던트자리였으니 3년 동안에 3번씩이나 다른 전문과목에 1년차 수련만 하는 결과가 되었다.

매일 뉴저지에서 워싱턴다리, White srme다리등을 통과해서 마음에도 없는 정신과 의사를 1년하게 되었다. 그때의 1년을 그래도 내게는 덜 피곤했으며 다소의 희망이 있게 되었는데 그것은 계속 실패하고 보니 사람이 바보가 되며 체념하게 되어서 였는지 모른다.

감옥같은 병원에서 미친 사람들과 하루를 보내고 퀸즈에서 뉴저지 집으로 돌아오면 나는 천근만근 피곤함을 느끼게 되었고 친구도 없는 외톨로 아들과 같이 시간보내는 것이 유일한 즐거움이었고 조그만 일에도 부인에게 신경질을 부리게 되었고 세상이 검게만 느껴졌었다.

State 병원의 동료들이란 이번에는 인도, 파키스탄등의 중동 계통의 의사들이며 내 평생에 별 희귀한 정신병 환자도 다 보았다. 게다가 내동기생의 부인이 그곳에서 정신과 3년차 레지던트를 하고 있었는데 다행히도 나를 이해하는 듯했었기에 지금도 감사하게 느낀다.

정신과 공부보다는 내과 공부를 더 열심히 했으며 나는 분명히 어디엔가에 가서 내과 자리를 구하리라고 믿었다. 나의 부인도 재미없는 그곳에서 3년차 방사선과 (X-ray)레지던트를 마치고 하나님의 크신 도움으로 어렵게 오하이오에서 내과 수련을 하게 되었고 그후 캘리포니아에 와서 개업을 하고 있는 나의 이름을 신문에서 보고 Dr. A가 내게 전화를 걸어온 것이었다.

내가 그의 전화를 받았을때 나는 분노보다는 반가운 친구를 대하는 마음과 고생스러웠던 그때와 고민하든 나를 잃어버리고 말았다.

그는 해군에서 제대하고 여기저기서 내과 레지던트 자리를 구하고 있는데 얼마전 Ohio Dayton에 가서 내 얘기를 해 주었으며 자기의 불성실과 조급한 판단으로 내게 폐를 끼쳐서 미안하다고 거듭사과를 하였으나 나는 시간이 지나고 보니 그때는 무척 어려웠고 좌절되며 인생을 포기도 했었지만 큰 경험이었노라고 얘기해주고 Dr. A도 지금이라도 늦지 않으니 몇 푼 더 받는 군의관 직업보다 먼 인생을 위해서라도 다시 내과 레지던트자리를 구하라고 충고했다.

성실한 친구와 같이 있으면 서로 이익을 얻을 수 있으련만 누군가 자기의 이익만을 취하고 불성실하면 미국에서는 같은 한국인이기에 도매금으로 같이 피해를 보게 마련이다.

억지로 했던 신경과와 정신과 수련과정이 막상 이곳 캘리포니아에서 개업을 하고 보니 너무나도 절실하게 필요한 지식이었으며 나를 무척 돕고 있다.

그럴 줄 알았으면 더욱 열심히 해서 하나라도 더 배웠을것을 하는 후회가 있다.

지금도 신경정신계통의 환자가 오면 기쁜 마음으로 환자를 대하게 되는데 그것은 그래도 그때 배운바 지식이 있기 때문이었으며 결국 나는 내과 및 노인병학 전문의사가 된 셈이다.

나는 가끔 생각해 본다. 왜 이스라엘 민족이 40년씩이나 광야에서 방황해야 했는가? 마찬가지로 4-6년이면 內科 및 그 노인병학을 마칠 수 있는 과정을 나는 남보다 더 길게 이리저리 방황하며 겨우 마칠수가 있었는데 그리고 이일로 인해 나는 귀국을 못하고 이곳 가든 그로부에서 평범한 개업의사로서 그토록 고향을 그리워하며 살아가는 실향민이며 피난민이 되었다.

그것은 역시 주님의 뜻이었던 것임을 나는 근자에 와서야 깨닫게 되었고 이제는 이일로 피곤해 하지 않고 이런 시련을 통해서 이스라엘이 하나님을 깨닫던 것처럼 나 또한 이 미련한 마음에 하나님을 조금씩 깨닫게 되며 그가 내게 지시하시는 것이 무엇인지를 이제서야 이해하게 되었다. 오히려 Dr. A에게 감사하고 싶은 마음뿐이다.

어려울 때 도와준 의사, 일본사람

서양사람들 눈에는 일본, 한국, 중국사람들이 거의 비슷하게 보이듯이 우리 동양사람들 눈에는 영국, 프랑스, 독일인들의 모습은

거의 비슷하며 겉모습만 보고는 구분하기가 힘들기 마련인데, 그
래서 외국에 살다 보면 급할 때나 곤경에 몰렸을 때 그래도 서로
돕는 것은 비슷한 얼굴에서나 볼 수 있게 마련이다.

어려서부터 우리는 일본에 대해서는 무조건 나쁘게 배웠고 거의
죽일 놈들로까지 미워지는 것이 일본사람인데 미국에서 병원 수련
과정을 겪으며 그 후 개업을 하면서 보면 자연스럽게 일본사람,
중국사람들과 친하게 지나게 되며 필요에 따라서 환자도 서로 주
고받게 되었다.

나 역시 일본사람하면 우리나라를 강제로 점령하며 착취하고,
어려운 일을 저지른 나쁜 놈들, 내지 원수같은 민족으로 배웠고,
일본사람들은 한국인(조선인)을 야만인으로까지 비하해서 취급했었
던 역사적 사실이 엊그제 같았다.

유광렬씨가 쓴 신동아의 기사 "멀고도 가까운 이웃, 일본"을
1973년 의미 있게 읽어본 기억이 있는데, 일본사람들은 한국인을
"게으른 사람", "거짓말하는 사람", "더러운 사람"등으로 어려서부
터 부모들로부터 배워왔으니 그들의 눈에는 한국인을 좋게 볼 이
유가 없었던 것과 마찬가지로 우리는 어려서부터 일본인을 "쪽바
리", "왜놈", "잔인한 민족"등으로 배워왔으니, 처음부터 사이가 좋
을리가 없었고 외국에 나와서는 민족적 갈등으로 인해 헷갈리는
일들이 생기게 마련이었다.

미국으로 유학가는 길에 동경을 약 3일간 방문하여 왕궁, 동경
대학교등을 구경할 기회가 있었는데, 그후 다소 일본에 대한 인식
이 새로워진 계기가 되었지만 반일감정은 그대로 강하게 있었다.

미국 뉴저지에서의 나의 생활은 실패의 연속으로 인해 정말로

살기 싫은 하루하루를 보내게 되었는데, 특히 뉴욕에 있는 정신과 병원, 병동에서 일할 때는 어서 여기를 벗어나 내과자리를 어디에서 구하여 수련을 마쳤으면 하는 욕망뿐이었고 어서 나의 아내의 X-ray과 수련이 끝나기만을 고대했었다.

그러면서 미국전역에 있는 수련병원으로 편지를 보내어 내과 레지던트자리를 구하게 되었다. 어렵게 원서를 구하고 추천서를 구비하여서 몇군데 겨우 보냈는데 그나마도 면접을 하러 오라고 연락이 온 병원은 불과 세군데 였었다. 미시간 주의 폰티악 병원과 디트로이트에 있는 wayne대학병원, 그리고 오하이오주 테이톤에 있는 veterance병원이었는데, 특히 미시간주의 두병원은 면접하면서 나는 희망이 없음을 직감하게 되었다. 한두자리를 놓고 이미 이삼십명이 면접을 맞췄으며 그들이 구하는 수련의는 영어를 가능한 잘해야 되겠다는 등, 여러가지 조건에서 도저히 불가능함을 느끼게 되어 뉴저지로 돌아오면서 나는 눈물을 흘렸었다.

다행히 해를 넘기전인 추운 12월 어느날 나는 오하이 주 Dayton에서 면접을 오라는 편지를 받고 흥분 반, 실망 반으로 그곳을 찾아가서 세번째 면접을 하게 되었다.

Dayton V.A Hospital은 최근 갓 개교한 Wrights의대의 부속병원이 되어서 동양인인 나는 더욱 더 힘든 입장이었다.

앉아서 우두커니 기다리고 있는데 한국인 의사가 와서 인사를 하며 본인은 chief resdent라고 소개하여서 통성명해보니 나와 같은 학년의 지방의대 출신으로 나와 같은 해에 미국에 와서 순조롭게 내과를 끝마치고 호흡기 내과자리를 구하고 있노라고 하며 병원소개를 해주며 이태리 사람인 줄 알았던 Taguchi라는 내과 과장은 뜻밖에도 일본인 이세이며 한국사람을 무척 좋아하여서 이 병원에서 수련을 맞친 한국의사가 예상외로 무척 많았다고 했다. 다소 위안이 갔으나 현재 1년차 레지던트가 10명이며 2년차의 자리는 6명이 필요한데 어째서 외부에서 더 뽑으려는지 자기는 의문이 간다고 하니 사뭇 실망이 앞섰다. 앞이 캄캄해지며 낙담이 몰려오며 사지의 힘이 빠지며 인생의 절벽에서 떨어지는 느낌이었고 면접을 해 보았자 시간 낭비일 뿐이라고 생각했다.

시간이 되어서 흑인 비서가 불러 과장실로 들어가니, 비교적 작은 키의 일본인 의사인 Dr. Taguchi는 웃으며 나와 인사를 나누고는 의자에 앉으라고 하며 나의 이력서를 쭉 훑어보더니 그동안 미국에 와서 무엇을 했는지 간단히 얘기하라고 하였다. 담담한 마음으로 미국에 와서 1년 인턴하고 1년 레지던트하고 지금은 엉뚱하게도 신경과를 하고 있는데 나는 내과를 전공한 의사가 꼭 되고 싶어서 이곳을 지망했으며 이번이 3번째 면접이라고 소개를 했다. 알겠다고 하며 미리 준비된 X-ray, 심전도등을 놓고 질문을 했는데 나는 대답도 잘 못하고 절절매었다. 그도 그럴것이 내과 레지던트를 하고 2년차에는 신경과를 했으니 내과지식이 캄캄했던 것이었다.

그 후 3명의 다른 의사들(Ohio 라이츠 병원은 대학병원이므로 외래 교수에 해당함)의 방으로 불려가서 15분간씩 테스트를 받게 되었는데 정말이지 대답하나 제대로 한 것이 없었다. 낙담도 되었고 챙피도 했고 내 스스로를 원망하며 차라리 미국에 오지 말고 세브란스 병원에 남아있었으면 별 큰 실수가 없는 한 평탄하게 승진하고 부모님 곁에서 편안하게 지냈을텐데, 괜히 미국에 와서 일본사람 앞에서 창피당하며, 더욱이 얼굴도 까맣고 추해 보이는 인도 의사에게까지 모욕을 당하는 기분이어서 울고 싶었었다.

1시간 후에 다시 Dr. Taguchi의 방으로 되돌아 와서 몇가지 질문을 받고 나는 정말로 실망하여서 멍청하니 앉아서 있노라니 눈물이 글썽해지며 몇 방울이 사르르 떨어지는 느낌이었다. 조용히 Dr. Taguchi가 내게 물어보았다. "너 정말로 이 병원에 와서 레지던트를 하고 싶으냐?"해서 나는 "그렇다"라고 힘주어서 대답했다. 그랬더니 그는 재차 내게 묻는 것이었다. 나는 그에게 간단히 내가 미국 올때 나의 아버지와 약속했던 일들을 열거하면서 나는 꼭 내과 수련을 마치고 한국에 가고 싶노라고 얘기했다. 알겠노라고 얘기하던 Dr. Taguchi가 내게 조용히 얘기하기를 "나도 한때 너와 같이 어려웠던 경험을 해 보았으며 낙망도 해 보았노라고"하며 꼭 내과를 해야 되겠느냐고 다시 물으며, 가서 기다리면 좋은 소식을 받을지 모르니 기대하라고 하며 살며시 눈웃음을 짓더니, "well, good bye, I'll see you."하면서 비서를 불러 면접서류를 주며 비행시간에 늦지 않게 처리하라고 하며 나갔다. 나는 멍하니 벽을 쳐다보며 걸린 X-ray, 심전도문제를 맞히지 못한 것은 잊어버리고 나와서 그날 저녁 늦게 비행기를 타고 시카고로 가서 밤새 공항에서 새우잠을 자고 다음날 아침 일찍 뉴저지로 오는 비행기를 탔다.

일본인 의사, 田口라는 교수,… 10명의 기존 레지던트중에서 6명을 선발하기도 힘든데 나처럼 외부에서 지원한 실력도 없는 나에게 수련의사 자리를 줄 수가 있는지, 아니면 그런 권한이 있는지. 도저히 일반 상식으로는 불가능한 일인데, 영특한 일본사람에게 농락을 당하는 것이 아닌지 하는 마음으로 그 후 며칠은 잠을 못

이루었고 몇 주는 초조하게 지내게 되었다.

2월초 어느 날, 나에게 전달된 오하이오로부터의 편지 한 통 그 것은 분명히 James. T. Taguchi, M. D.로부터 온 편지였으며 나를 내과 2년차 수련의사로 뽑아 주겠으니 하겠으면 2주일 이내에 사 인해서 보내라는 흥분되는 편지었다.

아! 하나님 감사합니다.

나는 정말로 기뻐서 울었다. 이세상이 다시 내게로 돌아온 기분 이었고 모든 것이 희망에 차며 지루하던 하루도 이제는 생기가 돋 는 아침햇살같은 하루하루였다. 만물이 다시 소생하며 멀리 한국 에 계시는 아버지의 얼굴이 떠오르며 어제까지도 보기 싫던 환자 들도 이제는 아주 예쁜 얼굴로 보이며 얼굴이 펴지고 노래가 나오 게 되었다.

이렇게 하여 나는 별로 실력도 없으며, 영어도 서투른 비교적 나이 많은 레지던트로 Wrights의대 부속병원에서 그간 중단했던 내 과 수련을 계속하게 되었다. 여기에서 나는 일본인 의사 타쿠치로 부터 어떻게 인내하여야 하는 것과 어떻게 모략을 참고 견디어야 하는가를 배우게 되었다. 그리고 나는 그로 인해 인간적으로도 성 숙하게 되었다. 다음 1년도 나는 타쿠치교수의 특별한 배려로 어 렵게 경쟁에서 이겨 승리할 수가 있었다. 6명의 내과 수련의사중 에서 다시 2명은 진급을 못하고 도태되며 오로지 4명만이 진급하 여 내과 과정을 수료하게 되었는데 타쿠치교수의 은덕을 나는 또 한차례 받게 되었고 다른 동기생들보다 다소 늦게 내가 내과를 수 료하게 되었다. 나는 이 과정에서 의학보다도 인생수업을 더 절실 히 받게 되었다.

Dr. Taguchi는 미국에서 태어난 일본인 2세로서 2차대전중 의과 대학을 다니다가 강제로 콜로라도에서 보호감찰을 받았으며 한국 전쟁중에는 미국 군의관으로 한국에서 복무도 했던 한국을 사랑하며 한국에서 온 수련의사들을 많이 도와주었고 나도 어려운 중에 하나님의 은총으로 그를 만나게 되어서 그의 은혜를 입었으며 그로부터 봉사하는 의사를 배우게 된 것이었다.

세월이 흘러 1993년 나의 아들은 1년간 일본 경도 대학으로 유학을 가서 지하철타고 학교 다니며 아침저녁으로 이불도 개고 가정교사도 해서 받은 사례금으로 식사비등을 해결하는 고된 세월을 보내고 무사히 돌아왔을 때, 나는 그에게 Dr. Taguchi에 관한 얘기를 들려주었고 그도 그곳에서 더 많은 것을 보고 듣고 배워왔다. 일본! 가깝고도 먼 이웃. 전라도와 경상도보다도 더 멀고, 때로는 못 믿을 나라인 일본. 그러나 내게는 분명히 가까운 이웃이었고 나는 그들 중 하나로부터 배운바가 컸다. 어제의 원수가 오늘의 친구가 되지말라는 법도 없는 것이었다. 여러 민족, 인종을 대하면서 비교적 굳이 한국인만을 고집하지 말고 더불어 살 줄 아는 범인종적인 사고가 필요한 세상이 되었다고 생각한다.

달란트 비유

성경에 나오는 예수님의 달란트비유는 누구나 잘 아는 내용인데, 가끔 나는 나의 달란트가 얼마짜리인지를 궁금해 본다.

"어떤 부자가 멀리 외국으로 여행을 떠나면서 다섯달란트, 두 달란트, 한 달란트를 각각 그의 종들에게 나누어주고 떠났는데 두종들은 각자 밖에 나가서 장사를 하여 10달란트로, 그리고 4달란트로 만들어 놓았으나 마지막 종은 땅을 파고 한 달란트를 감추어두었는데 후에 부자가 돌아와서 저의들과 함께 회계할 때 배로 남긴 종들은 칭찬하고 원금을 그대로 가져온 종에게는 악하고 게으른 종아 나는 심지도 않은 데서 거두고 헤치치 않은데서 모으는 줄로 제가 알았느냐 하며 화를 내어 꾸짖고 그 돈을 빼앗아 있는 자에게 주고 내어쫓아 거기서 슬피울며 이를 갊이 있으리라고 저주하였다.

고등학교를 졸업하고 대학에 가서 의사가 되던 때만해도 나는 5달란트를 받은 종으로 생각하고, 미국에 와서 그 돈을 가지고 부지런히 장사를 하여 25년이 지난 오늘날에도 5달란트의 이익뿐 만이 아닌 몇 갑절의 이익을 챙기는 종이 되고자 희망했으나 25년이 지난 현재 나를 평가해 볼 때, 과연 얼마짜리 달란트였으며 지금 얼마나 이익을 내어서 주인에게 칭찬을 받을 수 있을는지 아니면 악하고 게으른 종이라고 질책을 받을는지…

나의 동기 중에는 학문적으로 크게 성공하여 교수를 역임하며 훌륭한 논문으로 각광을 받는 친구도 있으며 또 다른 동기는 돈을 많이 벌어서 큰 부자가 된 친구도 있는데, 나를 놓고 보면 학문적으로도, 금전적으로 성공하지 못한 한 달란트짜리 종으로 악하고 게으른종의 위치밖에 안된다고 생각한다. 나는 미국에 와서 덜 성공적으로 레지던트수련을 마친 일개 평범한 내과의사일 뿐인데, 가끔 나보다 경제적이나 여건이 못한 분들과 비교해 보면 나도 5달란트짜리가 되지 않을까 하고 착각도 해 본다. 그러나 한국에 가서 친구들과 만나 보거나 가까이 L.A.에 있는 나의 동기생들을 만나 보면 나는 우울해 질 정도로 나의 달란트가 적은 것을 느끼며 나 스스로를 자책해 보기도 한다. 그렇다고 종교적으로 "착하고 부지런한 종"이라는 칭찬을 받기에도 미흡하며 나와 같이 사는 나의 동업자인 아내에게서도 그리 좋은 달란트를 가진 의사로서나 남편으로 평가받지도 못함을 알 때, 쓸쓸한 가을과 더불어 우울해 진다.

내가 미국에 유학올 때의 야망은 5-6년내에 전문의 과정을 모두 마치고 본교에 되돌아가서 임상 교수가 되고자 하는 꿈을 갖고 있는데 낯선 미국에 와서 파란만장의 길을 겪으며 이곳 가든그로브에서 개업의사로서 하루하루를 지내는 무기력속에서 지내오던 중 오늘 목사님으로부터의 설교를 듣고 나는 달란트의 많고 적음이 중요한 것이 아니고 얼마나 성실하게 노력했느냐하는 것과 하루하루를 적은 일이나마 생산하는 것이 더 중요함을 알게 되었을 때 나는 나의 작은 달란트에 연민하지 않기로 했다. 나의 작은 달란트는 이젠 큰 대학병원에서 쓰이기에는 너무 부족하지만 적은 시골, 무의촌에서는 너무나 크게 쓰일 수 있는 충분한 talent이며, 부지런하고 충실한 종으로 쓰일 수 있으리라 믿어본다.

"주님, 나의 작은 talent를 땅에 묻지 말고 묻었던 한 달란트를 빨리 도로 꺼내어 주님이 오셔서 계산하시기 전에 반 달란트라도 이익을 남겨 놓게 나를 채찍질해 주시옵소서. 그리하여 언젠가 어디에서 쓰이는 투박한 돌이라도 되게 하시옵소서."

Part Ⅳ : "의사가 이런거 하는 거야?"

"나는 의사는 항상 고상하고 좋은 것인줄로 알았으나
개업하면서 대하는 일은 그와는 정반대가 많았다.
때로는 이런일은 제발 그만두었으면 하고 후회도 했고
그러기에 나의 두아들에게는 의사가 되라고 적극적으로
권하지도 않았다."

의사가 이런거 하는거야?

내과 의사뿐 만 아니라, 어느 종류의 의사이든지 힘들고 지저분한 일을 하지 않고는 안되는 것은 극히 상식적인 것인데, 의사가 아닌 사람들에는 의사는 아주 고상하며 깨끗한 일만을 하는 직업으로 착각한다.

사실 의사처럼 더럽고 위험한 직업도 없는 것이 직접적으로 병원균과 싸우며 쉽게 거기에 감염되기 때문이다. 결핵, 간염 심지어 AIDS까지 어느것 하나 위험이 안 따르는 일이 없는 것이어서 극히 조심하고 이를 위해 면역과 예방에 힘쓰고 있는 것이다.

의사의 직업이 여성들의 결혼대상의 순위에서 늘 상위를 차지하고 있는데 어떻게 보면 잘 몰라서 그런 것이 아닌가 한다. 옛날 이조시대에는 의사는 중인에 해당되었고 중세기 서양에서는 한 때 이발사가 외과를 했던 시대도 있었다.

흑인들이나 노동자들의 손등에서 피뽑는 일처럼 힘든 것도 없었다. 첫째 혈관이 잘 보이지를 않을 뿐만이 아니라 혈관 자체도 딱딱해서 아무리 찔러도 들어가지 않는 경우가 다반사였다. 어느 환자들은 못된 욕을 하기도 하고 신경질을 부리기도 하는데 이것을 인내심 있게 참아야 하는 것이었다.

병상에 누운 노인들은 제대로 물을 얻어먹지 못해서 자주 변비로 고생을 하는데 배가 아파하며 때로는 토하기도 하면 급하기 이루말할 수가 없이 심각한 상태로 진전되기도 한다. X-ray를 찍고 관장도 해보고 하지만 돌처럼 딱딱해진 대변은 나오지를 않는다.
고무장갑을 끼고 기름을 묻혀서 항문에 손을 넣어서 딱딱해진 대
변을 후벼파서 조금씩 꺼내면 드디어 막혔던 변이 나오게 되며 악
취를 풍기며 대변을 의사의 코앞에 쏟아 내는 경우가 있는데 이때
잘못하면 대변벼락을 맞게 되므로 정말 조심해야 된다.

72시간 묵은 대변을 소화가 잘 된 것인지 안된 것인지 분석하는
대변검사는 해 본 사람만 아는 내용이다. 진동하는 악취를 참으며
대변을 이리저리 조사하고 무게를 재고 현미경으로 조사하는 과정
을 보면 아 - 이것이 소위 위장내과 실습이던가!

3-4일은 음식먹기가 힘들 정도로 기분이 나쁘지만 이제는 습관
이 되어서 아무렇지 않게 된 것은 그래도 의사로서의 연륜이 쌓인
탓이겠지…

대장출혈하시던 아버지의 직장과 대장을 직접, 직장경을 넣고
조사해 보니 대장출혈로 대변은 온통 팥죽처럼 검은 선홍색으로
변해 있었을때 느끼던 나의 감정은 "이분이 그래도 나의 아버지인
가?"하는 탄성이 나왔다. 그후 아버지가 돌아가신 후, 나는 그래도
검은 피대변을 보시든 그런 아버지가 내곁에 계셨으면 하고 기대
해봤지만 그는 영원한 곳으로 가셨고 다시 오실 수가 없는 것이었
다.

어느 환자는 혈압이 떨어져서 의식을 잃고 있는데, 수혈하고자
피를 가지러간 흑인 간호보조원이 1시간이 지나도 나타나지 않기
에 급히 쫓아 내려가 보니 그녀는 커피 마시며 친구들과 잡담하고
있었다. 쌍! 하는 욕을 내뱉으며 플라스틱 빽에 든 피를 들고 쏜살
같이 뛰어 올라와서 수혈하여 가까스로 살아난 그 환자는 지금 무

엇을 하고 있는지…

여호와 증인 교회에 다니는 환자에게 수혈을 하고자 하니 의아
해 하며 자기는 죽어도 피는 못 받겠다는 것이었다. 미국에 있는
희한한 종교들을 다 이해하지 못했기 때문에 생긴 일이었다. 몸은
죽어도 피는 못 받겠다는 종교의 이론도 한번쯤은 짚고 넘어가야
했다.

거의 운명하시려고 하는 노인 환자! 의식이 들어왔다. 나갔다 하
며 숨소리도 거칠어지면 손발도 차 들어가고 있었다. 옆에는 훌쩍
훌쩍 우는 식구들도 있고 먼발치에는 다른 친척이 보고 있었다.
"의사선생님! 노인 양반 아들이 지금 뉴욕에서 오고 있고, 딸이 한
국에서 오고 있으니 그들이 올 때까지는 살아 있게 해야 되오"라
고 나에게 부탁해 왔다. 내가 보기엔 그 노인의 수명은 불과 1-2시
간도 가기 힘든데, 아니나 다를까 환자는 30분도 못되어서 사망하
게 되었고 내게 부탁했던 환자가족은 내게 불평을 하며 아들들이
임종을 못 보았으니 어떻게 하겠느냐하며 나를 고소하겠다고 하는
것이었다. 내가 사람의 목숨을 1-2분이라도 더 연장해 줄 능력이
있다면 나는 의사가 아닌 다른 존재일 것이다. 의사는 환자를 진
찰하고 치료할 뿐, 그 생명에 대한 운명은 예측할 수는 있으나 연
장하지는 못하는 것이다.

X-ray, 특히 위장투시경을 하다 보면, 주사용 바리움(Barium)을
마시다가 역겨워서 의사인 나와 X-ray기사에게 확 토해 버리니, 우
리는 무방비상태로 있다가 얼떨결에 얼굴과 앞가슴에 토한 물을
얻어 쓰게 된다. 시간을 들여서 청소하고 목욕을 해도 사람의 위
에서 나오는 냄새인지라 다 없어지기는 3-4일이 걸린다. 대장을 검

사하기 위해 항문에 고무튜브를 집어넣고 역시 바리움을 투입하는 사이에 항문에 끼어논 튜브가 **빠져나오면서** X-ray기계는 온통 오물로 뒤범벅이 되며 우리의 의복도 여기저기 허옇게 물들어 버렸다.

소아과 의사들이 특히 겪는 일 중의 하나가 어린아이들의 고함과 욕설 그리고 마구 뱉아대는 침을 얼굴에 맞았을 때 느끼는 기분은 정말 소아과한 것을 후회한다고 하다. 마구잡이로 몸을 흔들고 비틀면서 울다가 잘못하여 내지른 발길이 소아과 의사의 복부나 성기를 찰 때는 어찌나 아픈지 말도 못하고 **쩔쩔매다가** 겨우 회복되는 일도 있다고 한다.

새벽 2시경 알지도 못하는 — 환자가 응급실을 통해 입원하여 허겁지겁 달려가 보니 엉뚱하게도 **빨리** 퇴원시켜 달라고 소리를 지른다. 퇴원시켰다가는 혹시 잘못될 수도 있고 병원측에서도 사뭇 싫어하는 것이었다. 마치 내가 **나쁜** 환자를 일부러 데려와서 입원시켜놓고 병원만 손해를 끼치고 있는 것같았다.

나의 작은 아들이 언젠가 내게 묻기를 "아빠, 의사란 이렇게 밤낮없이 나다니며 그런 일 하는 거야?" 하길래 "의사란 그런거다. 신문에 큰 수술에 성공한 의사의 기사가 나고 노벨의학상을 받고, 큰 연구실적을 발표하는 의사가 있는가 하면 그들 뒤에서 남 모르게 궂은 일하는 의사도 있는 법이란다."라고 대답해 주었다.

나는 작은놈이라도 내 뒤를 이어 의사가 되어 주기를 기대해 보나 나의 선친이 내게 원했던 그런 심정은 아니다. 자기가 좋아하는 학문을 택하여 열심히 할뿐이며, 나의 의무는 아버지로서 그들의 뒷바라지를 알차게 해주는 일뿐이다.

간발의 차로

동부 뉴저지 오렌지 시에 있는 Veterans병원에서 근무하다가 겪은 일이 문득 생각난다. 뉴악과 오렌지는 서로 인접한 도시로 흑인도 많고 아울러 깡패도 많은 도시이기에 조심하지 않으면 변을 당하기 쉬운 곳이다.

어느 겨울날 당직 의사로 밤에 병원에서 근무하는데 응급실에서 알콜중독에 의한 간질 환자가 왔으니 내려 와서 검사하고 입원시키라는 응급실 의사의 전갈이 와서 급히 내려갔다. 환자는 전형적인 흑인이며 알콜 중독자였다. 마침 소변이 급해서 의사까운을 입은 채로 응급실 옆의 일반 화장실로 들어가 보니 키가 큰 흑인이 혼자 있었다. 마음으로는 섬찟하여 도로 나올까 하다가 의사까운을 입었으니 무슨 일이 있겠는가 하고 있었는데 그 흑인이 내게로 오더니 "Doc, do you have money?"하며 소변을 보고 있는 나의 뒤에서 나를 내려보는 것이 아니겠는가? 그러나 당황하지 않고 "Are you a veteran?"하고 물으니 그렇다며 계속 돈을 요구하는 것이었다. 그 흑인은 분명히 알콜이나 마약중독자인데 눈동자가 흐리며 말소리가 흐렸다. "내게 지갑이 없어서 줄 수 없어 미안하다"고 설명을 하며 기회를 보아서 나오려는데 마치 나의 등판한복판을 칼로 찔리는 듯한 예리한 느낌을 가졌다. 병원 security요원을 불러서 조사해 보니 그는 예리한 칼을 하나 갖고 있었다고 하며 해를 입지 않아서 다행이었다고 말하는 것이었다.

옆에 있는 같은 N.J대학병원인 Martland병원은 옥외 Parking장과 병원 안 Parking장이 있는데, 낮에는 옥외 파킹장에는 차를 세워두고 밤에는(5시이후) 병원안 파킹장으로 옮겨놔야지 그렇지 않으면 자동차의 부품을 잃어버리든지 타이어를 빼가든지 한다. 어느날 밤 당직으로 병원에 머물게 되었는데 중한 환자를 치료하다가 아뿔싸 ! 자동차를 옮겨놓지를 못했고 밤에 가서 옮기려 하니 위험하여 울며겨자먹기로 밤에 옥외 주차장에 세워 두었는데 밤새 나의 고민은 말할 수 없었다. 혹시 타이어라도 빼가던지 라디오라도 빼가든지 아니면 자동차가 몽땅 없어지든지 할 것이기 때문이다. 기도하는 심정으로 다음날 아침에 옥외 파킹장에 가보니 아 하나님! 자동차가 그대로 잘 서 있지 않은가! 이에 비하면 내가 사는 캘리포니아 오렌지 카운티의 오렌지 시는 천국임에 틀림이 없다.

레지던트를 무사히 마치고 개업을 시작한 L형은 너무나 바쁘게 다니다 보니 목숨을 잃을 뻔한 적이 있었다고 고백한다. 심장전문의사는 한 밤중에도 자주 불리우는데 특히 분, 초를 다투는 응급이 대부분이다. 새벽 2시 갑자기 병원 중환자실로부터 오라는 전갈을 받고 급히 차를 몰고 가다보니 뒤편으로 기차가 '뚜'하고 지나가고 있었다. 건널목에 빨간 불이 번쩍거리는 것을 보고도 기차가 이미 지나갔는 줄 알고 멍하니 그냥 지나쳤으니 하마터면 그는 기차에 받칠 뻔했다며 한숨을 쉬었다. 내 자신도 비슷한 경우로 급히 차를 몰고 달리다 보니 갑자기 차가 서 버렸는데 알고 보니 기름이 다 떨어져 버린 줄도 모르고 정신없이 동서로 분주히 다녔던 일을 토로하며 쓴웃음을 졌던 기억도 난다.

X-ray개업도 역시 위험성을 갖고 있는데 웃지 못할 일도 꽤 많

다. 32세된 S여사가 나의 office찾아 온것은 배가 쓰리며 구역질이
나서였다. 소위 위궤양증세를 보였는데 자세히 물어보니 2주전에
LA에 있는 모 산부인과에서 임신 중절 수술을 받고 진통제를 자
주 먹으면서 배가 몹시 아파진 것이었다. 진찰 결과 산부인과 의
사에 의해 우선 임신이 아님이 확인됐으니 위장사진 촬영을 권하
였고 본인도 그것을 원하여서 X-ray개업을 하는 나의 office에 온
것이었다. 정성껏 X-ray 특수촬영을 하고 보니 궤양은 없었다. "아
마도 진통제를 많이 먹어서 위가 헐은 것 같다"는 결론으로 약을
투약하고 2주후에 다시 진단하기로 하고 환자는 돌아갔다. 약2주
후에 인근에 있는 나의 친구 되는 산부인과에서 전화가 왔는데 S
여사가 임신8주라는 것이며 환자의 요청에 의해서 소파수술을 했
다고 알려주었다. 아뿔사 LA에서 중절수술을 받았는데 어떻게 된
일인지 LA에 있는 산부인과 의사에게 문의해보니 분명히 성공적
으로 소파수술을 했다고 하며 다소 화를 내기에 친구에게서 들은
애기를 했더니 몹시 당황해 하는 것이었다. 그 후 부터는 젊은 여
자의 경우는 이유를 막론하고 임신 검사를 해 보거나 의심이 가면
연기하였다가 임신이 아님을 확인한 후에 X-ray 촬영을 하였고 지
금도 그렇게 하고 있다.

　그러나 멕시코 여성 Velasguez는 42세된 소위 폐에 온 sarcoidosis
환자로 호르몬 치료를 하고 있는 뚱뚱한 여성인데 비슷하게 배가
아프고 위궤양 증세가 역력했고 항상 아랫배에 개스가 차서 다른
의사로부터 받은 홀몬제를 먹고 있으며 여성 주기도 늘 불규칙적
이어서 임신에 대한 의심은 너무나 가지 않은 환자였다.

　위장 X-ray 투시 검사를 성공적으로 마치고 투약하여 보냈는데,

일주일 후에 배가 계속 아파서 다시 왔을때 초음파검사로 자궁을 검사해보니 아뿔사 임신태아가 보이며 그것도 벌써 6개월이나 된 큰 것이었다. X-ray 조사를 한 의사로서 긴장하였는데 4개월후 그녀는 건강한 태아를 분만하였고 지금도 잘 자라는 아이로 가끔 office에 찾아오는데 의사 환자의 관계가 좋았으니 다행이지 그렇지 않았으면 고소 당하기에 꼭 좋은 경우였다.

한국의 운전수들이 즐겨 붙이고 다니는 기도하는 그림 밑에 쓰여있는 "오늘도 무사히"가 내게도 적용되는 것임을 실감한다.

내과, 방사선과 동업

나의 개업은 결혼과 마찬가지로 나와 부인과의 소위 PARTNERSHIP의 개업이다. 결혼전 내가 졸업하여 전문과목을 내과로 하고자 할 때 나의 부인은 가장 같이 일하기 좋은 진료과목으로 그 당시 남들이 별로 하지 않으려던 방사선과를 전공했었는데 그것이 개업하는데 정말로 큰 도움이 되었다. 내과를 하려면 X-ray과를 모르고서는 거의 안되는 것임은 물론 X-ray의 진료 영역도 넓어져서 동위원소, Scan, 초음파 사진, 기타 Fluroscope를 이용한 조직검사, 동맥촬영등으로 X-ray과를 모르고서는 내과 개업은 불가능하게 되었다. 병원에 있는 많은 종류의 의료기구 중에서 X-ray장비계통이 제일 비싼 셈이다.

내 아내가 X-ray과를 전공하므로 내가 진료하는데 편리함도 편리함이지만, 환자들 특히 돈없는 환자들이 받는 혜택은 너무나 큰 것임을 나는 안다. 환자들도 이것을 알게 되어서 나는 비교적 환자가 많은 편인데 이것은 순전히 나의 부인이 방사선을 전공하여 생긴 결과여서 나는 늘 감사하다. 청진기로 백 번 들어본 가슴도 X-ray 한 장이면 더욱 선명하게 직접적으로 증명이 되는 셈이니 백문이 불여 일견인 셈이다.

같이 일하며 같은 환자를 보아 온 지가 15년이 되어서 환자를 보면 그의 이름도 이름이지만 그의 병력, X-ray의 특징까지 금새 눈에 선하여서 환자들도 놀라는데 이것은 나만의 개업이 아닌 나의 부인과 같이 하는 동업에서 오는 이로운 점이었다.

24시간 동업을 하면서 한가지 불편했던 것은 내가 잘못했을 때 혼자 개업하는 것에 비하여 은폐하기가 힘들어서 비교적 스트레스가 남들보다 배가 되는 셈이었다.

현대의 내과는 그전같이 단순하지는 않아서 세분화되었고 일반 내과를 하다보면 한 분야만 알아서는 실수하기가 쉽고 그러자니 공부도 많이 해야 되고 X-ray과를 같이 개업하다보니 정형외과적인 문제, 소화기 환자도 어느 정도 알아야 되는 만능의사를 요구하며 심지어는 난소암 자궁암들에 대한 지식을 충분히 알고 환자를 대하여야만 진단에 실패하지 않는 부담까지 느끼게 되었다.

방사선과도 같이 겸하다 보니 X-ray기계를 운영해야 하는 부담도 같이 지게 되어서 X-ray기계, FILM현상관계 그에 소요되는 Chemical의 공부등 나의 개업은 비교적 할 일이 많았다.

집에 돌아와서는 평범한 가정주부로 밥하며 빨래하며 때로는 병

원용 까운도 세탁하여야 하는 등 의사의 일은 집안에까지 연속이
었다. 수시로 불리우는 병원 입원환자로 인해 나는 집을 자주 비
워야 했기에 자식교육까지 거의 24시간을 바쁘게 뛰어 다녀야만
했다. 신앙심이 깊은 그녀는 일하면서도 틈만 있으면 기독교 신앙
으로 전도하고자 무던히 애를 썼으며 많은 환자들을 교회로 이끌
어 온 것도 사실이었다.

  하나님의 섭리로 만났든, 우연으로 만났든지 나와 나의 부인은
줄곧 동업자로서 부부로서 오늘도 보잘 것 없는 나의 office를 지
키고 있으며 이곳에서 환자를 돌보며 선교의 현장으로 알고 하루
하루를 지내고 있는 것이다.

나의 OFFICE

  1980년 간염에서 겨우 회복된 후 대학병원에서의 신경과 수련과
정을 중도에 정리하고 휴식을 취할 필요를 느끼게 되었다. 마음속
으로는 "내가 이토록 병에 대한 신경을 쓰다 보면 수명이 결코 길
지 못할 텐데"하는 걱정으로 지내게 되었고 잠시 한국을 방문하여
한국에서 어떻게 지내 볼 까하는 진퇴양난에서 고민하게 되었다.
그렇다고 갖고 있는 돈도 별로 없고 어디서 먹고살라고 월급 주는
것도 아니어서 부득이 가든그로브에 개업을 하게 되었는데 겸하여
서 산버나디노의 주정부병원에 Part Time의사로 취직을 하게 되었

는데 내가 생각했던 계획 즉 쉽게 개업하여 호구지책이나 하려던
생각은 처음부터 되지 않았다. 병원에 입원하는 환자가 한명이 생
겨도 바쁘기는 마찬가지였으니 아침저녁으로 자동차 운전만도 2시
간을 해야하는 어려움을 갖고 있었다. 마침 한인의사가 많지를 않
고 한국인들이 오렌지카운티로 몰려오는 때라 개업은 쉽게 자리를
잡고 1-2년 사이에 고정환자도 많이 생기게 되었다. 내 사무실은
극히 오래된 건물로 그 당시는 그래도 괜찮은 OFFICE였으나 해가
지나면서 경제사정이 나쁘다보니 완전히 퇴락한 보잘 것 없는 건
물로 바뀌게 되어서, 고급스런 환자들은 나의 OFFICE를 기피하며
언제나 앞에 있는 새 건물로 이사가느냐고 묻는 사람이 많은 것을
보면 꽤 누추한 건물속의 OFFICE임에 틀림이 없다. 그래도 나는
이 건물에서 나의 활력있는 젊은 시절을 보냈으니 애착도 가고 누
가 뭐래도 나의 삶터요 일터이다. 나의 OFFICE에는 X-ray기계도
있고 초음파 기계도 있으며 내시경 시설도 되어 있어서 없는 사람
들을 위해서는 최소한의 가격으로 봉사도 할 수 있는 좋은 조건의
Clinic임에 틀림이 없다. 그러기에 이곳을 드나드는 사람들은 DR.
연 OFFICE는 문턱이 낮다는 애기를 하며 그런말을 들을 때마다
나는 자부심을 느끼며 누추한 건물이나마 기쁘게 아침저녁으로 종
이도 줍고 빗자루도 들고 복도를 쓸기도 한다.

이곳이 나의 삶터이며 작업장이며 나의 봉사의 현장이며 이곳에
서 나의 청춘과 장년의 삶이 영글어 가고 있으니까. 나의 OFFICE
를 거쳐간 사람들 중에 이미 저 세상으로 가신 분들도 많이 있으
며 이곳을 찾았던 소년 소녀들중에는 이젠 장성하여 의사, 변호사
가 된 사람도 꽤 되며, 이곳에서 결혼증명서를 발급받은 희망찬

부부들도 꽤 많았다. 이곳에서 슬피 울며 자기의 처지를 하소연하던 환자도 많았고 반대로 자기는 한국에서 무슨무슨 직위에 있었던 돈있고 권력있는 고위직의 관리였다고 욱박지르던 사람도 많았다.

요즘은 경제사정이 나빠지고 주위환경이 험악해지다보니 밤중에는 나도 나의 OFFICE를 찾아가기가 무서워지는 듯 하나 그래도 이 오래된 건물중의 나의 OFFICE는 나의 삶터이며 애환이 엇갈리는 곳임에 틀림이 없다.

주사에 얽힌 얘기

병원에 와서 주사 맞는 것을 좋아하는 것은 한국사람이나, 우리가 다소 깔보는 멕시코 사람이나 비슷하며 으례히 주사를 한 두대 맞아야 진료비도 낸다고 한다.

얼마전 한국에 방문했을때 나의 Wife가 갑자기 설사가 나며 복통이 나서 인근 종합병원을 찾아갔는데 안 맞겠다고 하는데도 굳이 주사를 놔야 된다고 하며, 그러면 무슨 주사냐고 물으니 그런 것은 알 필요가 없다고 하며 거의 반강제적으로 주사를 놓아서 맞고 왔노라고 했다.

사실 주사맞는 사람도 겁나며 긴장되는 것 못지 않게 주사 놓는 의사도 마찬가지로 겁이 나며 긴장이 되는 것은 마찬가지였다.

가끔 나의 진료실 Office에 와서 "주사 맞는데 얼마냐? 비싸냐?"
라고 물은 후 진찰을 허락하며 굳이 주사를 맞겠다고 우기며 그나
마도 아주 싸게 해달라고 하는 힘든 환자도 있다.

나는 다행인지 불행인지 나의 의사생활중에 두번 페니실린 주사
부작용(Shock)을 직접 경험했다.

하나는 다행히 공군 군의관시절 위생병이 페니실린을 놔준 사병
하나가 약 15분만에 급히 부작용으로 실려왔는데 그는 끝내 죽고
말았다.

한번은 나의 Office에서 멕시코 남자 환자에게 주사를 놨는데 주
사바늘을 떼기가 무섭게 뒤로 나자빠지며 눈이 허여멀건하며 죽어
가는 것을 직접 대하고 평소에 연마한 (C.P.A)구급요령으로 5분만
에 다시 소생했는데, 그때의 마음은 5분은 내 인생의 몇 10년에
해당하는 시간이었다. 환자가 쓰러지게 되니 나의 마음은 급해지
게 되며 "죽어서는 안된다"라는 강박관념과 직업의식이 솟아나게
되는 것이었다.

인공호흡을 하며 심장을 눌러주며 하기를 약 5분 환자의 눈이
세 위치로 돌아서며 창백하던 얼굴에 생기가 돋게 되니 나는 "휴,
이젠 살았구나…"하는 안도감이 들게되고 그가 회복했을때 나는
그를 오히려 살아 준 것에 대해 고마움을 표현했다.

나는 그날 기다리던 환자 1-2명을 더 진료하고는 집으로 가서
휴식을 취하며 나는 내가 의사가 된 것을 무척이나 후회하며 다시
는 주사를 놓지않으리라고 다짐해 보았다.

정말로 가난한 사람은 주사를 나는 무료로 놔 주었었다. 주사
값이 얼마냐고 묻거나 정말로 가난한 사람에게는 무료로 주사를

놔주었었다. 그것은 40여년전 병원에 간 내동생이 돈이 없어서 주사를 못 맞고 온 것에 서글퍼하시던 나의 선친의 모습이 떠오르기 때문이었다. 주사 놔주지 않았던 외과의사가 지금도 내 머리에는 나쁜놈, 아니 나쁜 의사로 남아있기 때문에 나는 누군가가 나도 나쁜 의사로 부르는 것도 참지 못하겠기에 그렇게 하는 것이지 내가 자선사업을 하고자 하는 의도는 아니였다.

주사값을 받지 않고 그냥 가라고 하면 오히려 그 환자는 의아해 하는게 내게는 당연한 것이었다.

PART Ⅴ : "나는 환자가 알려준 모든 내정의 비밀을 지키겠노라"

"개업을 통해서 느끼는 진정한 환자와 의사와의 관계는
금전도 아니요, 교육이나 학연관계도 아니고
정말로 나의 생명을 부탁하는 절실하며 간절한
신앙의 관계인 것 같았다.
그러기에 의사의 사명은 절대적인 것 같았다"

북조선과 나의 환자

내가 사는 로스엔젤레스는 미국 제2의 도시요 캘리포니아 제일의 도시인데 면적으로 보면 경기도 전체 만한 땅 덩어리에 인구는 1000만이 안되는 세계적인 도시로 수많은 인종이 어울려 살다보니 소위 MELTINGPOT(용광로)라고 불리운다. HOLLYOOD와 같은 고급 주택지대가 있는가 하면 south central같은 흑인들이 사는 게토가 있으며 디즈니랜드가 있는가 하면 쥐도 새도 모르게 죽어도 찾기 힘든 지역도 있다. 이곳에 우리 한국 교포의 50%가 거주하고 있는데, 이곳에서 우리는 끔찍한 4·29폭동으로 재산도 잃어보았고 때로는 흑인들로부터 무참히 살해도 당하는 곳이다. 부지런히 일하며 땀 흘리는 이민 온 한국인이 있는가 하면 한국에서 큰돈을 가지고 와서 일안하고 무의도식하는 졸부들도 있는 곳, LA에 와 있는 순수 이민자들은 모두가 다 조국을 사랑하는 애국자들인 것이다.

마치 내가 미국에 처음 와서 어느 날 뉴저지 야외 음악당에서 LITTLE ANGELES의 춤과 노래 그리고 애국가를 들으며 눈물을 주르륵 흘렸던 것처럼 매일매일 조국을 걱정하며 사랑하는 것을 고백한다.

나는 고향이 충청도이니 두고 온 시골, 그리고 살던 서울에 나의 뿌리가 있는데, 여기 LA에 두고 온 고향이 이북인 분들이 꽤 많다. 내가 나의 고향을 생각하고 어린 시절을 생각하며 아버지를 그리워하듯이 멀리 체제가 다른 땅 이북을 오늘도 그리워하는 나의 환자들을 몇 명 소개하고자 한다.

몇 년 전 BIG BEAR산에 올라가서 수양회를 갖고 기도할 기회가 있었는데 강사님이신 돌아가신 영락교회 김계용 목사님과 3일을 같이 했고 공교롭게도 나는 그분의 식사와 침구담당을 하게 되었다. 항상 기도하시며 조용하시나 능력있는 설교를 하시던 목사님이셨는데 몇 개월 후 이북에 가셔서 친척을 방문하시다가 갑자기 돌아가신 사건이 있었다.

목사이기 전에 한 인간으로서 두고 온 고향과 아내를 간절히 그리워했음을 우리가 안다. 그는 표현은 안하셨지만 그의 가슴속에는 늘 고향의 식구들을 그리워하고 있었음을 알 수 있었다.

그러기에 그는 남하하여 사망할 때까지 결혼하지 않고 참고 인내하다가 마침내 북에 찾아가서 떳떳하게 부인을 만나고 거기에 묻힐수가 있었기에 그에 대한 존경심과 흠모의 정을 더 느끼게 된다.

나의 환자 K씨는 나의 선친보다 네 살 더 많으신 분으로 1949년에 정치적인 이유로 월남을 하시어 한국에서 고위 공무원으로 계시다가 일찍이 미국으로 이민오셔서 안정되게 사시는 분이다. 그러나 그에게는 눈물어린 향수가 있고 애틋한 사랑이 있음을 나는 안다. 1948-49년 소위 북조선 군관학교에 있다가 사상문제로 부득이 남하하게 되었는데 당시 4세된 아들(나와 동갑)과 부인을 두고 잠시 피해 내려 온 것이 그의 영원히 이별이었다고 한다. 부산에서, 서울에서, 온갖 고생을 하다가 성공하여 좋은 직위를 얻고 젊은 규수와 재혼하여 아들을 갖고 평안한 삶을 살다가 박정권과

의 사이가 좋지 않아 미국으로 이민와서 한국인들이 흔히 하는 직업을 갖고 두 아들을 잘 키우고 사시지만, 그의 가슴 한편에는 두고 온 아들과 부인에 대한 미안함과 궁금함으로 번민하다가는 나를 찾아 오곤한다. 이유는 나와 그분의 아들이 같은 나이기에 나를 보면 아들을 보는 듯 하다고 하셨다.

술을 좋아했으며 둥근 보름달을 보며 이북에 남겨 둔 아들과 부인을 생각해 보던 K씨가 나를 찾아오는 일이 좀 뜸해졌다. 우연한 기회에 물어보니 뜻밖에도 현부인이 나를 만나고 오는 것을 좋아하지 않으며 K씨가 달을 보며 이북을 그리워 마음까지도 싫다는 것이었다. 현 부인은 K씨보다 무려 15세나 젊으신 분으로서 생활력도 강하며 교육도 많이 받으신 분으로 K씨가 과거에 집착하는 것이 싫다는 것이었고 두고 온 산하와 자식을 생각하지 말라니 현 부인의 태도는 조금은 지나친 것 같았다. 그는 언젠가 기회가 되면 훌훌털어 버리고 북조선의 자식과 아내를 찾아가려고 하며 소위 반동분자라는 신분으로 인해 그의 가족이 받는 아픔을 갚아주고 그 긴 세월의 그리움도 처절하리만큼 안아주려는 듯 했다.

C씨는 K씨와 거의 비슷한 과거를 가지신 분인데 연세도 비슷하고 비슷한 시기에 아내와 아들을 두고 남하하여서 경상도 출신인 현 부인과 결혼하여 슬하에 2남1녀를 두고 재미있게 사시는 분이다. 다른점은 현 부인이 극히 동정적이며 남편을 이해하려고 한다는 점이다. 몇 년전부터 남편인 C씨가 불면증으로 잠을 못자며 고민하는 것을 안타까워하며 "죽기전에 한번 이북에 가서 부모님 묘소에 성묘도 하고 아들과 부인을 만나고 싶다"는 남편의 말에 현 부인이 손수 서둘러서 수소문하여 방북신청을 하고 같이 이북을

갔다 오게 되었다. C씨부부는 가슴 설레며 북경을 거쳐 이북에 들어가서 안내원의 안내로 가족을 만나게 되었는데 행인지 불행인지 부인은 이미 고인이 되었고 아들을 만나서 성묘도 하고 친척들을 만나고 준비해간 선물들을 전달했고 특히 내가 준 약품들, 항생제, 고약, 진통제등은 아주 긴요한 선물이었다고 후에 알려 주었다. 그 후부터 나는 이북을 갔다 오는 나의 환자들에게는 항생제, 약품을 선물로 주곤 했다.

이북을 방문하고 온 C씨는 얼마동안은 즐거움과 흥분으로 지냈지만 시일이 지나면서 고민과 우울함으로 바뀌게 되었는데 이북의 아들이 간경화증으로 고생하며 약과 돈이 필요한데 돈을 송금해도 얼마나 실제로 가족들의 손에 가는지도 모를 뿐만 아니라 C씨의 가정형편도 그리 좋은 것은 못 되었다. 얼마후 C씨는 아들을 사랑하는 간절한 아버지의 사랑으로 이북을 다시 방문하게 되었고 그로 인해 그의 건강도 악화되었다.

몇 개월이 지난 어느 날 C씨는 내게 슬픈 소식을 전했다. 간경화증의 아들이 끝내 세상을 떠났다고 하는 소식을 듣고 그는 며칠을 먹지도 못하고 삼도 못자는 슬픔을 맛보았나. C씨는 건강이 나소 나빠지는 듯하더니 어느 날 기침을 하며 열이 나서 검사해보니 오른쪽 폐 상단부분에 폐암이 생긴 것이었다. 여러차례의 검사후 상단부 폐를 절제하고 그후 방사선 치료를 하였으나 그의 건강은 별로 좋지 않은 상태로 지내다가 급기야 합병증으로 폐염이 생겨서 입원한 후 몹시 고생하다가 그만 세상을 떠나게 되었다. 그는 그가 그렇게도 그리워하던 "북조선"의 아내와 아들을 만나려고 뒤따라 먼길을 떠나고 말았다. 늘 그는 천주님을 찾는 독실한 카톨

릭교도였으며 온화한 아버지였고 남편이었는데 그의 가슴에는 늘 두고 온 산하와 그리운 사람들이 있었다.

K목사님은 현재 양로원에서 반신불수로 계시며 위에 열거한 분들보다 연세가 3-4세 많으신 분이시다. 그는 부인과 2남 1녀의 자식을 두고 6·25이후 월남하셨는데 교회의 전도사였기 때문에 부득이 남쪽으로 내려오셔야 했었다. 후에 전도사를 거쳐 목사가 되셨고 역시 젊은 경상도 부인과 결혼하여 아들을 둘 두었고 미국에 와서는 LIQUOR가게를 하시며 반정부일을 하며 북조선을 찬양하며 하나님외에는 신이 없는 것이며 김일성도 하나의 인간일 진데 그는 김일성을 꼭 김주석님으로 존칭했으며 하나님보다도 김일성에 대한 얘기가 더 많았고 그의 행동도 그러했지만 나는 나의 환자인 이상 환자와 의사로서의 관계는 유지하려고 노력했다. K목사님의 전부인은 아직도 이북에 살아 있으며 자녀분들도 생존해 있는데 한분은 의사로 활약한다고 하며 미국의학잡지 New England Journal of Medicine을 신청하여 이북으로 보낼 수 있는가 문의해와서 신청해 주었다. 그는 양의학보다는 한방의학에 더 조예가 깊다고 하여 나와는 얘기하기가 힘든 입장이었지만 같은 동족으로 부탁하는 것을 거절할 수가 없어서 도와주었다.

K목사는 이북을 몇 차례 내왕했으며 근자에는 운영하고 있는 Liquor Store을 처분하여 10만불을 가지고 이북에 가서 살겠다고 현부인과 다투기 시작하였다. 현부인은 다투다가 지쳐서 결국 서로 헤어지기로 하고 10만불을 가지고 이북에 가서 살기로 계획하던 중이었다.

그러던 중 현부인의 복부가 아파서 진찰을 해보니 자궁암이 생겨 있어 수술을 하고 방사선 치료를 하고 있으니 당연히 집안 사업이 기울게 마련이었다. K목사는 고령에다가 가세가 기울게 되니 그도 또한 신경질적이 도고 성격도 또한 거칠어지게 되더니 어느 날 응급실을 통해서 입원하게 되었는데 그는 오른쪽 팔과 다리에 마비가 오고 입도 돌아가는 중풍이 되었는데 언어도 잘 안 될 뿐만 아니라 음식을 넘기지를 못하니 결국 위에 구멍을 내고 튜브를 끼고 음식을 주입하게 되었고 딸꾹질을 계속하는 증세가 계속되었다. 그래도 그는 두고 온 이북과 김일성 주석을 찾으며 심지어는 미국의학보다 더 좋은 이북의 의술을 받아야 된다고 고집하고 있으나 누구하나 믿으려 하는 사람이 없었다. 결국 그는 부인과 자식들로부터 소외되고 교회로부터 소외된 채, 양로원에서 하루하루의 수명을 연장하며 가보지 못할 그의 고향의 꿈만 꾸고 있는 것이다.

K씨의 경우도 비슷한 내력과 사연을 가진 분으로 그도 역시 북조선 평양을 방문하고 와서 오히려 더 괴로워하며 안 갔다 온 것만 못하다고 하는 환자이다. 금년이 76세이니 앞에 열거한 분들과 판에 박은 듯 하다. 그 역시 아내와 자식을 두고 남하해서 역시 경상도 출신의 여자분과 결혼하여 3남 1녀를 낳았고 미국에 와서 교회도 다니며 울적하던 술도 한 잔하며 담배도 피우는 평범한 사람이다.

10여년전 그는 배가 불편하여 나의 Office를 찾아와서 위검사를 하고 비로소 그가 위암 환자인 것이 발견되었는데 그는 믿지 않으려고 했다. 반강요하다시피 하여 위수술을 했는데, 그는 10년이 넘도록 아무 탈없이 건강하게 살고 있으며 무척 나를 고마워하는 분이다. 그러기에 그는 그의 생의 아까움과 존귀함을 더욱 실감하며 죽기 전에 두고 온 산하와 가족들이 보고 싶어서 수소문하여 현부인의 허락을 받고 북에 갔다 왔다. 그가 갈 때도 나는 어김없이 항생제등의 약품을 주었는데 무척 도움되는 선물이었다고 한다. 성묘도 했고 가족도 만났고 회포도 풀었으나 그는 요즘 강요되는 "헌금으로 인해 고민을 하고 있다. 돈을 보내 주어야 가족들이 잘 살텐데 그는 Social Security에서 나오는 돈을 가지고 사는 처지여서 여유가 없다. 고향을 가는데도 돈이 필요한 세상이라고 그는 돈 없음을 한탄한다. 마음만 먹으면 비행기표만 있으면 쉽게 서울 갔다 올 수 있는 분들과 비교할 때 북조선은 너무나 멀고 값이 나가는 방문이다. 어서 속히 남북이 통일되고 자유롭게 자기의 부모나 자식을 찾아갈 수 있는 시대가 오기를 나는 나의 환자들을 통해서 느끼면 기도한다.

재혼에 대하여

내과의사의 한 가지 고민점은 남의 얘기(환자)를 충분히 들어주어야 하는 고충인데 그중 하나는 재혼하려는 분이나 재혼하신 분들과의 대화이다.

부인이 돌아가신지 3-4개월 밖에 안되는데, 자식들 뒷치닥거리와 부인이 없으니 구질구질해져서 좋은 여자 만나면 결혼하겠다고 하던 분들이 정말로 다시 결혼해서 내 앞에 나타날 때 보면 "이유야 어쨌든 먼저 죽은 자만 서럽구나"하는 생각이 든다. 이런 현상은 비단 젊은 분들만 그런것이 아니고 나이가 지긋하신 노인들도 마찬가지여서 그들은 그들 나름대로 결혼조건으로 따지는 것이 있게 마련이었다.

"늙어서 나도 간수하기 힘든데 다른 늙은이 수발할려고 결혼하나? 늙어서 서로 의지하고 살고 싶어서 결혼한다"라는 묘한 이론으로 결혼을 하시는데 내가 본 노인들 중에서 정말로 성공적으로 결혼생활을 하시는 분은 젊은 층에서는 곧잘 볼 수가 있으나 노인 층에서는 극기 드물게 마련이다.

N씨는 50이 훨씬 넘은 사업가로서 첫번째 결혼으로 행복하게 성공적인 사업을 하고 살다가, 부인이 갑자기 질병으로 사망하고 3-4개월 후에 재혼하였는데, 결혼 후 갓난아기도 갖고 새 살림을 하는데 사업은 점점 퇴보하고 결국은 파산을 했다고 하는 소식을 접하게 되었다.

K씨는 70이 넘었으나 골프를 매주마다 2-3회씩 즐기며 천주교회에 나가서 종교생활을 하시는 분으로 한국에서는 좋은 직장을 갖고 잘 살았으며 자식들은 미국에서 성공하여 그는 남부럽지 안은 노인이신데 얼마전 상처하게 되었는데 그후 20여년간 과부로 지내시던 믿음 좋은 L권사님과 축복속에 재결혼 하였는데 어찌된 일인지 기대했던 것처럼 잘 살지 못하고 결국은 1년후 다시 헤어지게 됐으며 같은 하나님을 믿는 신교와 구교이지만 역시 이 두 종교는 그들에게는 이질적이었고 늦게 결혼했으나 자녀들에게 느끼는 죄의식으로 그리고 너무 계산된 만남으로 어려서 아무것도 모르고

만나 연애하던 것과는 엄청난 차이를 느끼는 듯했다. L여사는 영
주권이 있고 그녀와 동거했던 남자들은 영주권이 없어서, 오로지
영주권을 얻기 위한 남자들과 영주권을 주겠다고 하며 실제로는
결혼을 요구하니 한국에 처자가 있는 남자들이 갖은 수법을 쓰는
것이었다.

　사랑이 없다보니 인내에도 한계가 있는 듯, "영주권 못 받아도
좋다" 하는 욕설과 함께 구타가 시작되는데 L여사 역시 치마만 둘
렀지 그 힘이 남자 못지 않으니 그들의 싸움은 갈비뼈가 부러지고
얼굴에, 피멍이 들게 마련이었다.

Part Ⅵ "죽음으로 가는 인생길"

"인간은 10년을 살든 100년을 살든, 누구나 죽어가며 결국
죽은 것인데…
왜 이다지도 힘든 생활을 해야만 하는 것인지…
죽음, 그 다음에는 무엇이 있는가?
봄에 새싹이 돋고 가을에 낙엽이 되어 떨어지고
겨울이 지나면 다시 싹이 나는 것인지…
죽음뒤에 천국이 있다는 확신을 갖는 사람은
기쁘게 죽음을 맞이하며, 새로운 생을 시작하는 것인데—"

노인병과 양로원

내과 중에서 노인병을 전공하는 분들을 보면 과연 저런 학문도 존재 할 수가 있는가 하고 의아하게 생각하지만 노인병에 속하는 소위 Alzheimer씨병, 중풍, 노인성 정신병등은 얼핏 보기에 비슷하나 실제 내용을 보면 너무나 차이가 나는 질병이다.

Alzheimer병은 소위 치매병이라고도 부르는 모양인데 신경세포의 퇴화로 인해 기억력이 떨어지는 병인데 생각보다 심각하며 근자의 기억이 소멸되며 먼 기억도 서서히 소멸되어 마치 인생이 거꾸로 돌아가는 듯하여 사람이 태어나서 젖먹고 손가락 빨고 똥싸서 주무는 1세 미만의 상태로 되돌아가지만 심장이나 폐 등의 건강상태는 극히 양호하여 정상상태인 것이다.

또한 중풍을 몇 차례 당하다 보면 뇌세포의 어느 부분이 특히 파괴되어서 몸의 일부가 마비가 되고 기억력도 떨어지며 Alzheimer와 궁극적으로 비슷한 결과를 초래하게 되지만 병의 근원이 사뭇 다른 셈이다.

노인성 정신병은 몸을 멀리하며 기억력도 멀리하는데 망상이나 혼청등이 생기게 된다. 이런 환자들을 취급하다 보면 불쌍하기도 하며 한편 그들이 행복하다고 느껴진다. 그들은 죽음이 무엇인지 아픔이 무엇인지 도무지 관심도 없고 느끼지도 못하는 것이다.

A여사는 어려서 여학교를 나오고 선생님도 하신분인데 80이 넘어서부터 소위 노망기가 생기게 되었는데 분명히 Alzheimer병에 걸린 것이었다. 그녀의 아들을 보고서도 누구냐고 물으며 이유없이 아무나 보고는 웃는 것이었다. 소변도 여기저기 보게 되고 대변을 보고서는 주므르기도하고 벽에 뿌리기도 하며 가끔 변비로 나온 변을 들고 먹기도 하니 온 집안이 난리가 난 듯 했으며 가까스로 양로원에 보내도 그 증세가 심하니 진료를 거부당하고 다시 집으로 쫓겨오게 되니 아들과 자부에게는 이런 어머니 수발하기에 힘들고 바빠서 여간 고생을 하는 것이 아니었다.

H여사는 70이 넘어서부터 먼 산을 보고 웃기도 하며 밥을 해준다고 쌀을 밥통에 붓고 물도 없이 전기를 꽂아서 불나기 일보 전에 발견되기도 하며 한밤중에 자다 말고 일어나서 옷도 입지 않고 사위가 자는 방으로 들어가니 온통 집안이 난리인데 다행이 사위가 사람이 좋아서 장모를 붙들고 울면서 이렇게 사시면 어떻게 하시느냐고 더욱 극진히 모시고 있다. 더러운 옷을 깨끗이 정리한다고 차고에서 불을 피우다가 발각되었는데 이때도 착한 사위는 그녀를 붙들고 불쌍하게 울었다고 한다.

J여사는 천주교를 신봉하는 신앙이 깊은 분으로 외동딸과 사는데 어머니가 65세 밖에 안되었는데 환각을 들으며 환상을 보게되고 괴이한 짓을 그의 사위가 보다 못해 같이 못살겠다고 하여 그 부인에게 "자기와 같이 살든지 아니면 양로원에 보내든

지"하라는 양자택일을 요구하여 울면서 양로원에 보내게 되었고 그곳에서 1-2년 살다가 음식을 잘못 먹고 질식하여 세상을 떠나고 나니, 외동딸의 슬픔은 남편에 대한 분노로 변하게 되었다.

L여사는 74세의 노인으로 갑자기 기억력이 떨어지기 시작하더니 집에서 나가서 길을 잃고 해매여 음식먹는 것도 힘들어 하여 딸이 다니던 직장을 그만두고 봉양하였다. 딸이 갑자기 난소암으로 큰 수술을 받고 거의 죽게 되니 눈물을 머금고 어머니를 양로원으로 보내게 되었는데 이 노인은 나를 볼 적마다 자기의 딸이 언제나 와서 자기를 집으로 데리고 하느냐고 묻는 것이었다. 자기의 딸이 난소암으로 몇차례 수술도 받고 사경을 헤매고 있는 것을 알지도 못하며 이젠 아무것도 이해할 수 없게 되었다.

W여사는 88세에 나의 Office에 찾아왔을때는 천식이 심하고 3-4종류의 약을 먹는 환자였으나 양로원에 입원시키고 보니 혈압도 정상이 되고 천식도 말끔히 나았고 아무나 보아도 웃는 천진스러운 아이처럼 되어서 오히려 집에 있는 것 보다 편하고 가족들도 행복해졌다. 92세에 돌아가셨으니 4년간을 양로원에 계셨고 그녀는 어느 날 저녁 조용히 주무시다가 돌아가셨다. 평안한 그녀의 죽음을 보고 슬퍼서 울기보다는 그렇게 돌아가신 것이 얼마나 다행인가 하고 오히려 기뻐했다.

그런가하면 중풍으로 수족을 못쓰는 김노인은 소리를 지르고 수발 들어주는 며느리에게 요구하는 것이 많아서 대소변 갈이, 시간맞추어 음식과 약 먹여드리기 등 50이 넘은 며느리는 하루속히 시아버지를 양로원에 입원시켜서 그로부터 해방되고자 하

나 그녀의 남편은 불효라고 하며 강력히 반대하고 나왔다. 시아
버지도 양로원에 보내려면 차라리 나를 죽여 달라고 사정한다고
하니 집안의 분위기가 가히 상상이 간다. 이렇게 볼 때 건설적인
양로원의 필요성은 절대적이며 누군가는 이 일을 해야만 될 줄
로 믿는다. 누가 할 것인가?

죽음에 대해서

  신학적인 의미의 죽음보다 생물학적인 죽음을 생각해 본다. 소
아과 의사는 갓태어난 "생명"을 취급하는 의사인데 내과를 전공하
는 특히, 노인병학의 경우는 죽음을 다루는 분야이고, 내과의사보
다 한단계 뒤에서 취급하는 직업은 "장의사"임에 틀림이 없다. 내
과의사는 병실에서 사람의 숨이 넘어가 전까지를 취급하며 장의
사는 숨이 넘어간 이후부터 시체실에서 일을 하는 것일 뿐 오래
하다보면 죽음은 인생행로의 하나의 과정 일 뿐이었지 다른 의미
는 없었다.
  나의 아버지가 돌아가신 것에 대해서는 의미가 부여되고 희노애
락이 연관되어 눈물도 흘리게 되나 어느 멕시코계통의 할아버지가
죽은 것은 덜 슬프거나 감정의 변화가 없이 아주 사무적으로 대하
게 된다.
  인류가 태어난 이후부터 우리는 죽음을 맞아야 되고 누구나 죽

는다고하는 명제에 이의를 달 사람은 없을 것이다. 그러나 인간의
수명은 점점 길어지고 있다. 옛날 원시시대부터 1900년도까지 약
5000년동안에 인간의 수명은 2배로 연장되었지만 그것은 약 45세
에 불과했다. 그후 과학과 의약품의 발달, 또 위생과 예방의 노력
의 결과 1990년대의 미국의 평균수명이 78세이며 2000년도가 되면
더 연장될 징조인데 이로 인해 노인의 인구가 늘고 자연히 사회복
지의 기금이 기하급수로 필요하게 되어 급기야는 사회문제까지 이
르게 되었지만 여하튼 인간의 죽음은 필연적이다.

혹자는 죽은 나무잎에서 새 잎이 돋아나 때가 되면 나무에서 떨
어지듯이 그 어떤 의미도 부여 할 수 없다고 했다. 죽음을 자주
접하다보니, 죽음에 대해 꽤 알 것 같으나 내가 아는 것은, 숨이
끊기고 심장이 멈추고 뇌파가 멈추고 신체가 차가워지며 그러기에
부패한다고 하는 지식외에 더 아는 것이 없다.

그러기에 임종을 지켜보면, 혼수에 빠져서 있다가 갑자기 깨어
났다가는 이내 숨을 끊게 되는 것이 고작이었다. 어쩌다 부검실로
옮겨져 무엇이 원인이었는지 규명해 보는 정도가 죽음에 대해서
아는 것이다.

나의 할아버지도 돌아가셨고 나의 아버지도 돌아가셨으니 그 다
음은 당연히 내 차례이다. 이렇게 생각하다 보면 일하는 것도 의
욕을 잃고 좌절하게 된다.

내가 그간 관찰하고 느낀 죽음중에서 몇가지 인상에 남는 것은
신앙인들은 비교적 편안하게 돌아가시는 것을 볼 수 있었다. 나의
친구 아버지 되시는 L씨는 위암으로 1년여를 고생하시다가 임종하
시게 되었는데 그는 문밖에서 그를 기다리시는 예수님을 보고 있

는지 "여보, 예수님이 흰 옷입고 밖에서 기다리고 있소…"라고 말하며 그는 숨을 거두었다. 조금도 아파하지 않으며 희망과 환희의 순간을 우리에게 보여 주고 가셨다.

R씨 경우에도 역시 천주교 신자이고 신앙이 돈독하여 그토록 몸이 아파도 꾹 참으면서 그가 믿는 천주님을 부르며 웃음지으며 타계하는 것을 보았다. 대부분 환자들의 임종은 아픔과 혼수속이었는데 그래도 그들의 운명은 거룩함 그것이었다.

L씨는 역시 독실한 천주교 신자로서 위장암 환자인데 몸이 아플 때는 기도를 하는 분이었다. 또 죽음에 대해서 그리 걱정하거나 초조해 하지 않는 분이셨다. 어느 날 나는 그가 침대에서 무릎꿇고 기도하는 모습을 보며 그가 믿는 신앙이 그를 그토록 죽음을 겁내지 않고 담대하게 만드는 것을 알 수 있었다. 돈을 많이 번 부자가 죽기까지도 그가 가진 재산으로 인해 아까워하며 고생고생하다가 임종하는 것과 얼마나 대조적인가! 평소에 죽음에 대해 정리를 하고 담담하게 기다리는 정신이 언제나 갖추어져야겠다. 나의 직업, 즉 죽음에 이르는 마지막 운명의 시간을 조금 더 연장시켜주는 의료행위도 어떻게 보면 그렇게 좋은 것은 못 되는 것 같았다.

P씨는 폐암의 진단을 받고 방사선 치료를 하고 있는데 그의 상태는 유동적이어서 예측하기 어려운데 그는 요즘 심리적으로 몹시 불안해지며 나의 Office를 찾는 횟수가 무척 잦아졌다. 환자들은 괜찮다는 애기를 듣고서는 기뻐하며 돌아가는 꼭 갓난애기 같았다. 어린아이가 어머니의 젖을 찾듯이 의사의 눈동자와 웃음까지도 찾아 읽으려 한다.

이것도 주님의 뜻입니까?

LA에 와서 개업을 하다보니 종종 나도 이해 못할 일들을 체험하는 데 몇가지 소개하고자 한다.

한국이민의 큰 목적중 하나가 바로 자녀들의 교육문제 때문인 것은 누구나 잘 아는 사실인데 아침부터 나가서, 그것도 부부가 같이 하나는 공장으로 하나는 또다른 직장으로 출근했다가 저녁이나 되어서야 지친 몸으로 집으로 돌아오는 분들이 그래도 그들의 건강을 지탱하고 웃음을 잃지 않는 것은 오로지 한가지 자식들의 성공을 위해서이다. 말썽부리는 자녀들도 많지만 너무나도 독립적으로 공부잘하며 매사에 성공적인 자녀들도 너무나 많다.

C씨 부부는 40이 넘어서 미국에 이민을 왔는데, 그들에게는 두 아들이 있었다. 그중 맏아들은 한국에서 고등학교를 다니다가 왔지만 미국사회에 적응이 빠르고 영리하여서 고등학교를 졸업하고는 미시간 대학에 진학하여 우수하게 졸업하고 박사과정을 밟게 되었다. 인물도 출중했고 성격도 무난하여 오로지 공부에만 그의 온갖 심혈을 기울였고 C씨 부부는 아들의 성공을 위하여 어려운 나날을 불평없이 꾸려 나아갔다.

"내년이면 박사학위를 딴 답니다."

"박사학위를 땄습니다."

"논문이 너무 훌륭하여 곧 CAL TEC에서 교편을 잡게 됩니다."

C씨부부는 볼 적마다 너무나 행복해 보였고 희망에 가득찼는데 더욱 즐거운 것은 "결혼을 하게 되었습니다. 미시간에서요."라고 말하는 것이었다. 나는 그들을 위해 축하금을 보내 드렸고 그들은 감사의 편지를 보내왔다.

그후 어느 초가을 C씨 부인은 눈물젖은 얼굴로 찾아와서 사연을 얘기하는데 나는 '아, 이것도 주님의 뜻입니까?'라고 한숨쉬지 않을 수없었다. 결혼하고 CAL TEC에 전임강사로 부임하게 된 C씨의 아들과 며느리는 자동차 여행으로 대륙횡단하는 중에 교통사고로 그들 부부는 그 자리에서 즉사를 하고 임신중인 아이까지도 장례를 치렀다는 것이었다. 그 며칠 사이에 C씨 부인은 폭삭 늙었으며 머리는 온통 흰 파뿌리가 되었다. 죽음으로 인한 인간의 스트레스가 이토록 무서운 것인가. 분명히 중년 부인에서 완전히 노인으로 바뀌었다. "아직도 내 가슴에서는 자식놈의 심장이 뛰는 것 같습니다." 라는 C씨의 풀꺼진 목소리는 그 또한 인간의 모든 희망을 잃어버린 것 그것이었다. C부인은 불면증에 걸렸고 몸도 약해지고 더 이상 공장에 나가서 일할 목적도 없어졌다고 하며 직장도 사직하고 말았다. 이 부부에게는 아들의 박사학위 획득과 금의환향하는 것이 오로지 그들의 전 인생이었으니까…

K씨는 한국에서 꽤 좋은 공무원으로 근무하다가 군사정권과 알력이 생겨 이곳으로 이민을 왔으며 올 때 가져온 돈도 꽤 되어서 도낫츠가게를 인수하여 장사도 제법 잘되어 비교적 잘 살며 아들

과 딸의 교육을 위해 오로지 심혈을 기울였다. 뜻밖에도 큰아들은
운동에 소질이 있어서 미식축구에서 RUNNING BACK으로 대성하
게 되었고 소속된 고등학교가 연속 우승하게 되었고 그로 인해 좋
은 대학에 장학생으로 스카웃 되어 그의 앞길은 훤히 트이게 되었
다. K씨는 가게에서 부인은 아들을 위해 그들의 온 시간을 보내게
되었고 드디어 그 유명한 UCLA에서 미식축구 선수로 SCOUTT되
었다는 통보가 오게 되어서 그들의 기쁨은 말할 수가 없었다.

　며칠후 그는 영광스럽게도 특별히 선발된 어느 BOWL GAME에
출전하는 기회를 얻었는데, 그만 그는 RUNNING하던 중 강한
TACKLE을 받고 넘어져서는 일어나지 못하고 들것에 실려 나왔
는데 그의 오른쪽 무릎의 뼈가 골절되고 관절도 부서져서 회복 불
가능하게 되었다. 그로 인해 그의 육신은 물론 그의 부모의 희망
은 삽시간에 물거품이 되었고 온통 집안은 우울해지며 평소에 공
부한 것이 좋지 못한지라 대학가기도 힘들 지경이 되었다. 이로
인하여 아들도 성격이 포악해 지며 아버지는 술만 마시게 되고 집
안은 온통 뿔뿔이 흩어지고 말았다.

　W씨는 텍사스에서 화학을 전공한 박사로 그가 갖고 있는 자식
에 대한 열정은 남달리 컸다. 그에게는 아들 둘과 딸이 하나있는
데 큰 아들은 나의 큰아들과 둘째 아들은 나의 둘째와 같은 학년
이어서 우리는 아주 친하게 지내는 사이였다. W씨는 아들이 고등
학교를 졸업하기 일개월전에 좋은 차를 아들에게 선물하게 되었
다. 성격도 수수하고 매사에 꼼꼼한 큰아들이 명문 서부대학에 입
학하였고 입학금도 모두 지불하였었다. 내일이면 기숙사로 올라가
게 되었다고 인사를 왔었으며 분명히 나의 큰놈과 얘기도 하고 웃

으며 작별을 하고 집으로 간다고 하며 그는 새차를 몰고 갔는데 2
시간 후 W씨의 집에서 소식이 왔다. 큰아들이 동네 길에서 친구들
과 자동차 경주를 하다가 실수하여 큰 나무를 들이받고는 그 자리
에서 즉사했다는 것이었다. 그의 시신을 차속에서 꺼내는 데에도
시간이 꽤 걸릴 정도로 자동차의 앞부분이 뒤에까지 밀려 들어갔
다는 것이었다. 그로 인해 2-3일은 나도 같이 바빴으며 W씨를 위
로하며 황망중에 장사를 지냈다. 그 며칠 사이에 그는 완전히 늙
어 버렸고 그의 마음은 어딘가고 멀리 간 듯했다. 그가 꿈꾸던 그
의 아들의 성공은 싹이 나기도 전에 밟혀 버린 것이었다. 마치
EDEN의 동쪽과 같았다. 나는 그를 보며 '아니 이것도 주님의 뜻
입니까? 너무하십니다.'며 같이 흐느꼈는데 오히려 그는 이것이 주
님의 뜻이라며 순순히 받아들이는 신앙을 보며 위로하러 갔던 내
가 오히려 위안을 받았다.

영안실

가든그로브 병원 영안실 앞을 매일 같이 지나다닌지도 벌써 15
년이 되어온다.

공교롭게도 나의 Office는 병원 뒤쪽에 위치하고 있어서 부득이
뒷문으로 병원을 출입하게 되는데 영안실은 뒷문으로 들어가자마
자 오른쪽 첫방에 위치하며 어쩌다 반쯤 열린 영안실을 들여다보

면 매일 시체가 1-2구는 안장되어 있으며 가끔은 부검(Autopsy)하느라고 올려져 있는 시체를 보게 된다.

그런가 하면 뒷문 바로 밖에는 흡연자를 위해 옥외 흡연자용 의자를 몇 개 마련해 놓았다.

벽안쪽은 죽은자의 시체와 혼이 있고, 벽밖의 쪽은 산사람의 흡연과 웃음이 있어 서로 교차되는 곳으로 나 또한 이곳을 하루 1-2회는 꼬박 지나 다녔다.

사람이 죽을 때를 보면 몇 가지로 분류가 된다.

혹자는 다가올 미래에 대해 불안해하며 몹시 흥분해서 소리지르며 살려달라고 부르짖었다.

대부분의 경우는 고생하다가 혼수에 빠져서 정신을 되찾지 못하고 그냥 자기 길로 가게 된다.

혹자는 죽음을 체념하거나 담담해서 조금도 두려워하지 않고 종말을 고하는 경우도 있다.

이곳 영안실을 지나면서 나는 한번도 곡하는 소리를 듣거나 분향하는 것을 보지 못했고 가끔 영구차가 와서 조용히 시체를 싣고 가는 것을 보았다.

한국과 미국의 죽음을 대하는 것과, 장례 지내는 것에는 엄청나게 큰 차이가 난다.

미국에서는 울고불고 하는 것을 본 기억이 없었다. 환자가 임종에 가까워지면 의사는 보호자를 불러서 임종이 가까워오니, 장례 준비를 해두는 것이 좋겠다고 하면 대부분의 보호자들은 눈물을 떨구며 슬퍼하다가 각기 흩어져서 장의사와 장지들을 마련하고 엄숙하게 죽음을 기다리는 것이었다.

드디어 환자가 운명하면 시체는 영안실로 운구되어서 안치되고 6-8시간여를 기다리면 영구차에 실려 장의사로 가서 1-2일을 지내면서 입관예배, 기도회등을 거쳐 장지로 옮겨져서 하관하고 이 세상을 이별하는 극히 기계적이나 엄숙한 시간의 연속인 것은 한국의 떠들썩하고 낭비가 심하며 시간 소모가 많은 것에 비해보면 이곳에서는 죽음도 우리 삶의 한 부분으로 극히 자연스럽게 느껴진다.

하관후 3-4개월이 지나면 동판에 새긴 묘비가 관 윗부분에 놓이어 그곳에 장미꽃이나 카네이숀같은 좋은 꽃을 놓은 공간을 마련해 놓게 된다.

환자가 들어갈 땅은 불과 2-3평에 불과하며 다른 사람들과 같이 공유하는 공원을 이룬다.

시체는 방부처리를 위해 피를 모두 뽑아 내어서 부식을 방지하며 비록 죽은 몸이지만 화장을 곱게 하여 마치 산사람처럼 꾸며놓으며 고인이 간직하던 찬송가나 성경을 관속에 넣어 주게 된다.

장례식중에 술을 마시거나 화투를 치는 것은 보지도 못했고 상상도 못한다.

떠들썩한 한국의 장례식에 비해 미국은 비교적 조용하며 장례후 명절이나 기념일이 되면 끊이지 않고 꽃을 가지고 가서 영전에 꽃아 주며 대화하는 것을 보면 멋진 그림과 같다고나 할까!

나도 4-5년전에 교회를 통해서 나의 묘지를 구입해 놓았는데 처음에는 비교적 기분이 나쁘며 꺼림직했으나 이제 나이가 들고 친구들이 하나씩 사라지기 시작하니 현실로 받아들이고 준비하게 된다.

시한부 인생

사람의 수명(Age)에 대해서 연구하는 학문도 있으며 이것을 연구해서 노벨 의학상을 수상한 사람이 있다는 사실을 알면 다들 놀랄것이라고 생각한다.

수명에 대해서 두 가지 큰 학설이 있는데 어느것 하나 정설은 아니다. 원시시대에 태어난 사람은 평균 19세를 살 수 있었고 1900년에 태어난 사람은 47세를 살 수 있는 확률이 있음에 비해 1990년에 태어난 사람은 75세를 살 수 있다고 한다. 이토록 인류의 수명은 연장되고 있으며, 1900년대에 미국의 65세 이상이 되는 수는 불과 4%에 미만이었으나 1990년에는 13%가 됐다. 이중에 여자가 훨씬 더 많고 그러다 보니 치매(Alzheimer)가 많이 늘어나고 있으며 미국의 Social Security 대치금도 줄어들게 되어서 Retire Age의 한계도 점점 늘어나고 있다고 한다.

그러나 몇몇의 사람들은 질병 특히 고약한 암으로 이해 사형선고를 받고 시한부인생을 보내고 있다.

박선생은 현재 71세 되는 분으로 폐암으로 고생하는바, 방사선 치료를 해서 비교적 상태도 양호하고 현재로는 생명에는 큰 지장이 없는 상태인데 본인은 그렇지가 못하여 몸에 조금만 이상이 와도 벌써 죽음의 불안으로 가득하며 차도후에 의학적으로 설명을 해서 이해시켰으나 그의 심리적인 문제는 도저히 나로서는 할 수가 없는 셈이다.

그는 한국에서 큰 직위도 갖고 비교적 성공한 편인데 지금의 그는 너무도 초췌하여 동정심 마저 생긴다.

그는 그의 인생이 풍전등화와 같은 것으로 인식하며 불안해한다. 누구도 모르는 그의 운명의 시간을 그는 마치 예상하는 듯이 …

대개 6-7세된 아이들은 부모의 장례식에서도 울지 않고 오히려 소풍 나오듯이 하는 행동은 그들의 인생이 무한하며 죽음이란 그들의 삶에서 멀리 떨어진 남의 일이기 때문이라 하며 죽음이란 무엇인가를 알게되는 나이는 9세가 넘어야 되며, 그러기에 성인들에게 의외로 너무 알기 때문에 자신이 만든 병이 있을 수 있다는 것이다.

1개월전에 설사 때문에 나의 clinic에 들려서 링겔주사를 맞고 갔던 환자가 다시 배가 아파서 정밀 검사를 해보니 간암이 발견되었으며, 여러 다른 장기에 이미 퍼져 있다고 하면 얼마나 당황하고 놀라운 일인가?

전에 치질로 인해서 치료받고 간 환자가 취장암으로 사형선고 받고 오늘내일 하고 있음을 보면서 인생의 무상함과 덧없음을 느끼며 밤새 잠못이루며 뒤척이며 괴로워했다. 결국 인생은 시한부 인생일 뿐 보장된 인생은 아닌 것이며 언젠가는 흙으로 다시 돌아가는 것이 아니던가…

수명에 대해 성경의 정의도 그러했다.

길어야 70-80일 뿐인데 실제 제명에 못사는 사람이 부지기수이

다. 누구도 그 수명을 길게도 짧게도 못하는 것이 아니던가? 폐암
이나 간암환자의 인생은 눈에 보이는 듯한 시한부 인생임에 비해
건강한 사람은 눈에 안보이는 시한부인생인데 실감이 나지 않는
것 뿐이다. 오늘 박선생이 인생의 종말을 기다리시는 양로원
(Hospis)에 들렀다. 머리는 다 바랬으며 숨이 차서 침대에 앉아서
안절부절하며 그는 얼마 남지 않은 생명을 느끼고 있는지 나의 손
을 덥석 잡으며 와주어서 무척이나 고마워했다. 사무적으로 들른
나에 대해 그는 온갖 희망을 걸고 나를 맞는 것이다. 그는 분명히
죽어가고 있었다.

배가 아프고 음식을 먹지 못하고 호흡이 가쁘니 분명히 그는
2-3일을 넘기지 못하게 되리라고 느낀다.

오늘 본 그의 얼굴이 마지막일진데…

2주전에 만났던 L여사가 어제 유명을 달리했다. 젊은 나이의 성
악가인 L여사는 대장암으로 2-3년 앓다가 돌아간 것이다. 성가대
지휘자로서 개인 성악가로서 지역사회에 이바지하고 남에게도 모
범이 되던 젊은 미모의 성악가인데 그가 겪은 2-3년의 시한부인생
동안에 그토록 무엇인가를 이루어보려고 집념하던 그녀를 오늘
Pacific Haeven에서 태평양을 묵묵히 바라보며 눈물을 흘리고야 말
았다.

하루살이와 같은 60-80년의 시한부 인생의 인간은 언젠가 이렇
게 하나씩 하나씩 가버리는 것이 아니던가?

장의사와 의사

장의사보다 한발먼저 하는 직업이 의사이다.

4주전, 나의 고등학교 동기가 되며 인근에서 이비인후과 의사로 크게 성공하여 명예와 부를 같이 획득하여 누구나 부러워하던 그가 폐암으로 사망하고 Heaven Hill에 묻힌지 얼마 안되는 즈음…

나를 찾아온 또 다른 젊은이는 한국에서부터 간경화와 B형 간염으로 고생해오던 터인데 갑자기 음식 먹은 것이 잘못되어서 배가 아프고 설사가 난다고 나를 찾아와서 탈수가 심해 링겔주사만 한 병 맞고 다소 회복되었다.

2주일후에 찾아와서 다시 진단을 해보니 간경화가 꽤 심하였다. 갑자기 장출혈이 되며 검은피를 토하더니 이내 죽고 말았다. 간경화가 악화되었던지 간암이 터졌던지 어쨌든 그는 속절없이 세상을 떠났다. 금년 40세의 젊은 나이로 미국에 온지는 불과 2-3년 한국에서 하던 사업이 여의치 않아 불법으로 미국에 들어와서 닥치는 대로 일하다가 이런 변을 당한 것이었다. 급히 장지를 마련하여 매장을 하게 되는데 문제가 생겼다. 미국법에 의하면 병원에 입원한지 24시간내 사망하게 되면 주치의의 확인이 없는 한 검시의에 의해서 부검을 해서 전염병 등의 감염여부를 확인하고 시체를 장의사에게 내어줌으로써 장례가 가능한 것이다.

시체를 내주지 않고 더욱이 해부 - 부검까지 하겠다고 하니 유교사상에 깊은 한국사람에게는 이 어찌 청천벽력 같은 얘기가 아니겠는가.

급히 내게 전화연락이 왔다. 어떻게 하여야 부검 않고 시체를 빨리 찾아서 장례할 수가 있겠느냐는 것이었다. 검시관에게 전화하여 나의 환자로 오랫동안 진찰받았고 전염병이 없음을 확인해 주고 드디어 시체를 인수받고, 사망진단서를 작성하여 장의사에게 줌으로써 의사의 일은 끝나고 다음의 직종인 장의사가 시체를 운구하고 매장하게 되었다. 의사와 장의사의 차이점은 분명히 산것에서 죽은것으로, 지상에서 지하로, 유기물질에서 무기물질로 이행하는 과정의 직업인 것이다. 한국에서의 장의사와 미국에서의 장의사는 사뭇 다른 것 같았다. 시체를 깨끗이 정리하고 화장하며 매장하는 것을 가만히 보면 같은 직업이지만 정말 질서 있고 정중하게 일 처리를 하는 것을 볼 수 있음에 비해, 한국의 병원 영안실과 장의사는 고쳐야 할 폐단점이 너무나 많은 것 같았다.

오늘도 나의 직업은 장의사에게 넘겨주는 일을 하고 있는데 언젠가 내가 죽었을 때는 어떻게 인계될는지…

네 생명이 얼마나 길것인가?

마취를 전공한 친구의 얘기를 들으면, 그는 한 달에 한두번은 꼭 목숨을 단축하는 듯한 섬찟한 일들을 겪는다고 했다.

내용인즉, 마취를 하고 수술한 환자가 다시 마취에서 자연스럽게 깨났을 때는 안심하게 된다고 한다.

수술도 잘됐고 마취도 잘됐는데 도저히 깨어나지 않고 혼수에 빠져 있으면 간담이 서늘해지고 마음은 급해져서 일도 잘되지 않으며 눈앞이 캄캄해지다가 겨우 환자가 반응을 하고 깨어나면 그도 비례해서 좋아진다고 한다.

마취를 하는 한 분은 요즘 마취개업을 그만두고 Video가게를 차려서 거기서 나오는 수입으로 생활을 하며 매주 2-3회씩 골프도 치며 전보다 더 느긋한 생활을 하며 中國도 가보고 한국도 가보며 살고 있다고 한다.

산부인과 하는 선배도 개업을 그만두고 요즘은 사람을 두고 세탁소를 차려서 여유 있게 지낸다고 한다. 그는 산부인과 개업을 하면서 아슬아슬했던 때가 너무나 많아서 말로 표현하기도 힘들었다고 한다. 하루의 생활이 Stress와 긴장으로 살다보니 자연히 수명이 단축되고 질병이 생기게 마련인 것이다. 의사로서 개업하는 일 중 제일 중요한 것의 하나로 가능한 Malpractice로 인한 꼬투리를 잡히지 않는 것인데 이것은 정말로 불가능한 일이다.

2개월전 나를 찾아와서 과거에 앓던 자기의 간병을 얘기하며 걱정하던 K씨는 2주전 설사가 다시 생겨서 진찰받고 보니, 이미 그의 몸에는 간암이 발생하여 주위조직까지 전이 가 되어서 며칠 손도 못써보고 죽고 말았다.

그는 죽기 1주일전까지도 그의 사업인 Xerox기계 판매하는 것에 온갖 신경을 쓰며 돈걱정을 하였는데 그때까지도 그는 그의 질병의 심각함을 받아들이지 않고 있었다.

10여년을 나의 Office에 찾아오시던 L여사는 87세의 연세에도 극히 건강하였는데 한가지 문제는 아직도 담배를 못 끊고 그로 인해 그의 딸로부터 자주 질책을 받다가 1주일전 드디어 금연을 하고 기쁜 마음으로 나를 찾아와서 늘 복용하던 천식약을 갖고 갔다. 그 다음날 저녁 새벽 2시쯤 되어서 변소를 가던 사위가 L여사의 방에 아직도 불이 켜 있어서 살며시 문을 열고 들여다보니 십자가 앞에서 무릎꿇고 기도를 하고 있는 것을 보고는 살며시 문을 도로 닫고 잠을 잤다고 한다.

아침 7시쯤 다시 일어나서 딸이 어머니의 방문을 열고보니 아직도 엎드려서 기도를 하시기에 "어머니 이젠 그만 일어나세요"하고 살며시 밀었더니 L여사는 방바닥으로 넘어졌는데 자세히 보니 이미 죽어있는 것이었다. 온통 집안이 난리가 났고 오렌지카운티 검역소에서 검시관으로부터 전화가 왔는데 사인은 심장마비인데 과거의 질병이 무엇이냐고 묻기도 했다. L여사는 이렇듯 편안하게 세상을 떠났다.

P씨는 72세의 나이에 폐병으로 입원하셔서 항생제 등의 치료로 경과가 좋아져서 내일이면 퇴원하게끔 된 상태에 병원 변소에서 잘못 미끄러져 뒤로 내동댕이치며 뒤통수를 시멘트 바닥에 부딪친 후 불과 3시간후에 수술도 받지 못하고 CAT SCAN촬영만 남겨둔 채로 세상을 떠났다.

그로 인해 가족들은 병원을 상대로 고소를 제기했으며 1-2년후 병원으로부터 위자료를 받게 되어 남은 가족들에게 다소의 금전적인 혜택을 남기게 되었다. 부자가 노력하여 많은 곡식을 곳간에 추수하여 들여놨다. 그날 하늘에서 부르실 때 그는 모든 것 두고 가야 했듯이 누구나 가야 되는 것이다. 새벽에 교회에 나가서 새벽기도 하고 오다가 돌아가신 분도 1-2명된다.

H권사님은 노래도 잘하시고 목소리도 고우신 신앙심 깊은 그러나 홀로 사시는 분으로 오로지 믿는 것은 예수님뿐인데 늘 가시던 새벽기도에 갔다 오시다가 지나가던 차에 살짝 받치셨는데 큰 상처없이 넘어지어 이내 현장에서 기절하신 후 앰블런스에 실려서 왔을 때는 이미 저 세상 분이시었다.

T장로님도 비슷하게 아침에 차에 받혀 돌아가셨는데 문제는 그의 부인되시는 T권사님은 그후 음식을 끊고 울면서 같이 죽고자 하는 것이었으나 그게 그렇게 되지를 않는 것 같았다. 너나 나의 생명이 얼마나 길 것인가? 누구도 모르는 명제인데, 무척 많은 사람들이 이를 알고자 애태우는가 하면 일부의 사람들은 네 생명이 얼마나 길 것인가? "조물주가 부르는 그날까지 갈 것이다"

할머니 환자

내과 및 노인병학을 전공하다 보니 나의 환자의 50%이상이 노인들이며, 개중에는 90이 넘고 간혹 100살이 넘은 환자도 있었다.

나의 할머니는 금년에 94세가 되시는데, 아직도 정신이 또렷또렷하시고 혼자 걸어서 노인정에 출퇴근하시며, 금전 계산도 틀림없이 하시는 장수하는 축복을 받으신 분인데 매년 검사해 본 혈액

검사를 보면 지방이나 콜레스톨이 비교적 낮으며 혈압도 정상이하이신 것을 보면 어려서부터 Diet조절이 잘된 것임을 알 수 있다.

한국과 미국을 비행기로 왔다갔다해도 끄떡없이 여행을 즐기시는 것을 보면 나는 가끔 나 자신을 스스로 위로하며 나도 최소한 25%의 유전을 할머니로부터 받았으니 오래 살 수 있을 것 같았다.

1990년 미국에는 65세 이상의 노인이 전체의 13%이며 그중 61%는 여자분이시다. 85세가 넘는 노인들 중에는 뚱뚱한 사람은 거의 없다고 한다. 즉 허리가 굵은 사람은 85세 이상을 살수가 없는 셈이다.

나이가 증가하면 소위 Alzheimer씨 병이 비례해서 증가하게 마련인데 나의 할머니는 분명히 건강한 노인에 해당하며 질병은 없는 것 같다. 나의 할머니는 어려서부터 불행하게도 고기를 못 먹고 채소나 쌀만 먹었으니 소위 Vegeterian에 해당된다.

자연히 그의 혈관에는 동물성 Cholesterol이 끼지를 못하고 보니 뇌혈관, 관상동맥 혈관이 깨끗할 수밖에 없는 것이다.

이런 얘기를 하면 사람들은 "손자가 의사이니 건강하고 오래 살 수밖에 더 있는가? 라고 반문한다고 하나 손자 덕을 본 것은 거의 없었기에 이 글을 쓰면서도 더욱 미안해하는 심정이다.

내 기억으로 나의 할머니가 병원에 갔다거나 아파서 수술했다는 얘기를 들어보지 못했고 유일한 것은 부엌에서 밥을 하시다가 잘못하여 넘어지면서 손목뼈가 부러져서 Cast하고서 6-8주 고생하신 것 뿐이었다.

손자의사로서 할머니와 돌아가신 할아버지에게 도움을 준 것이 없다보니 자연 미국에서 만나는 노인들에게 대신 관심을 갖게 되

었다. 대부분의 노인들은 외롭고 무료한 하루를 보내고 있는 듯
하다. 미국에 온 것은 자의라기 보다 자식들에 의해서 마지못해
따라와서 미국에 영주하는데 많은 수의 노인들은 몸만 미국에 와
있지 마음은 늘 한국에 있는 것 같았다. 바쁜 자녀분들 속에서 소
외되고 손자손녀들과는 대화가 잘 통하지를 않아서 답답해하며 때
로는 우울증에 걸려서 결국은 입원하게 되거나 한국으로 되돌아가
는 경우도 많이 보았다.

가끔 노인들이 병원에 입원하여 혼자 있다 보니 말도 안통하며
낯선 외국간호원이 들락날락하고 매일아침마다 검사하느라 외국인
특히 흑인 검사원이 들어오고 호흡기계, 심전도등 주위의 기계소
리와 가끔 옆방에서 사망하여 죽어나가는 것을 보다보니 미치게
되어서 의사인 나도 신경이 쓰이며 당황하게 되는 경우가 곧잘 있
다.

한마디로 불쌍하며 가엾다고나 할까…. 그 중에는 미국에 와서
정말로 즐겁게 지내는 노인들도 없지 않게 있으며 대개는 한국에
서 잘못 살아온 분들이나 정치적으로 한국과 아주 담을 쌓고 오신
분들인데 그들도 가만히 보면 역시 한국을 그리워하는 것같았다.

내가 아는 환자 한 분은 지독하리만치 반정부 내지 반한 주의자
인데 그렇다고 이북가서 살라고 하면 고향이 이북인데도 거기는
싫다고 하며 정말 못 봐줄 정도로 반정부하던 분인데 금년 70이
넘으면서 별로 쓸모가 없어지더니 점점 남과 북으로부터 소외되더
니 요즘은 한국을 한번 가보겠노라고 얘기하는데 그도 역시 평범
한 인간임에 틀림없는 것 같았다. 할머니, 할아버지의 숫자가 점점
늘어나게 되며 Late Psychosis(말기정신병)이나 Depresion(우울증)으

로 시달리려, 잘 알려진 Dementia(치매병)으로 고생하는 분들은 점점 더 늘어가고 있는데 이들을 수용해 줄 좋은 한국인 경영의 양로원이 아직 하나도 없는 것은 우리의 재정적 힘이 미약해서인지 아니면 관심이 적어서인지…

할머니를 생각하다보니 내 주위에 있는 수많은 할머니들을 관심있게 쳐다보게 된다. 내가 아는 교회의 윤 권사님은 85-6세가 되는데 애들처럼 똥싸서 뭉개기도 하고 가끔 뛰기도 하며 집을 나와서 그냥 방황을 하며 양로원에 모셔와도 가끔 사라지곤 해서 자녀분들의 걱정이 태산같다. 이런 모습을 대할 때마다 인간이라기보다는 거의 동물이나 다름없는 때문인지 결국 날 때와 같은 상태로 반대로 진행하는 것이 인간인 것이다.

윤 권사는 이젠 정신이 이상하다못해 툭하면 집에서 예사로 밖에 나가기도 하며 차고에서 불을 피우며 헌옷을 태우기도 하는 등 가족의 생명과 재산에 대한 위험성을 갖게 된 것이다.

이렇듯 할머니, 할아버지, 늙어지면 정신도 이상해지며 치매도 생기며 사회적으로는 아주 쓸모 없는 폐물이 되어 가는데 과연 이를 어찌해야 될는지.

무엇인가 사회적으로나 정치적으로나 큰 결단이 필요함은 미국뿐만이 아니고 전 세계적으로 모두다 필요한 것이다. 훗날 우리도 이런 모습으로 변하지 않는다는 보장도 없지 않은가? 여기에 신경과 의사들의 적극적인 의학정신이 요구되는 것이다.

어느 암환자의 신앙고백

모든 육체는 풀이며 그 모든 아름다움은 들의 꽃 같으니 풀은 마르고 꽃은 시드나 우리 하나님의 말씀은 영원하리라.

십여년간 나의 환자였으며 나이든 친구였던 C씨는 이 세상을 떠났으나 그가 내게 준 이 글은 그의 전생을 청산하며 고백한 그의 신앙이었다. C씨가 세상을 떠난지도 벌써 1년이 되어 그의 아들들은 추모회는 조용히 하겠노라고 했다.

"이 세상 떠날 때 찬양하고, 숨질 때 하는 말 이것일세.
다만 내 비는 말 내 구주 예수를 더욱 사랑 더욱 사랑"
Then Shall my latest breath Whisper Thy Praise:
This be the passion cry my heart shall raise:
This Shall it's prayer shall be: more love, o Christ to Thee
More Love to Thee, More Love to Thee"

C씨를 알게 된 것은 10여년전 유난히 바짝 말랐으나 강단이 있는 그는 나이 50이 넘어서 아들 둘과 부인을 데리고 미국으로 이민와서 어느 공장을 다니며 그 부인도 역시 어느 회사에서 Assembly일을 하면서 비교적 평탄하게 사시는 분이었다, 그는 도무지 교인다운 냄새도 나지 않는 아주 평범한 깡마른 그러면서도 병

에 대해 걱정이 많은 분이었다.

한국에서 교편을 잡았고 공직에도 있었는데 군사정권 말기에 다소 역겨운 일로 모든 것을 처분하고 미국으로 이민왔다.

그러던 그에게 희미했던 그의 신앙심이 살아나기 시작했고 어느 종교집회에 참석해 크게 깨닫고는 기독교에 몰두하게 되었으나 남에게는 조금도 표시하지 않고 조용히 믿어 왔었다고 한다.

기침이 나고 열이 나기 시작하며 촬영해 본 그의 가슴사진에는 동전크기보다 큰 폐암이 발견되었고 서둘러서 수술을 하기에 이르렀고 경과는 비교적 좋아서 퇴원을 하게 되었다. 이일로 인해 그의 신앙심은 더욱 견고해지고 그는 하나님앞에 두려움을 내놓는 것이었다. 지금까지 내가 보아온 수많은 환자 특히 암환자중에서 이처럼 불평없이 아픔을 견디는 그를 보면 교회의 목사님 장로님 집사님도 아닌 평범한 그를 보면 숙연해 지는 것이었다. 몇주후 C씨는 다시 열이나서 몸이 쇠약해져서 입원하며 그의 폐병을 치료하게 되었다. 어찌된 일인지 그의 병세는 더 나빠졌고 기관지경 검사나 기타 다른 검사를 하기에도 힘들만큼 쇠약해졌고 의료진들도 당황하게 되었다 그래서 C씨가 나에게 들려준 성경구절이었으며 찬송가의 한절이었다.

그는 깊은 그의 가슴속에서 우러나오는 삶에 대한 체념과 그의 종말이 얼마 남지 않음을 느끼는 듯하며 조금도 두려움없이 고통을 받으며 지내다가 세상을 떠났다. 정말 깨끗하게 숨을 거두었고, 그가 바라던 저세상 주님의 품으로 조용히 갔음을 나는 의심없이 믿는다. 풀과 같은 육체, 결국 시들고 없어질 육체를 위해 슬퍼하거나 애통해하지않고 영원한 하나님 말씀을 사모하며 숨질때까지

도 하나님의 영광을 위해 찬송하던 C씨의 추모회에 발원코자 한
다.

Alzheimer's Disease

내과 중에서 65세 이상의 노인을 취급하는 학문을 노인병학
(Geriarics)이라고 하며 그중에 꽤 많은 수의 노인들이 이병으로 고
생하고 있으며 이 글을 쓰는 나자신도 어쩌면 겪게 될 질병임을
생각하며 입맛이 씁쓸해진다.

원래 뇌는 회백질과 백질로 구분되어 있는데 회백질 내에는 신
경세포가 있어서 이들의 조합과 상호작용으로 기억하고 수리하고
생각하게 되는데 이들 세포도 나이가 들면 점점 퇴화되고 드디어
는 세포의 기능이 떨어져서 결국 두뇌도 나빠져서 소위 Alzheimer
가 되는 것이다.

한국에서는 치매병이라든지 노망기라든지로 표현하는데 노인은
곧 질병이다 라고 생각하는 사람들이 많으나 노인은 생리일뿐 결
코 병도 아니며, 노인이 되면 병에 걸릴 확률이 많아진 다는 것뿐
이다.

1990년 현재 미국인구의 14%가 65세 이상이며, 미국병원에 입원
한 수의 50%이상이 65세 인 것을 보면 노인병학의 중요성을 얘기
하지 않아도 증명이 되는 셈이다. Alzheimer는 갑자기 그냥 나타나

는 것이 아니고 서서히 나타나며 대부분, 평소에 건강했던 분들에게 나타나게 되는 것이다.

첫 증세로는 기억력이 쇠퇴하며, 행동이 점점 이상해지기 시작하며 활동도 점점 쇠퇴하게 되고 결국은 아기와 같은 행동을 하거나 합병증으로 죽게 되는 것이다.

얼마전 한국에 갔을 때 나는 나의 동기이며 존경받는 강홍조 형의 원대한 꿈을 보고 감탄해 마지않았다. 강홍조형은 경남 부산에서 고등학교를 졸업하고 의과대학을 마치고 마침 충청도 출신의 소아과 여의사를 배우자로 맞아 결혼하였는데 "부산 뱃놈이 어떻게 하다가 충청도 양반 동네에 와서 정신과 개업을 하며 충북 재활원을 운영하며 120-200명의 정신박약아들을 돌보는 아버지가 된 것이다.

정부에서의 보조도 있지만 그는 그의 개업을 온통 이곳에 바치고 부인의 개업마저도 정신병자, 불구자들을 위해 헌신하는 우리 동기의 모범이요, 슈바이처의 정신을 철저히 실천하는 의사인 셈이다. 멀리 미국에 아들딸을 유학 보내고 그들을 위해 노심초사하며 200여명의 원생들과 이들을 가르치는 선생님과 물리치료사들 그가 거느리는 식구가 여간 많은 것이 아니다.

얼마전 LA에서 노인병학을 전공하고자 U.C.L.A에 와서 잠시 있다가 간 것을 나는 보아서 안다.

그런 그가 요즘은 좀더 확장하여 노인병원과 양로원을 개설하고자 하는데 마침 내가 공부한 분야와 많이 일치하여서 나는 그를 기꺼이 돕고자 하며 기회를 보고 있는 중이다. 미국의 노인들은 많이 보았는데 한국의 노인들은 과연 어떤지? 대소변 보는것 도와주고 밥 먹여주고 하는 것외에도 그들에게 오는 병들을 나는 요즘 다시 공부하며 그날에 내가 일할 수 있도록 준비중이다.

이런 것을 생각하면 갑자기 의기충천해지며 다시 젊어지는 느낌이다.

죽음에서 영원으로 가는 길
—나를 찾으시는 노인들에게 드리는 글—

수많은 죽음을 목격했으며 그들을 위해 기도도 했다. 과연 고통과 질병으로 고생하다 가는 환자들의 죽음 뒤에는 무엇이 있는 것인가?

나는 많은 고민을 했고 그것을 알고자 노력했지만 내게 와 닿은 것은 늘 허무하고 답답한 마음뿐이었지 명확한 대답이 없었다. 나의 할아버지 아버지의 죽음 뒤에 찾아올 나의 죽음 그리고 그후에는 어떻게 될 것인지 궁금도 했고 공포도 왔었다.

노인 환자분들을 진찰하면서 나는 자주 그들에게 죽음후에 올 세계를 아시는가 하고 물어보면 대부분의 경우가 모른다는 것이었고 죽은 후에 천국에 갈 것을 확신하는 분은 결코 많지 않았기에 나는 그들과 죽음에 대해서 얘기하며 예수 믿기를 권하여서 꽤 많은 분들이 교회에 나가는 것을 보았고 그들이 사망하신 후에 그들이 영생의 구원을 얻었으리라고 믿는다.

나를 찾으시는 환자분들 특히 연로하신 분들께 말씀드리고 싶은 것은 과연 천국이 있는 것이냐 하는 질문입니다. 그렇습니다. 성경에 말씀하시기를 성경은 우리로 하여금 영생이 있음을 알게 하려고 쓰신 글이랍니다. 그러면 성경은 믿을 만한 것이냐 하는 것입니다.

제가 믿기로는 성경은 정말로 4000여년부터 하나님의 영감으로 쓰여진 참 진리이며 하나님의 말씀입니다. 글자도 없고 희미하던 고조선 시대부터 쓰여진 영감의 책입니다.

수많은 사람들이 스스로 노력하고 선을 향하며 의롭게 삶으로써 영생의 구원을 받는다고 믿고 있으나 성경은 분명히 믿음으로만 구원을 얻는다고 했으니 너무나 쉬운 것이지요. 천국은 값없이 주시는 하나님의 은혜의 선물입니다. 결코 돈이나 공로나 자격으로 얻어지지 않은 것입니다. 그렇습니다. 인간은 모두 죄인이며 죄의 씨로 태어났습니다. 카인의 후예이며 살인자의 후예입니다. 또한 인간은 연약하여 아무리 선행을 쌓고 좋은 사업을 한다고 해도 결코 스스로를 구원할 수가 없는 것을,

자비로우신 하나님께서 우리의 죄를 멸하시지 않으시고 그의 독생자 예수그리스도를 세상에 보내어서 그로 하여금 피를 흘리고 우리의 죄값을 치루시기 위하여 십자가에 돌아가셨으며 장사한지 3일후에 부활하셨다는 예수님만을 믿는 신앙이 구원의 열쇠입니다.

지금까지 살아오시면서 쌓아올리신 명예가 얼마인지는 모르나 그것으로는 안됩니다. 지금까지 쌓아 놓으신 재산이 얼마인지는 모르나 그것으로도 안됩니다. 내가 오렌지카운티에서 대해 온 한국 노인 환자분들은 대부분이 명예도 많지 못했고 재산도 모으지 못하고 자식들 따라 이민오신 외로운 분들뿐이었지요. 마치 돌아

가신 나의 조부님과 아버지, 그리고 나의 할머니, 어머니같은 소박하고 힘없고 고국을 그리워하는 어르신들이었지요.

돈도 없으시기에 소위 메디칼에 의존하시며 Well fare에 희망을 거시었으며 명예도 지식도 없으며 영어도 미숙하기에 먼거리를 걸어서 버스를 타고서 1-2시간씩 걸려서 찾아오시곤 했지요. 그토록 어렵게 찾으신 어르신들을 이 부족한 내과의사는 때로는 신경질도 부리고 박대도 했으니 내가 지은 죄는 하나님 보시기에 너무나 큽니다. 용서하십시요. 그렇습니다. 바라기는 믿기워지기 힘든 예수님을 이유를 묻지 마시고 그냥 믿으십시요. 나의 죄를 대신 지고, 돌아가신 참하나님이시며 참인간이신 예수를 그저 믿게 되면 그토록 불안해하실 이유도 없습니다. 죽어서 천국가는 것을 확신하신다면 폐염, 고혈압, 그리고 암이 무슨 문제가 되겠습니다? 1994년 5월과 7월, 50세의 젊은 나이로 세상을 떠난 저의 두 친구분들은 평소에 예수를 구주로 시인하며 죽음 후에 찾아 갈 천국을 확신하고 살다 갔습니다.

부족한 저는 그들의 산 체험을 보고서야 깨달았습니다.

그렇습니다. 예수그리스도가 우리의 구주고 주님이시며 그의 피 흘린 것으로 인해 우리의 죄가 씻어졌으며 우리 입으로 그가 우리의 주님인 것을 시인한다면 하나님은 우리를 천국에 넣어 주시겠다고 했습니다. 부디 천국의 시민이 되시기를 비는 마음으로 나를 찾으시는 노인 환자분들께 삼가드립니다.

미국시민 시험에 떨어지면 Madical도 얻기 힘들며 매월 받는 Wellfare도 힘드시다고 하는데 天國시민권 시험에 떨어진다면 영원히 사는 혜택을 잃어버린다고 합니다.

그런데 문제는 미국시민시험은 공부도 해야되고 합격도 힘들다고 하지만 천국 시민 시험은 너무나 쉬워서 간단한 답하나이면 된답니다.

"예수 그리스도를 주님으로 믿습니다"이것 한마디입니다. 누구나 할 수 있습니다.

Part VII
작은 애국심이나마…

"美國, 세계를 이끌어가는 초강국인데 이곳에서 內科수련하고 개업하여 남보기에 부럽지 않게 살고 있지마는 나는 한번도 이곳이 내 나라라고 하는 느낌을 가져 보지 못한 이방인이었다.

잿더미에서 경제기적을 이루어 갑자기 도약한 한국, 비록 다리가 끊기고 홍수가 나고 부조리가 심한곳 때로는 끔찍한 살인도 일어나는 공해가 심한 그곳에 나의 할아버지와 아버지가 묻히신 곳이기에 나는 지금도 그곳을 잊지 못하고 있지 않는가?

25센트

뉴욕에 있는 큰 병원으로 내과 수련하려 간다고 하니 미국에 갔다 오신 분들의 충고 중의 하나가 25센트 동전을 꼭 가지고 다니라는 것이었다. 전화걸때도 필요하며 지하철 근처에서 흑인들이나 거지가 구걸하면 얼른 25센트를 주면 무사하다는 이유에서였다. 지금도 LA에 가면 신호대기로 기다리는 자동차에 와서 앞 유리창을 닦는 것인지 아니면 더 더럽게 해 주는지는 모르지만 싫다고 하는데도 굳이 유리창 닦고 돈 달라고 할 때 25센트를 주면 좋아하지 않지만 1970년대 초에는 25센트가 꽤 큰돈이었다. 그런데 1950년도의 25센트는 훨씬 더 큰돈이었던 모양이었다.

뉴저지 East orange에 있는 VA병원에 있는 환자들은 온통 백인, 흑인 인생의 낙오자들의 집합소인데 알콜에 찌들리고 담배를 너무나 피워서 생긴 폐기종환자, 정신환자들이며 꽤 많은 숫자가 2차 대전 및 한국전쟁 참전 용사들이다. 밤 당직의사를 하는데 C라는 백인환자가 하루는 나를 부르더니 대단치도 않은 녀석이 백인이라고 하는 우월의식을 부리며 한국에 대해서 이것저것 얘기를 꺼내며 한국전 참전용사라고 하여서 나는 한국을 대신하여 고맙다고 진심으로 인사를 했는데 그 다음의 내용에서 분통을 터트리고 그와 싸웠던 일이 있었다. "동두천에서 25센트 주고 한국여자와 하루 저녁을 잤다"는 내용이었으며 너 같은 의사라도 한국에서 왔으니 별 것이겠느냐는 백인투의 말이었다. 이일로 병원에서 다소 좋지 않은 얘기는 들었지만 울적한 판에 화풀이는 꽤 해준 셈이었지만 그때 그가 나의 누이나 아주머니가 되는 한국여자에게 지불했다는 25센트가 지금은 얼마나 될까 생각하니 우울했다.

올챙이 시절

가끔 Office에 찾아와서 영어를 모르니 한국말하는 분 없으세요 하고 묻는 할머니들, 중년 여자분들을 보면 친절하게 가르쳐 주며 최소한의 영어로 성명, 주소, 전화번호와 사인은 하도록 훈련을 시켜본다. 돌이켜 보면 나의 유학시절도 예외는 아니었다. 뉴욕에 가면 흑인들 조심하라고 하도 당부하여서 지하철역에서 기다리다가 모르는 흑인이 가까이 오면 슬슬피하곤 했는데 흑인보다 더 무서운 것은 하얀 얼굴을 한 "Puerto Rican"임을 몰랐었다. 그 후 그런 내용을 알게 되었을 때는 더욱 난처해져서 결국 움직이지도 않고 가만히 눈치보며 조심해야만 했었다. 운전도 제대로 못하면서 쉽게 한국에서 국제면허로 바꾸어 온 덕분에 나는 운전면허실기시험을 치지 않고 뉴저지주 운전면허를 받아서 운전을 했다. 자동차파킹도 넓지감치 혼자 했고 길가에 파킹할 때는 차가 별로 없는 곳에 시간 걸려서 주차했었다. 지금도 LA시내에 가면 슬그머니 무서워지는 것은 어쩔 수 없는 일이었다. 주차장에 세워 둔 나의 차

옆에 아주 바싹 세워 둔 차, 특히 길이가 긴 추럭이나 밴이라도
서 있으면 문제는 커지는 것이었으며 앞으로 갔다 뒤로 갔다 하다
가 겨우 빠져 나오다가 가끔은 다른 차를 슬쩍 건드리기도 했다.
더욱더 문제는 운전보다도 Maintenance개념이 없어서 시동만 안 걸
려도 얼굴이 변하고 난처해하며 개스만 넣을 줄 알았지 Oill
change를 전혀 할 줄 몰랐었다. 더욱이 trasmission oill이나 Break
oill은 더구나 몰랐으니 그 결과로 나는 자동차 엔진을 하나 불태
워서 폐차한 기억도 있다. 운전대 앞에 표시되어 있는 기계를 제
대로 이해 못해서 애먹은 것은 "defrost"의 의미를 몰라서였다.

뉴저지에서 뉴욕으로 겨울크리스마스 대학 동창회에 참석하러
맨하탄에 갔다가 뉴저지로 돌아오는데 안개낀 새벽에 자동차 유리
창은 성에와 안개로 도저히 볼 수 없어서 애꿎은 wife가 유리창을
손으로 닦느라고 고생고생하며 시속 20-40mile로 가고 있으려니 경
찰 Patrol car가 불을 번쩍이며 뒤를 따라와서 나더러 차를 세우라
고 한다. "왜 이렇게 늦게 가느냐, 술 마셨느냐, 약먹었느냐?"하면
서 직업이 뭐냐 해서, 의사라고 했더니 고래를 갸우뚱하면서 나에
게 문득 얘기하기를 안개낀 날은 defrost를 잘 키고 가라는 것이었
다. 나는 그때까지도 defrost가 뭔지 모르다가 한번 그곳을 눌러보
니 아 이게 웬일인가 앞 유리창이 싹 걷히는것이 아닌가!

내 친구중 하나는 뉴욕 Brooklyn으로 유학와서 운전시험을 5-6번
응시했으나 번번히 낙방한 어느날 내가 사는 시골로 놀러 와서 내
가 쉽게 면허 딴 얘기를 듣고 근처의 DMV에 가서 필기시험과
road test를 보고 뉴저지주 면허증을 당일로 획득했다. 경기고등학
교보다 들어가기 힘든 운전면허증을 땄으니 한턱낸다고 뉴욕으로

가서 새우, 게 요리를 실컷 얻어먹었던 기억이 난다.

뉴저지에 살다가 모처럼 뉴욕 맨하탄을 가면 건물도 크고 길도 복잡한데 어쩌다 소변이 마려우면 한국에서처럼 큰 건물로 뛰어들어가서 화장실을 찾아야 되는데 일요일에는 건물마다 문이 잠겨있고 겁도 나게 마련이니 아예 Plastic box를 가지고 다녔는데 우연한 기회에 얘기하다보니 미국의 공중변소는 바로 개스 station이라는 것이었고 대부분의 친구들의 얘기가 이런곳은 안전하다고 했다. 뉴저지 촌놈이 뉴욕에 어쩌다 나가 보면 그 복잡한 길과 교통법규에 당황하게 되는데 실수로 링컨 터널을 거꾸로 들어가다가 경찰의 도움으로 겨우 뒤로 물러나와서 목숨을 건진 적도 있다.

내가 인턴을 하던 시골병원은 침대 500개 정도의 county병원이었다. 인근 최신식 apart도 싼값으로 살고 있었는데 그곳에는 한국, 인도, 필리핀, 독일, 대만 등 각곳에서 온 의사들의 음식냄새로 가지각색이었다. 김치찌게, 카레라이스, 버터냄새 등등… 그중에도 인도인의 카레냄새가 제일 문제였으나 결국 아파트에 사는 다른 미국인들의 항의로 카레를 못 먹게 된 적이 있었다. 정말이지 김치 냄새보다도 강력한 것은 인도음식이었다.

큰 바위 얼굴과 나

고등학교때 교과서에 나온 단편소설 "큰 바위얼굴"을 늘 기억하

며 살아왔다. 바쁘게 미국에서 살다 보니 독서량이 부족하여 옛날
에 읽었던 교과서의 글들이나마 두고두고 나의 인생을 독려해 준
다.

어느 시골에 사는 소년 Ernest는 큰 바위 얼굴을 바라보며 전설
에 나오는 큰 인물을 고대하며 살아 왔다. 이곳에서 태어나 돈을
많이 번 한 부자가 금의환향하여 주민들의 환영과 흠모를 듬뿍 받
았지만 그는 오래 가지를 못해서 세상사람들의 머리에서 잊혀지게
되었다. 이곳에서 태어난 정치가 한 분이 크게 성공하여 고향을
찾아왔을 때도 온 마을은 떠들석했으며 그에 대한 칭송과 기대는
하늘 높이 솟았지만 그리 오래 되지 못해서 세상사람들의 관심
에서 벗어나게 되었다. 이토록 부자, 학자, 정치가등 세상에서 추
구하고 받드는 성공의 척도는 오래 가지 못했지만 성실히 마을을
지키며 요란하지 않게 살아온 Ernest의 일생이 곧 큰 바위얼굴이었
음을 마을 사람들이 깨닫게 되었다는 단편소설이었는데 혹시 이렇
게 생각하는 것이 약자의 변으로 되어서는 안된다고 생각한다. 또
성실하게 살아보지 않은 사람들이 성공한 사람들에 대한 약자, 패
배자의 합리화하는 수단이 되어서는 안된다.

나는 미국에 온 나의 동기들 중에서 가장 성공하지 못한 의사에
속한다. 1979년 간염으로 시달릴 때 나는 공부하는 것을 표기하고
일용할 양식을 벌기 위해 개업의사로 변신하고 학문적으로나 경제
적으로도 내 놓을만큼 이룬 결실이 없는 지극히 무능한 의사로서
지내왔다. 애굽을 나온 이스라엘 민족이 40여년간 광야에서 유리
방황하다 그들 세대로서는 누구하나 약속된 땅에 들어가지 못했듯
이 나도 미국에 공부하러 와서 유리 방황하다가 어느 날 평범하게

인생을 끝내야 되는 평범한 존재가 된 것이다. 때로는 벼랑으로
떨어지는 패배주의가 나를 무엇인가 주님께서 사용하고자 하는 재
능도 있으리라는 가냘픈 희망을 품어본다. 소년 Ernest의 일생을
나의 생에 접목하여 또다른 열매라도 맺어보고 싶다.

애국가와 아리랑

고등학교 때 감명깊게 읽은 김형석 교수의 "어떤 구도자의 사
랑"을 나는 무척 감명 깊게 읽어 본 기억이 난다. 그러다가 연세대
학교에 입학하여 그분의 강의를 들으러 일부러 가 본 기억도 나며
chapel시간이나 교양강좌에서 김교수님의 강연을 들으며 나는 깊은
감명을 받았던 기억이 난다.

그가 가르치신 "철학개론"은 정말 우리의 인격을 성장시켜주는
좋은 강의였다. 언젠가 그의 가르침 중에 애국가는 외국에 나가서
들어야 실감이 난다고 하신 기억이 난다. 그토록 수도 없이 부르
던 애국가와 아리랑을 나는 미국에 온 첫해에 뉴저지에서 눈물 흘
리며 불렀던 기억이 난다. 뉴저지의 가을은 한국과 비슷하게 쌀쌀
하고 단풍으로 물들었으나 두고 온 부모님과 100일이 좀 더 지난
아들 생각 등으로 나와 나의 아내는 다소 우울했고 11월이 들어서
면서 아침저녁 제법 쌀쌀한 날씨로 몸과 마음이 움츠려 드는 어느
날 우리를 아껴 주던 미국인 의사가 친절하게도 한국에서 온 Little

Angeles를 보러 가자고 하여 그들과 같이 갔었다.

Garden State Parkway를 한시간여 달려가서 도착한 곳은 garden state amphitheatre라는 야외 극장이었는데 어디서 어떻게 알고 모였는지 백인 관중들로 가득하였는데 한국사람들은 몇 명되지를 않았었다.

한국에서도 보지 못했던 Little Angeles공연을 미국에서 백인들과 같이 보게 되었으니 감개 무량하기만 했다. 제법 쌀쌀한 11월의 뉴저지…

이내 울려 퍼지는 애국가의 연주에 나는 깜짝 놀랐다. 미국에 와서 처음 듣는 애국가! 동해물과 백두산이 마르고 닳도록, 하느님이 보호하사 우리나라 만세!를 들으며 살며시 옆에 있는 미국인 의사를 쳐다보니 그는 경건하게 경청하며 앞으로 펼쳐질 공연을 기대하고 있는 것 같았다.

이윽고 미국 국가가 울려 퍼질때 나는 눈물이 주르르 흐르고 있는 나를 인식하며 조국을 절실히 느끼고 있음을 알게 되었다. 이어서 화려한 무대에 한국에서 온 소녀들 작은 천사들의 노래와 춤을 보며 나는 완전히 나의 두고 온 고향으로 빠져들고 있는 듯 했으며 나는 내가 한국인임을 점점 자랑스럽게 느끼고 있었다. 공연이 끝나고 우뢰같은 박수갈채를 들으며 나는 초대해 준 미국인 의사 부부에게 감사의 표시를 했다.

그 당시 미국 T.V에서는 거의 매일같이 한국전쟁으로 발생된 고아들의 사진을 방영하며 기부금을 호소하고 있던 때였는데, 그날 내가 들은 애국가와 아리랑으로 때마침 내가 느끼고 있던 국가적인 열등의식을 다소나마 씻어 버릴 수가 있었다.

지금도 나는 아리랑을 즐겨 부르는데 이는 우리민족의 정기와 선조들의 슬픈 얼이 어울려 있기 때문인 듯 하다.

나는 영어노래를 비교적 잘못 부르는데 아마도 이런 연유에서인 지도 모른다.

어쩌다 Hollywood Bowl에 한국인 음악가가 오면 빠지지 않고 가서 감상해 보지만 1973년 11월 어느 날 뉴저지에서 듣던 애국가와 아리랑의 감정이 흐르지 않음은 웬일인가?

L.A Phillharmony Orchestra의 애국가 연주가 N.J의 어느 시골 Orchestra보다 결코 못하지 않으련만…

부엌 냉장고 앞에 걸어둔 태극기

미국에 온지 금년이 꼭 21년이 되는데 그 동안 내가 가지고 왔던 소유물들은 폐기되어서 하나도 없는데 유독 수놓은 태극기는 아직도 부엌 냉장고 문에 붙어 있다.

김포공항에서 출국 수속을 하고 있는데 이민가는 사람들에게 조국을 생각하라고 하며 하나씩 나누어 준 태극기를 나도 운좋게 하나 받아가지고 와서는 지금도 보물다루듯이 부엌냉장고 문에 붙여놓고 밤낮으로 몇 차례씩, 습관적으로 태극기를 보게 된다.

마치 폴란드의 피아니스트 쇼팡이 블란서로 유학갈때 컵속에 조국의 흙을 한줌 가지고 가서 조국이 그리울 때마다 그것을 만져보았고 죽어서도 그의 관위에 뿌리어졌다고 하듯이 나도 태극기를 보면서 조국을 생각해 보았다.

태극기의 역사는 이조말기 박영효등이 수신사로 일본에 갈 때 급히 만든 것이었지만 그것이 갖는 의미는 다양한 것이었다. 성조기를 볼 때보다 태극기를 볼 때 나는 나의 국기로 생각했지만 분명히 나는 법적으로는 미국인이지 한국인이 아니지 않던가.

그런데 지금까지 한번도 내가 미국인이라고 생각은 안해 봤고 어쩌다 선거를 할 때 투표지를 보노라면 도무지 아는 인물이 없어서 거의 기권으로 가든지 동양사람 이름이 나오면 그가 누구인지도 모르면서 무조건 기표를 하곤 했으니 미국에 살면서 마음은 늘 한국에 있게 됐고 더욱이 LA에는 한국 라디오, T.V가 24시간 늘 방영되고 있으니 한국에 대한 사정이 더 밝은 편이었다.

그러다가 한국을 방문하여 김포공항 출입국수속에서 다소 망설이는 것을 느끼게 된다. 분명히 나는 한국인이 아닌 외국인이며 출입국 직원들도 비교적 사무적으로 때로는 불친절하게 대하면 짜증도 나게 되었다. 그러나 분명히 내가 가지고 간 여권은 미국여권이니 틀림없는 코가 작은 미국인일 수밖에 없었다.

일본에 갈 때는 미국 여권이 훨씬 더 편리했고 일본 사람들에게는 대하기가 쉬웠다. 일본에 가서 서투른 일본말로 묻는 것보다는 영어로 힘주어서 얘기하는 편이 백배나 효과가 있었다.

LA에서는 요즘 교포들의 이중 국적문제와 편의 제공을 요구하는 운동이 일고 있다고 한다.

그 중에는 한국에 큰 재산을 갖고 있으므로 포기하기가 힘들어서 이중 시민권을 얻지 못하고 그로 인해 사업상으로 불리한 분들도 많은 듯하다.

내가 미국시민권을 얻은 것은 너무나도 단순한 이유에서였다. U.C.I 대학병원에서 일하고자(수련하고자) 원서를 냈던바, 영주권보다는 시민권을 요구하기에 아무 걸리는 것 없이 시민권을 취득하였는데 본국에 있는 재산은 자연히 포기해야 되었다. 큰 재산가진 사람들은 감히 시민권 신청하기도 힘들게 되었다. 여하튼 시민권이든 영주권이든 냉장고 문 앞에 붙여진 태극기를 보노라면 나는 한국인이구나 하는 느낌뿐이지 미국인이라는 느낌은 없게 마련이다.

이 태극기는 계속하여 내 자식들에게 물려줄 예정이며 그들에게도 조국을 가르쳐야 한다고 다짐해 본다.

독수리 이야기

L.A에 있는 한인 FM방송에서 매일 아침 출근하기전 식사하는 것과 비슷한 시간에 홍병식박사라는 분의 "5분 경영"방송을 즐겨 듣는다.

홍박사라는 분을 본적도 없으나 그의 5분 경영을 통해 많은 것을 배웠고 그 결과 그에 대한 무한한 친근감을 느끼곤 했다. 오늘 아침에 들은 "독수리 이야기"는 자포자기 할 때가 많은 우리에 인생들에게 보람되는 얘기였다.

홍박사는 방송을 통해서 63세가 되는 경영을 전공하신 Engineer 로 알게 되었고 그 나이에도 매일같이 "죠깅"으로 몸을 다진 분이 며 미국에 온 지도 오래되며 내가 사는 곳에서 멀지 않은 남쪽 해 안에 살고 있는데 매일 2-3시간씩 자동차로 직장을 다니는 분이라 고 한다. 한국, 특히 남한은 유타주의 반정도의 크기인데 인구는 4000만이 넘으며 산악이 많고 역사적으로도 여기저기에서 침범을 당하였고 최근은 남북으로 분단이 되었으며 6 · 25로 인해 잿더미 에 쌓였던 지극히 보잘 것 없던 나라인데 지금은 경제 부흥을 하 여 GNP 8000불에 잘사는 국가가 되어서 "독수리라고 부른다"는 것이었다.

이러한 한인들이 LA에 와서 사는 것이 마치 독수리가 병아리와 하잘 것 없는 닭무리에 섞여서 살고 있는 것에 비교하면서 어느 시골 농부가 닭을 기르는데 하루는 아들과 같이 산에 사냥을 나갔 는데 나무위에 독수리 집이 있는 것을 아들이 발견하고는 아버지 몰래 그 알을 훔쳐가지고 와서 집에 있는 닭이 부화하는 품에 같 이 넣었더니 그것이 부화되어 독수리가 되었지만 그는 병아리와 닭의 습관대로 모이를 쪼으며 통통통 뛰어서 가며 고양이가 오면 도망가곤 했는데 어느덧 커서 큰 새로 변했지만 그는 계속 닭과 같은 행동을 했었는데, 어느 날 지나가든 조류학자가 농부에게 말 하기를 저놈은 독수리라고 얘기하니까 농부는 웃으면서 무슨소리 냐, 병아리에서 자란 큰 닭이라고 했었다.

조류학자는 닭을(독수리) 손에 들고 "너는 독수리이지 닭이 아니 다"라고 큰 소리로 얘기했으나 그는 계속 닭의 습관을 보였다.

이번에는 독수리를 지붕 위에서 떨어뜨리니 내려 않아서는 닭과 같은 행동을 하므로 농부는 말하기를 "이놈은 닭일 뿐 독수리가 아니요"라고 얘기하는 것이었다.

그러나 조류학자는 굽히지 않고 독수리 닭을 데리고 높은 절벽으로 올라가서 아래로 내려 떨어뜨리니까 이번에는 큰 날개를 허우적거리며 날기 시작하니 창공높이 올라가는 것이었다.

그는 닭이 아니고 독수리였으나 단지 닭무리에 섞여서 살다보니 닭처럼 된 것이었다.

이처럼 우리 한인들은 독수리이나 인간 용광로인 LA에서 타민족과 같이 섞여서 살고 있을뿐 우리는 본래가 독수리 인것임을 잊지 말라는 내용이었다.

고마운 말씀이었다.

정말 나 같은 놈도 독수리인데 어쩌다 미국사회에 살다보니 병아리나 닭처럼 살아온 것인지 아니면 메추리 새끼 정도 되는 놈이 병아리속에 섞여서 살았는지 구별하기가 힘들다마는 현실은 그렇다해도 마음만은 독수리처럼 살아보자. 돈벌이가 시원치 않고 명예도 변변치 않다고 해도 홍박사님 말씀처럼 독수리인양 살아보아야 되는지… 혹시 뱁새가 황새 따라가다가 가랑이 찢어지는 것이 아닌지, 이것도 저것도 잘 모르겠지만 어찌 되었던 정말 다시 한번 독수리처럼 우리 모두 살아 보는것이 옳으리다.

광야 40년의 교훈

이스라엘 민족은 애굽에서의 종노릇 생활 400년을 청산하고 민족의 지도자 모세의 인도아래 홍해 바다를 가르고 시내산을 거슬러 십계명을 받고 광야를 유리 방랑하기를 40여년이 되서야 비로소 여호수아와 갈렙을 앞세워서 요단강을 건너서 젖과 꿀이 흐르는 가나안 땅으로 들어가서 나라를 세우게 되었음을 성경역사를 통해서 누구나 익혀 들은 유대 역사였다.

40년의 긴 방랑으로 인해 모든 출애굽 1세대는 모두 죽었고 오직 여호수와 갈렙만이 살아서 가나안으로 들어가는 영광을 얻었다고 한다. 애급에서 가나안까지의 거리는 걸어서 40일이면 충분한 거리인데 그들은 무려 40여년의 세월과 1세대를 거기에 매장하고 그들의 목적한 땅으로 들어갔듯이 큰 영광을 위해서는 큰 희생이 강요됐던 것이었다.

모파상의 가짜 진주목걸이 사건처럼 온 청춘과 젊음을 잘못된 가치관에 의하여 희생된 것도 있었다.

요즘은 한국의사들과 같이 이야기를 하다보면 우리는 희망을 잃은 광야에서 헤매는 출애굽의 1세들과 비슷한 것을 느낀다. 좁은 나라, 풍부한 생활속에서 자아를 잃고 목적을 잃고 방황하는 것이었다.

미국에 올 때는 희망에 찬 27-8세의 젊은이들로서 인턴, 레지던트를 하면서 그토록 고된 생활을 굳게 이겨가며 희망(즉 성취에 대한)을 가졌기에 가난함과 흑인들 사이에서의 위험도 모두 감수하며 밤낮없이 공부하여 제각기 내과, 외과, 산부인과, 마취과 정신과 등등의 전문의 자리를 마치고 자격증 시험도 보고 야망에 찬개업을 시작하여 매일같이 들어오는 수입으로 좋은 집도 사고 벤츠도 사고 더 범위를 넓혀서 땅도 사고 아파트, 빌딩도 사서 모두다 백만장자가 되었고 사회봉사도 적극 참여하며 사회의 중견이되고 한인사회에서는 쟁쟁하게 이름이 알려지고 교회에서는 집사장로가 되어서 남들이 보기에는 부러울것이 없는 직위까지 갖게되었는데 이제는 더 올라갈 길이 없는 줄 았았는데 갑자기 불어닥친 경제적인 불황으로 백만장자의 직위가 위태위태하기 시작했고패배자의식속에 사로잡히고 상대적으로 좋아지는 고국의 친국들과비교해 보면서 이제는 엄연히 반대현상으로 우울해 진다고들 한다.

게다가 몰두하는 골프도 나이가 들어가면서 빗맞기 일쑤고 점수도 전과 같지 않다고 실토한다. 차라리 홍해를 가를때 갖던 희망처럼 태평양을 건너올 때의 흥분된 감정을 다시 한번 갖고 싶어하는 심정이다.

광야에서 모든 1세들이 죽어간 것처럼 태평양을 건넌 의사1세들은 풍요로운 자본주의 사회에서의 금전적인 성취에서 깨어나지 못하고 그냥 하나하나 죽어가야 하며 하루하루가 희망도 없는 죽음을 위한 순례의 길이 되어야 하는가.

여호수아와 갈렙이 가나안에 대한 희망을 갖고 의욕적으로 박차고 나가듯이 우리 동기들도 무엇인가 앞으로 돌진해 나가야겠는데 "주여! 나태함에서 깨어나 가나안 복지를 향해 가는 힘을 주소서"

하고 기도해 본다.

忠孝사상과 의사

미국으로 이민 온 사람들은 본국에서는(혹자는) 배반자라느니, LA동포라느니 하는 온갖 욕을 다하는 모양인데 내가 그간 한국교포들을 상대로 15년여 남가주에서 개업해 본 결과로는 그것이 잘못된 것임을 나는 피부로 알며 교포들은 忠孝사상이 가득한 애국자들이며 효자들임을 자신 있게 얘기하고 싶다. 한국에서 사업하다가 정치하다 잘못되어서 돈 싸가지고 LA에 도주하여 선량한 교포사회에 참여하지도 못하며 일도 하지 않고 돈을 여기저기 흥청망청 쓰는 도피자들로 인해 애꿎게도 선량한 교포들을 먹칠하는 무리들로 인해 오염되어 있는 것을 본국에서는 도매급으로 그렇게 얘기하는 것 같아서 마음 아프다.

설과 추석 등 때가 되면 한국에 계시는 부모님들과 친척들에게 송금하는 금액이 미국에서 일년에 약 8-17억불에 해당된다고 하며 두고 온 산하와 조상들의 산소를 찾는 사람들의 수가 부지기수이며 때로는 바쁜 시간으로 인하여 또한 재정적으로 부담이 가기 때문에 부모를 찾아보지 못하는 분들을 많이 보아 왔다.

효도와 애국심은 오랜 세월 우리들에게 가르쳐 온 도덕이며 지극히 당연한 전통인데, 나 같은 경우에는 한 가문의 종손으로 할

아버지, 아버지 모두 돌아가신 반면, 할머니 어머니가 살아 계시기 때문에 일년에 최소한 한번은 한국에 나가서 성묘도 하고 무너진 잔디고 다듬고 하며 나 나름대로 최선을 다 하려 하나 조상의 묘도 간수 못하고 친척도 몰라보는 아주 불효하는 사람으로 간주되고 있는 듯했다.

누구나 다 느끼겠지만 미국은 분명히 나의 나라는 아니고 남이 일궈놓은 나라에 살며시 끼여든 이방인 같은 것이다. 말이 다르고 풍습이 다르고 사고가 다르기 때문에 아무리 내가 똑똑한 의사라고 해도 불편한 점이 한두가지가 아니었다. 이러한 장애를 극복하고 개중에는 미국사회에 적극 참여하고 거기서 성공한 의사들도 혹 있는 듯 하나 내가 아는 의사중에서는 찾아보기가 힘든 것 같았다. 이렇게 여기 와서 부모도 모르며 나라도 모르며 사는 신세로 되었는지 하는 후회도 컸었다.

요즘 느끼기는 이러한 문제가 나뿐만이 아니고 대부분의 의사들 아니, 전체 한국인 교포들의 심각한 문제였다.

나의 대학 선배이신 P선생님을 통해서 이런 문제 일부를 해결한 것을 소개한다.

미국에서 외과전문의 과정을 마치고 한국에 나와서 잠시 가르치다 다시 미국에 와서 개업하여 성공하신 분인데 그도 그의 부모님들의 묘소를 제때 찾아 뵙지 못하므로 갖는 부모에 대한 죄송한 죄책감을 느껴 오셨는데 본인은 연로하시고 은퇴하시게 되어 동생들과 같이 한국에 가서 부모의 묘를 파서 화장하여 가지고 미국 LA에 오셔서 Rose Hill에 다시 안장하시고는 그는 효의 일부를 해결하시게 되었다.

그 얘기를 듣고 나도 그렇게 하고자 마음을 먹고 있는 것이다. 돌아가신 분들이 무엇을 아시겠는가 하는 기독교인이자 유교인인 부모를 모시고 존경하려는 마음을 이곳 LA에도 마음속 깊이 담겨 있는 듯하다.

또다른 나의 대학선배이신 K의사는 부모님이 모두 한국에 생존해 계셔서 마음의 반은 한국에 가 있다고 했다.

부모님들 중에 어느 한 분이 편찮으시면 어쩌나 하는 마음으로 그는 늘 불안해하는 처지이며 더욱이 그들의 연세가 80이 넘게 되니 잘못 될 수 있는 확률은 점점 더 커지고 있으니 말이다.

나 역시 그러하다.

할아버지가 돌아가신게 80년 봄이고 아버지가 돌아가신게 85년 가을인데 금년 94세 되시는 할머니, 70이 되는 어머니가 계시다보니 내 몸에 이상이 생기는 것도 문제지만 언제고 한국에 달려갈 준비로 은행에 다소의 금전은 있어야 되기 마련이다.

개업하던 Office도 비워야 하고 경비도 지불해야 되는 등 미국에 살면서 한국의 부모를 모시기는 생각보다 힘이 들기 마련이다. 그러면 이런류의 원인이 무엇이었을까?

1960-1970년대에 많은 의사들이 미국으로 유학을 왔는데 이것은 그 당시의 시대의 흐름이었다.

국내에서 의대 졸업한 우수한 학생들은 대부분 미국으로 유학을 갔고 그 중에 별로 많지 않은 수의 의사만이 귀국하여 대학이나 큰 병원에서 봉사하게 되었을 뿐 대부분은 미국에 남아서 개업을 하거나 학교에서 교직을 갖게 되었다.

젊었던 시절이 지나면서 자연 부모님들은 연로하시게 되고 하나씩 세상을 떠나고 계시는 것이었다.

LA에 사는 우리의 처지는 그래도 나은 것인데 Ohio나 중부지방 시골에서 개업하는 동기들이나 후배들의 입장은 더욱 더 난처하며 몇 년에 한번 부모님 만나보기 힘들며 孝와 忠을 하고 싶어도 기회가 닿질 않는 것이다.

孝는 돈으로 사는 것도 아니고 시간과 정성을 들여야 하는데 時間의 제약에 묶인 우리네 의사들에게는 또다른 Stress인 것이다.

네 부모를 공경하라:

모르는 것은 아닌데 하기 힘드니 어찌 하오리까…

벽돌한장(조창호)

글 같지도 않은 나의 25년을 쓰는 즈음, 마침 북한을 탈출하여 43년만에 조국의 품으로 돌아온 조창호씨의 기사를 읽고 나는 그가 몹시 애타게 부르짖는 절규에 나는 공감하게 된다.

조창호 소위는 연희대학 1년 다니다가 군에 입대하여 전투에 참가하였고 우여곡절로 중공군의 포로가 되어 이북에 끌려가서 갖은 고생을 다하다 끝내 조국의 품으로 되돌아오는데 43년이 걸렸다며 그는 만신창이의 병객으로 망망대해를 조그만 배로 갖은 고충을 이기며 구사일생으로 조국의 품에 되돌아 왔다고 한다.

규조폐 증세로 폐와 심장이 쇠약해졌고 약간의 중풍기로 팔다리도 불편한 편이니 그는 인간으로서는 분명히 성공 못한 낙오자였음이 틀림이 없는 분인데, 그가 기자회견을 통해서 "43년만에 고국에 돌아오고 이렇게 발전된 줄은 몰랐으며 이렇게 발전된 조국이 되는 동안 벽돌한장 같이 쌓지 못해서 죄송하다고"울먹이며 토로하는 것이었다.

나는 연세대학을 다닌 것을 때로는 자랑스럽게 생각하는데 나의 은사이신 김종수 목사님을 통해 들은 그의 동기동창 윤동주가 연세에 있었고 고향의 봄으로 유명한 홍난파도 세브란스에서 몸담았기에 나는 연세대학을 사랑했었다.

조창호씨와 같은 불굴의 사나이가 있었다고 하니 더욱 힘이 나며 불가항력으로 이북에 끌려간 그보다는 좋은 조건으로 더 나은 여건에서 교육 받아 온 미주의사들은 그래도 이곳에서 조국을 위해 음으로 양으로 벽돌을 쌓아 온 것을 나는 안다.

어느 선배는 병리학계에서 외과계에서 심장내과에서 명성을 얻고, 가끔 조국에 나가서 후진을 위해 헌신하신 것을 나는 알며 그들을 존경한다.

문제는 성공적으로 조국에 봉사한 동창이 아니라 이 글을 쓰는 나의 문제인 것이다. 내가 의과대학에 입학했을 때 보았던 나의 시골은 많이 변했지만 아직도 진료소 하나 없이 보건소 지소가 하나 있을 뿐 여전히 낙후된 시골 그대로 였으며 누군가가 와서 그들을 위해 진료해주기를 기다리고 있었는데 어찌된 일인지 내게는 옛날 할아버지 할머니와 같이 지내던 밤 따먹고 참외 훔쳐먹던 철없는 일들만 상기되는 시골로 아직도 있는 것이다.

PART Ⅷ "고소가 없는 사회가 와야지"

"미국의 의료세계는 PARANOIA의 세계이다
혹시 누가 고소하지나 않을까, 고소 당하지나 않을까 하는
의심속의 병든세계이다.
그러기에 malpractice 보험은 매년 오르며
환자를 대할 때마다 진실보다는 의무적으로
눈치봐가며 접근 해야되니
의사와 환자의 관계가 자연히 원만치 않아지는 것이다"

크리스마스 전날 받은 고소장

1977년 11월말 나와 나의 아내는 그간 열심히 공부한 X-ray科의 시험(구두시험)을 치루기 위해 켄터키주 루이빌로 운전하고 가다가 갑자기 내린 눈과 어두움으로 인해 삽시간에 변한 빙판길에서 3중 충돌하는 교통사고를 내고 병원에서 응급치료를 받고 다음날 폐차된 차를 버리고 시험도 못 치고 버스로 Ohio로 돌아온 기억이 있다.

켄터키의 겨울은 눈이 많고 황량한 들판으로 뻗힌 고속도로에는 별로 많지도 않은 차로 조용하기만 했다.

저녁 6시가 되니 사방은 갑자기 컴컴해지며 길은 점점 미끄러워져서 겨우 20-40마일로 가는 수밖에 없었다.

지난 3년 부지런히 공부하여 필기시험에 합격하고 이젠 구두시험만 합격하면 아내는 당당히 방사선과 시험을 무난히 끝내게 되는 것이기에 나의 운전은 무척 중요하였고 더욱이 네살된 아들까지 같이 가고 있었다.

나의 눈이 피곤해졌는지 아니면 너무 운전을 조심했는지 바로 앞에서 번쩍번쩍하며 사고난 차와 patrol car가 길을 막고 있는데 그것이 바로 나의 차선에 있었고 약간은 비탈길이었다.

급하게 브레이크를 걸었으나 차는 비틀거리며 사고난 차를 Towing(견인)하려고 서있는 차의 뒷부분을 받고 말았다.

다행히도 큰 상처는 없었으나 차의 앞부분은 크게 손상이 났고 이유 여하를 불문하고 응급차에 실려서 인근 병원으로 보내져 검사를 받고 목적한 Hotel에 도착한 것은 밤 10시가 넘어서였고 이일로 나의 아내는 크게 흥분되고 불안하고 잠을 이루지 못하여 구두시험을 포기하고 말았다.

켄터키는 우리 마음속에 항상 좋게 기억되던 곳이었는데 이번일로 크게 손상이 되었다.

Foster의 음악을 통해서 친근해진 곳이었건만, 악몽같은 사고도 보험회사의 협조를 통해서 깨끗이 처리되고 새차도 사고 나의 기억에서 잊어버리게 될즈음인 1978년 12월 말, 미국에 온지 처음으로 마음놓고 멀리 여행가려고 준비하고 있는 차에 12월 24일 배달 온 우체부가 Sign을 요구하여 편지를 받아오니 법률용어로 쓰여있는 Defendant와 Plaintiff를 사전을 찾아보고 구분하여 내용을 알아보니 Mr. Miller라는 사람이 나를 상대로 고소를 한 것인데 그는 그 사고로 목을 다쳤고 허리도 다쳤으며 그로 인해 내게 10만불을 청구한다는 것이며 법원은 켄터키주 Louisville이었다.

난생처음 받아본 고소장, 영어사전을 찾아서 알아본 법률용어들, 분명히 나를 고소한다는 것이었다.

앞이 캄캄해지며 영화에 나오는 법정이 눈앞에 왔다갔다하며 거금의 10만불을 생각하니 계획했던 여행도 낙담이 되어 휴가도 취소하고 고심하다가 선배에게 물어보니 걱정하지 말고 State Fram 보험에 보고하면 된다고 하여 전화를 걸어보니 크리스마스, 신년 휴가로 인해 연락을 못하고 대망의 크리스마스와 신년을 불면증으로 지새우다가 겨우 신고하게 되었는데 기대했던 보험회사에서는 극히 사무적으로 대하며 알았다는 것이었다.

새해 휴가도 지난 1月 어느 날 나는 Statefarm직원을 만났고 그후 변호사를 만나면서 다소 안정을 찾게 되었다.

Louisville을 한두번 오가며 상대방 변호사를 만났고 그후 한동안 소식이 없었으며 결국 내기억에서도 점점 흐려지게 되었으며 그해 나는 캘리포니아로 이사오게 되었으니 그 사건은 완전히 잊고 있었다.

그러던 어느 날 Louisville법정으로 나와 달라는 State farm회사의 편지를 받고 또다시 심장이 두근거리며 흥분이 되었다.

어떻게 이곳에서 Louisville을 간단 말인가? 고민고민하다가 나는 다시 변호사를 만나 문의해보니 안가도 된다는 것이며 굳이 오라고 하면 왕복 비행기표와 병원에 못 가는데 드는 손해비용을 청구하라고 편지를 써주어서 보냈더니 후 소식이 없었다.

얼마후 나의 case는 끝을 냈으며 25000불을 보험회사에서 지불했다는 편지가 왔으며 그후 1년후에 나는 10여년을 갖고 있던 Stare farm으로부터 거절당하고 다소 비싼 다른 회사보험에 1-2년간 힘들게 가입해 있다가 근자에 All Stare보험에 가입하게 되었다.

미국의 법률과 제도에 익숙치 않은 사람들이 겪는 일 중의 하나가 고소사건이다.

醫師의 생활은 결국 이와 비슷한 고소에 의해서 연속되는 생활이었고 가능한 이런 일을 피하고자 매일매일을 조심하다보니 일종의 피해망상이나 결벽증 환자가 되고 있는 것 같은 느낌이 들때가 한두번이 아니다.

내가 겪은 고소사건

미국에서 의사로 개업하면서 평생 고소한번 당하지 않는다면 그는 행운아이며 성공적인 개업을 한 것으로 평가가 된다. 매일매일 돌보는 환자들은 나의 고귀한 환자인 반면, 고소를 유발할 수 있는 요인들이기에 의사들은 늘 고소를 받지 않고자 세심하게 노력하며 친절하게 대하게 마련이다.

그러나 고소는 정말 엉뚱한데서 나오게 되며 예측하기 어려운 것이나 실수로 환자가 사망했다고 고소가 생기는 것은 아닌데 이유는 환자와 의사사이에 아주 좋은 관계를 유지하고 있었으면 대부분 고소로 연결되지 않음은 물론 종교적이며 인간적인 관계에서 서로 얼굴을 붉히고 언성을 높이지 않게 된다.

그러나 정말로 엉뚱한데서 고소가 생기게 되는데, 환자와 의사의 사이가 원만하지 않았거나 불평에 대해서 인간적으로 마음을 터놓고 얘기하지 못하는데서 생기게 된다.

그런면에서 보면 하루하루의 진료가 살얼음을 딛는 기분이다. 가벼운 두통으로 찾아온 환자가 얼마후 뇌암이거나 혈관파열로 사망하거나 반신불수가 될지… 잠시 아팠던 가슴앓이가 담낭암이었든지 취장암이든지 누군들 예측할 수 있겠는가?

바늘에 찔린 발바닥의 상처가 보통은 약을 주지 않아도 잘도 낫는데 운이 나쁘게 좋은 약을 투약해도 잘 낫지 않아서 고소에 걸리게 된 일이 있다.

응급실에 급히 들어온 한국 환자 산모를 받아줄 의사가 없어서 마음좋은 한국인 Y의사가 선의로 맡아서 치료한 것이 불행하게도 산모가 죽게 되어 난생 처음 보는 환자 보호자로부터 봉변을 당하고 고소까지 당하게 되니 영리한 의사들은 자기 환자가 아니면 절대로 처음 보는 환자를 맡지도 않을뿐만 아니라 돈 없는 환자는 아예 처음부터 거절하게 마련이다. 그러다 보니 "인술"이라는 개념은 미국의료사회에서는 점점 없어지고 철저한 Busines로 되기 마련이다.

1988년 여름 어느 무더운 날 비교적 말이 적고 피동적인 55세 정도의 남자(Taylor)와 말이 많고 적극적인 그의 부인(Mrs.Taylor)이 나를 찾아왔다.

며칠전 montana주로부터 아나하임으로 이사왔다고 하며 간질병을 앓는 그의 남편의 약이 필요하여 정식으로 나의 환자가 되고자 하니 맡아 달라는 진지한 내용이었고 나는 멀리 타주에서 이사왔다고 하여 자세히 병력을 묻고 진찰을 했는데 그는 스스로를 다소 희귀한 소발작 간질(petitmal)로 정의했는데 의외로 약은 대발작(grardmal)을 위한 Dilantin과 phenobarbiral와 를 쓰고 있으며 phenobarbiral의 용량이 다소 많았다. 나는 무척 친절하게도 그를 설득하여 부작용을 막기 위하여 phenobarbiral를 조금 줄여서 처방을 해주었고, 친절하게도 과거의 의료기록을 보내 줄 것을 잊지 않았다. 3일후 Mrs Taylor에게서 전화가 왔다. phenobarbira을 너무 줄인 것이 아니냐는 것이며 나는 좀 줄이는게 좋을 것 같다고 얘기하며 마음에 걸리면 그전처럼 먹으면서 차차 줄이라고 했는데 이틀후에 내게 다시 전화가 왔는데 Mr. Taylor의 간질이 발작됐는데 30년만에 처음 있는 일인데 약을 조금 줄여서 쓴 것이 원인이라고 했다.

그후 6개월이 좀 지나서 나는 그들로부터 고소장을 받고 아연했는데 이유는 간질을 한번해서 응급실에 갔고 그주간은 Mr, Taylor은 멍청해졌고 신체적으로도 약한터에 불구가 됐으니 그로 인한 손해가 무려 5만불이나 된다는 것이었다. 이일로 인해 나는 나의 보험회사에 즉시 보고를 했으며 그후 그에 대한 조사와 변호사의 절충이 벌어졌고 나는 몇차례 법원의 재판을 받게 되었다.

뒷조사를 해보니 그는 내가 있는 anaheim에서 지난 30여년을 살았으며 유사한 수법으로 고소를 몇 차례하며 금전을 빼냈으며 주로 동양계 의사들을 목적으로 하는 이 방면에 전문적인 환자들이었다.

이일로 인해 나의 보험회사는 4000불을 지불하고 Case는 drop됐지만 나에게는 영광스럽지 못하게도 고소사건이 남게 되었다.

더욱이 놀란 것은 고소사건이 끝나고 난 어느 날 천연스럽게도 Mrs.Taylor는 다시 전화를 걸어서 그의 남편이 몸이 아프니 진찰해줄 수 있겠느냐고 하는 것을 보면 미국은 "고소병"과 너무 많은 "변호사병"으로 깊이 곪아가고 있으며 머지않아 도덕부재로 멸망할 징조가 있는 것이다.

1991년 12月 어느 날 전부터 나의 환자인 영어를 잘못하는 Mr. cruz가 3일전에 작업하다가 왼쪽 발바닥이 작은 못에 찔리고 약간의 상처인 못자국을 이유로 나를 찾았다. 상처는 그리 깊지 않고 건조한 양호한 상태여서 파상풍 주사놓고 X-ray사진 찍어서 이물질 여부를 검사하고 항생제 투여후 주사를 놓고 Crutch(지팡이)를 공급하여 보낸 후 3일후에 다시 주사놓고 그를 1주일후에 다시 진찰했을 때 별차이 없는 극히 건조한 상처뿐이었다.

동위원소 뼈 특수촬영(Bme scar)을 요구했으나 보험이 없다는 이유로 병원 X-ray과에서 그를 거절하였기에 다음 기회를 보자고 하였다. 이유는 개업한지 처음으로 갖는 3박4일의 하와이 여행때문이었다.

일주일 후에 다시 진료했을때도 그 상처는 비교적 변화가 없었으나 누르면 계속 아파했으므로 굳이 우겨서 소위(workmaris compensarim)상해보험으로 해서 사진 촬영을 하니 아주 미세한 골수염이 있어서 즉시 정형외과에 보내서 간단한 수술을 하게 됐고 그는 서서히 완쾌됐으나 이일로 4주여를 집에서 쉬게 되었다.

이일이 직장에서 생긴일인지라 mr. cruz(엄밀히 변호사)는 직장을 고소해서 15000불을 보상받았는데 얼마후 그는 나를 생각지도 않게 고소했다. 이유는 내가 게으르고 판단 부족으로 큰 손해만 보았기 때문이며 처음 진찰할 때도 X-ray 사진도, 파상풍 주사도 mr Cruz가 해달라고 우겨서 한 것이지 제대로 치료를 받지 못했었다는 것이었다.

고소를 받은지가 벌써 2년이 되지만 계류중이며 언제 어떻게 결말이 될지 나는 전혀모르며 애매하여 자존심 상하게 하는 고소사건이다.

이런일이 생기고 나서는 환자를 볼때마다 항상 무슨일이 생길수 있을까 반문하며 친절보다도 극히 사무적으로 변하는 것을 느끼며 환자보는 재미를 못 느끼게 된다.

PART IX 어떤 편지

"아버지와 아들
어제나 좋은 관계가 아니든가?
아브라함과 이삭, 이삭과 야곱
다윗과 솔로몬으로 이어지는 유전전이며 종적인 관계에서
때로는 친구와 같은 횡적인 관계도
성립되는 사이인것을…"

어떻게 기른 아들인데

나는 받은 복이 많은 사람인데, 그중에도 장성한 두아들을 갖고 있음을 감사하며 대견해한다. 옛날 로마시대때 두 아들을 호민관으로 키운 어느 부인이 보석자랑하는 여자들에게 아들들을 내보이며 보석보다 더 비싼 보석이라고 하지 않았던가마는 그렇다고 나의 두 아들이 모두 그렇게 훌륭하다는 얘기가 아님을 전제해 두고 내가 어떻게 큰 녀석을 어렵게 키웠기에 그로 인해서 오는 애착심과 부자의 정을 표현해 보는 것이다.

내가 결혼하였을 때 나는 수원비행장에 근무하는 군의관이었는데 그 당시는 소위 "김일성"의 환갑준비로 떠들썩하여 비행장근무에 자주 비상이 걸려서 출퇴근이 힘들었고 그해 겨울은 유달리 춥고 눈보라가 많았다. 결국 과중된 업무부담과 출퇴근의 과로로 인해 뜻하지 않게도 늑막결핵에 걸려서 3개월을 병원에 입원하여 치료받고 그 후에도 결핵약을 1년여 복용하고서야 완치되었다. 이런 과정에서 큰아들을 낳았고 그의 생후 3개월만에 한국에 남겨두고 미국으로 유학을 나오게 됐으며 그때 공항에서 이별하던 날 나의 부인은 눈물바닥이었고 미국에 가서도 애 생각하며 한동안 고생을 했었다.

할아버지가 잘 기르고 있는데도 어찌된 셈인지 굳이 미국에 데려가야 되겠다고 우기는 나의 부인의 청을 거절하지 못하고 2살이 채 안된 것을 데려오고 나니 고생은 이제부터 정말로 시작되었었다.

한국사람 Baby Sitter구하기가 뉴저지에서는 너무나 힘들었다. 돈을 많이 준다고 해도 선뜻 맡아주는 한국사람이 없었는데 심봉사 심청이 기르듯 여기저기 부탁해서 애를 길렀으니 아이도 온전치 못하고 부모된 우리도 그러했다. 나나 나의 부인은 교대로 이틀에 한번씩 병원 당직을 해야되니 더욱 문제였었다. 병원일로 바쁘며 다음날을 위한 공부준비도 해야되는 판에 애가 열이 나고 끙끙 앓고 있으니 어떻게 할 수가 없었다. 이로 인해 병원에서는 병원대로 불평이 심해지고 결국에는 나는 그 병원에서 일을 못하게 되는 내 생에 최대의 비운을 겪게 되었다.

어렵게 구한 Baby Sitter 한 분은 뉴욕 브롱스에서 일요일 저녁이나 월요일 아침에 왔다가 금요일날 가시는 분으로 한국에서 남편이 목사님으로 계시다가 사망하셔서 이곳에 이주한 분이신데 말보다는 실천을 등한하게 하는 분이었다. 내가 살던 아파트 5층건물은 몹시 낡아서 유리창이 약하여서 잘못 밀면 문이 열릴 정도로 위험한 건물이었는데 집에서 같이 있던 아들 녀석이 겁도 없이 의자를 놓고 유리창에 기어올라가서 밖을 보고 있는데 마침 나의 부인이 퇴근하게 되어 이를 보고는 반가워서 손을 흔들면서 올라와 보니 뒤에서 붙들고 있으리라 싶었던 Baby Sitter는 전화통을 잡고 국제전화에 열중이었고 결국은 아들놈 혼자서 유리창에 올라와 있는걸 보고는 실신하다시피 하여 애를 내려놓고는 Baby Sitter에게 항의를 하니 그 사모님은 너무 미안하니 용서해달라고 사정을 했지만 결국 그날 이후 사모님은 브롱스로 돌아갔고 우리는 다른

Baby Sitter를 구하느라 며칠을 애썼었다.

 나의 큰아들은 어찌 된 일인지 야구에 열심이었고 뉴욕 양키팀의 캐처(포수)셔면 몬슨을 좋아해서 집에서 부지런히 Sliding연습을 하였는데 어느 날 자고 일어나더니 걷지를 못하고 무릎을 펴지를 못하는 것이었고 열이 꽤 났다. 하루 이틀이면 회복되리라 싶었는데 일주일이 되어도 회복은 커녕 만지지도 못하게 하여 이를 위하여 뉴욕의 콜롬비아 대학병원에 소속된 뉴욕근처의 류마치성 관절염 병원을 다니며 치료하기를 몇 주 했었다. 그후론 깨끗이 회복되었고 지금도 그때일을 생각하면 이해가 가지 않는 것이었고 그로 인해서 그 바쁘던 시절에 우리 가족은 시간적으로나 금전적으로 손해가 이만저만이 아니었다. 아이가 조금 철이 들어서 드디어 Nursery School(유아원)에 보내게 되어 우리는 다소 상태가 좋아질 것으로 생각하고 그곳에 입학을 시켰는데 어처구니없게도 첫날 미끄럼틀에서 Sliding하다가 오른쪽 손목을 부러뜨리는 불상사가 일어났고 그로 인해 약 6주동안 기브스를 하고 다녔으니 엎친데 덮친격으로 우리의 고통은 이만저만이 아니었다.

 뉴저지와 오하이오에서 큰아들을 기르며 공부도 해야되는 소위 부부유학생의 길을 걸어온 것을 이해하는 사람은 오로지 유학생으로 고생해 본 분이나 알진저…사람들은 얘기한다.

 "내 딸을 내가 어떻게 길렀는데, 아무에게나 시집보내느냐"라고 얘기한다.

 당연한 얘기이다. 얼마나 힘들게 온갖 정성을 다하고 역경을 극복하며 기른 자식인데…

 이렇게 기른 아들이나 딸이 공부는 아주 잘하고 무슨 일이나 척

척 해나간다면 그렇게 애착이 들지 않으련만 자라면서 실수하고
낙담하여서 아버지에게 상담해 올 때 더욱 측은하고 정답게 그와
애기하며 해결해 주고자 하는 심정이었다. 아버지의 말을 잘 듣고
훌륭하게 집을 도와주는 큰아들도 중요하지만 있는 재산 다 갖고
멀리 나아가서 모두 탕진하고 만신창이가 되어 돌아온 둘째 아들
에게 더 정을 쏟은 부자 아버지처럼 좀 모자란 듯 하며 실수의 연
속인 아들에게 쏟는 아버지의 정성은 더 심층화된 것 같았다.

어떤 편지

　나는 하나님의 선물로 귀한 아들 둘이 있는데 그들을 값으로 치
면 세상에서의 어떤 보석보다도 귀하다. 첫째 아들은 현재 대학 4
학년 졸업반이며, 둘째는 11학년으로 한창 바쁜 시간을 보내고 있
다.
　다 귀한 아이이지만 특히 첫째 아들은 어려서 무척 어렵게 길렀
기 때문에 유달리 애착이 가며 관심도 크기 마련이었다.
　출생한지 100일되는 애기를 나의 선친께 맡겨 놓고 미국으로 유
학와서 바쁘게 지내면서도 몹시 보고 싶어했다.
　아버지는 잘 길러줄테니 걱정하지 말고 공부나 열심히 하라고
하셨는데 어쩌다가 어느 심리학자인지 정신과 의사인지가 한말 즉
"애기는 어려서부터 부모하고 같이 지내야 성격이 좋아진다"는 말

에 그만 굳이 우겨서 그놈을 두살되지 못해서 미국으로 데려왔는
데 오는 날부터가 우리 부부의 고생의 시작이었다.

나는 내과 레지던트로 4일마다 당직이 돌아오며 나의 부인은
X-ray과 레지던트로 매 4일마다 역시 당직이니 결국 이틀에 한번
은 누군가는 당직이니 애기 보랴 병원 공부하랴 우리의 생활은 생
활이라기보다 전쟁이었고 Baby Sitter 구하기가 너무나 힘이 들어
서 어느 때는 병원을 빠져야 되며 아들녀석이 아파도 누군가는 병
원을 빠져야 하니 병원에서도 우리를 좋아할 이유가 없었다.

이런 일로 인해 나는 레지던트 과정이 길어지게 되었고 아들녀
석도 과잉보호와 쫓기는 생활에서 힘들어하기는 마찬가지인데 다
행히도 그는 착한 아들로 자랐다.

한번은 병원일을 끝내고 터벅터벅 걸어서 우리 아파트로 돌아오
니 3층 유리창에 아들놈이 붙어서서 밖으로 손을 흔들며 엄마하고
좋아하는 것을 보고 우리도 손을 흔들어 소리를 지르며 3층으로
올라오면서 우리는 당연히 아들을 뒤에서 Baby Sitter가 붙들고 있
는 줄 알고 아파트 문을 열고 보니 Baby Sitter는 안방에서 장거리
전화를 걸고 있으며 아들놈 혼자 창문에 올라가 있는데 그 창문은
오래된 집이라서 자칫 밀리면 밖으로 떨어지게 되었고 떨어지면
애는 박살이 나서 죽을지도 모르는 상황이었다.

너무나 놀라서 쫓아가서 아이를 창문에서 내려놓았고 장거리 전
화 걸던 Baby Sitter는 미안해서 어쩔 줄 모르고 있었다.

그날 우리는 눈물을 머금고 Baby Sitter를 그의 집으로 돌려보내
고 다음날부터 애기 보는 일로 당분간 고생하였다.

3살이 되어서 Nursery School에 보내게 되었다.

New Jersey의 겨울은 춥다.

추운 날, 안 갈려고 하는 아들놈을 억지로 Leonard Johnsm Nursery School에 입학시켰는데 첫날 애를 집으로 데려오니 아들놈 은 놀다 엎어져서 오른쪽 손목에 뼈를 부러뜨리고 그냥 온 모양이 었다. 부랴부랴 처치를 하고 Baby Sitting으로 고생한 일도 있었다. 어쨌든 이런 식으로 기른 아들놈이 자라서 대학에 들어간지가 어 제 같은데 1993년 대학에서 京都大學 Exchange Program으로 日本 京都에 가서 1년간 학교를 다니게 되었다. 늘 같이 살다보니 아들 녀석에게 편지 써본 기회도 별로 없었는데 마침 좋은 기회가 왔 다. 1993년 8月21日 丁史의 도시 京都에 아들과 같이 가서 대학에 서 지정해준 민박주인 高失씨 부부를 만나서 인사하고 3-4일 京都 관광도 하고 돌아오면서 전화보다 편지를 하라고 신신당부를 했는 데 4개월여 동안 전화만 했지 편지를 보내지 않아서 나는 아들놈 에게서 편지한장 못 받는 줄 알았는데 1994年 1月 드디어 대학 노 트 한장 찢어서 쓴 편지를 받고 마치 귀한 선물이나 받은듯 기뻐 했다.

다른 교환학생들도 다 그랬겠지만 매 주말마다 Arbeit로 영어교 사, 피아노교사로 100여불(만엔)을 벌어서 점심을 사먹고 학용품도 사서 썼으니 日本은 물가가 비싸 주는 밥은 워낙 적고 바쁘다 보 니 음식을 걸르는 때도 꽤 되어서 체중이 10여파운드나 빠진 모양 이었다. 그간 틈틈히 배운 한글과 日本글로 섞어서 편지를 써서 보냈는데 1-2년 전보다 한국인이라는 인식과 한글을 배워야 한다 는 느낌이 체감적으로 와 닿는 모양이었다.

그전에는 자기 이름자도 못쓰던 녀석이었는데 틀린 문법과 철자

법으로나마 써서 보낸 것을 읽으며 우습기도 하지만 이제 녀석이 어려움을 스스로 극복하고 있구나 하는 뿌듯한 느낌으로 그간 받은 서신 두편을 소개하고자 한다.

"사랑하는 나의 아버지" 12月 30日 93年

이 세상에서, 특히 아버지에게 사랑이 一香

아버지를 인하여 감사하기를 마지아니하고 내가 기도할때에 아버지를 말하노라. 今日 親(부모님)& Billy 아주 보고 싶포요. 오랜 듯 많지않은 그리움의 "家族" 느낌쯤 잊을 수 있으리라 생각해 보았지만 日本이 아주 樂지만 아버지, 어머니, & Billy보고 싶포소, (아로요!)

Anyway, 그동아 잘있었어요? 高失家가 재미있었게 살하요. 날마다 家族하구 같이 夜食을 모고요. 日本의 食料가 味맛이 있어요. 근데 김치를 증말 보고싶포요! 김치를 아직도 안모고서 김치를 슬픔에 관하여 내가 아버지 어머니께 한가지일 곧: 그것을 김치를 증말 목구싶포서 김치통을 사진을 찌그서 보내세요! (정말입니다)

아직도 休 입니다. 學敎는 1月 6日 始

학교가 아주 難대 걱종을 하시지 마세요.

每日, 열심히 공부를 합니다. 日本語가 증말 늘었어요. 혹시 "Chance"가 있어면 大學卒業濟 貿易業種하구 싶포요. 근대 아직도 바야지.

벌서 4時입니다. 이 편지를 今 送

次(다음) 再 편지를 書! 그럼 그동안 건강히 지내요…愛, 연장석

서신 둘

아버지께   3月 3日 94年

지금 다들 잘 있어요? 저는 요새 열심히 日本語 공부를 하고 있습니다. 그러나 공부두하고 열심히 일을 지금 搜中입니다. 혹시 일을 차잘수 있어면 4月이후부터 아마 7月까지 日本에서 일을 하고 싶습니다. 근대 "現在日本經濟"가 증말문제와…아마 일을 못할자도 다.

재가 다니고 있는 Stanford Japanese Center에서의 공부는 4月15日 까지 입니다. 4月16日 or 17日 이후부터 4月21日까지 高矢(다까야) 家族하고 韓國에서 여행을 하고싶습니다. 이 Plan을 할 수 있습니까? 혹시 문제가 생겨문 빨리 연락해 주시면 감사하겠습니다.

다른 문제가 없습니다. 열심히 공부를 하고 高矢家族들하고 잘 지내고 있어요. Salmon하고 $200불 잘 바닸어요. 아버지 돈을 아주 감사합니다. 그러나 지금부터 제의에서 증말 돈을 고만 보내세요! 그돈을 하고 Golf 열심히 치세요!

그럼 그동안 건강히 지내요.

연장석… 올림.

註: 나의 아들은 京都大學에서 1년을 무사히 마치고 미국에 와서 졸업반을 지내는데 많이 달라져서 왔다. 10여 파운드나 말랐던 체중도 거의 회복 되었고 침구도 깨끗이 개어 놓는것을 보며 28,000불의 학비가 결코 헛되지 않음을 실감하며, 좋은 인간이 되어 사회봉사하는 인물이 된다면 많은 학비를 들인것도 좋은듯하며, 먼 옛날, 나의 선친을 생각하며, 그의 자서전을 생각해보며, 더 좋은 미래를 설계해 본다.

동생생각

내게도 남자동생이 있었다. (규승)이라고 했으며, 나보다 3세가 어린 건장한 남아였었다. 어머니 얘기에 의하면 정말로 건강했고 총명했다고 한다.

그러나 6·25중에 피난으로 간 시골에서 무심히도 책상모서리에 머리를 부딪히고 그곳에 염증이 생기더니 그것이 큰 병이 되고 말았다. 지금으로는 뇌종양도 아닌 뇌 Abscess가 생긴것이었다.

골수염에서 Brain Abscess로 그리고 Death로 이어지는 병인데, 지금 같으면 능히 100% 살고 남을 병이건만 전쟁의 장난으로 죽고만 것이다.

얼굴 모습은 희미하지만 시름시름 앓으면서도 나의 책(국민학교)을 비교적 잘 따라 읽으며 가끔 간질을 하던 것이 기억이 난다.

나의 선친은 그를 살리기 위하여 청주 정거장 申외과를 자전거로 매주 찾아가서 치료를 받았는데 치료비는 쌀 한되로 내곤했었다. 그 당시(전쟁후) 쌀 한되는 무척 값이 나가는 큰 돈이었다. 치료비 만들기가 여간 힘든 것이 아니었다. 그러나 보람도 없이 발병한지 3년여만에 끝내 세상을 뜨고 말았다. 우암산 언덕받이 수동 초가집에 살 때의 일이다. 나의 기억에 남는 것은 어머니, 아버지가 울며울며 소리치시는 모습과 나의 아버지 어머니가 슬피 울며 넋을 잃고 멍하니 앉아있던 모습이 기억난다.

그는 그렇게 어딘지도 모르는 산에 묻히고 말았다. 나는 지금도 그곳이 어딘지 전혀 모른다마는 우암산 기슭 어디인 것은 안다. 그후 내 기억으로는 산을 몇 번 찾아가서 찾아봤으나 허사였다. 고등학교때 수필을 썼는데 어쩌하다보니 내 동생에 대한 얘기를 썼는데 국어선생은 그것이 서사시라고 얘기하며 칭찬해 주던 기억이 난다.

"나의 고향은 먼곳 어느 시골의 산기슭
나는 지금도 우암산이 있는 그곳에 머문다.
나는 그곳에서 너를 찾아헤맸었지
그러나 너는 끝내 나타나지를 않았지
네가 지금도 살아있다면 43세의 중년의 사나이겠지.
그리고 나는 이토록 고독하지도 않겠지?
보고 싶다!
그러나 너는 벌써 나의 선친, 그리고 너의 아버지와
영원한 천국에서 만나고 있겠지…
너무 일직 세상을 떠난 네가 아버지를 알아볼 수 있겠는지?
그런데 너는 나를 후에 알아 보겠는지?"

1991년 3월 14일

시편 37편

"내가 어려서부터 늙기까지 의인이 버림을 당하거나 그 자손이 걸식함을 보지 못하였도다. 저는 종일토록 은혜를 베풀고 주어주니 그 자손이 복을 받는도다"

오늘은 나의 선친이 돌아가신지 9년 되는 날로 존경하는 안 목사님을 모시고 간단하나 간절한 추도예배를 하고 저녁을 함께 하면서 목사님이 주신 말씀 시편 37편을 적어본다. 나의 선친은 종일토록 은혜를 베풀고 꾸어주신 장로님이었으니 그 후손되는 나와 나의 자식들은 걸식할수가 없다고 자위하며 그의 신앙심과 희생정신을 되새겨보며 그의 뜻을 그리었다.

히포크라테스의 후배라는 나는 지난 25년간 얼마나 남들에게 은혜를 베풀고 주어주는 의인의 길을 걸었는지 반성해 보면 나의 이중적인 가식을 들추어내게 된다. 다른 의사에 비하면 다소 돈 번 것이 적은 듯 하나 그러나 나는 경제적인 안락을 위해 밤낮 뛰어다녔고 그 결과 큰집도 사고 좋은 차도 사서 풍족하게 살아온 셈이었다.

요즘같이 심한 불경기에는 집도 작고 더 검소한 생활을 한다고 하면 지금의 수입가지고도 좋은 사업을 능히 할 수가 있지 않겠는가?

그렇게 보면 나의 선친은 나보다 훨씬 종교적이며 봉사를 많이 한 좋은 인물이었다. 반반한 집 한 채 장만 못하고 교회에서 사회에서 또는 종친회를 위하여 정신적, 금전적인 헌신을 하신 분이다.

자기의 영달을 꾀하지 않고, 어머니 두 동생들까지 거느리는 가정으로서 장로로서 헌신 한분이기에 시편 37편에 나오는 윗구절 같은 "그 자손이 걸식함을 보지 못하였다"는 것이 실제로 와 닿는다.

가만히 내 주위의 의사분들을 돌아보면 그들의 집은 너무나 큰 것 같으며 자동차도 또한 꽤 고급들을 갖고 있으며 자식들은 사립 고등학교에 주로 입학하며, 그 자녀들의 자동차 또한 비교적 호화로운 느낌이 든다.

반면에 사회에 대한 봉사나, Donation은 보잘 것 없는 것 같아서 시편 37편을 한번 권하고 싶다.

걸식하지 않는 자손을 갖기 위해서라도…

졸업을 앞둔 아들에게 보내는 편지

미국올 때 3개월이었던 아들이 이제는 대학졸업반이 되었고, 졸업후의 진로를 그가 좋아하는 日本에 가서 1-2년 동안 직업을 갖고 日本語와 文化를 익히고 미국에 돌아와서 대학원을 가겠다고 하니 그래도 한국 부모들이 좋아하는 의사나 변호사는 아니다마는 뚜렷한 목표가 있는 듯하여 아버지로서는 기쁜 마음 뿐이다.

유전학적으로 나와 나의 아들은 피로서 만남이요, 하나님께서
내게 맡겨주신 귀한 보배라고 생각하니 사뭇 엄숙한 것이다. 큰
나무가지에서 나뭇잎이 봄에 돋아났다가 가을이 되면 단풍이 들고
겨울이 되면 떨어져 버리고 이듬해 봄이 되면 다시 돋아나는 자연
의 법칙만도 아닌 것 같다.

어떻게 해서 지구의 동쪽 한국에서 그것도 흔치 않은 延씨 성을
갖고 태어난 그를 보면 더욱 사랑스럽고 대견해 진다.

벌써 5년전 어느 겨울 그와 얘기했던 것이 기억난다. 그러니까
고등학교 11학년 2학기 어느 추운날이었다. 열심히 공부를 하였지
만 그의 성적이 별로 좋지 않게 되자 그는 넋없이 앉아서 한숨도
쉬고 불안해 하여서 학교에 가서 물어보니 Spanish(스페인어)와 화
학에서 고전을 하고 있는 것이었고 그것을 계속하면 분명히 대학
진학에도 문제가 생기게 되었다.

그의 심각한 고민은 그가 아무리 노력해도 아버지, 어머니처럼
의사가 되지 못할 뿐만 아니라 자기는 의사나 변호사가 되고 싶지
도 않다는 것이었다.

언젠가 지나가는 말로 아버지처럼 의사가 되어서 같이 일하고
싶지 않느냐고 물어본 것이 그에게는 큰 부담이 되었다고 했다.

나는 그에게 대답해 주기를 나도 결코 의사가 되고 싶은 것은
아니었는데 나의 아버지가 하도 간절히 애원하여서 의사가 된 것
이며 나 또한 네가 생각하는 것처럼 결코 세상적으로 성공한 사람
도 못된다고 설명하며 나의 아버지는 수의사로서 세상의 척도로
보면 보잘 것 없는 인물이었으나 나에게는 가장 성공했고 존경이
가는 분이라고 설명하니 나의 아들은 오히려 머리를 기우뚱하며

의아해 했었다.

세상 사람들이 그토록 부러워하는 의사25년을 수행하면서 온통 후회와 부족함뿐이 나에게서 진정으로 우러나오는 나의 아들에 대한 고백과 부탁을 적어본다.

나는 결코 성공한 의사는 아니다, 그래도 최선을 다했기에 아들 앞에서 떳떳이 설 수가 있으리라 믿는다.

인간들의 척도에 의한 성공이란 돈을 많이 벌거나 직위가 높아서 누구도 우러러보든지 사회적인 봉사와 업적으로 인해 신문에 오르내려야 하나 나의 지난 25년은 그렇지가 못했었다. 그러나 나는 나의 아들을 위해서 최선을 다했고 그 앞에서는 양심의 가책도 없이 순수한 애정을 보여 왔지 않던가?

유산은 적을수록 좋고 교육은 많을수록 좋지 않은가!

나의 아버지의 자서전에서 내가 배운 것은 그가 그의 어린시절은 그토록 불행하게 지냈으나 그는 자기 스스로를 개척하고 공부하며 하루하루를 전진하는 생활이었다.

그가 돌아가신지 어느덧 10년 …

나는 미국 시민이기에 또한 자립할 수있는 의사이므로 아버지의 재산을 상속받지는 않았으나 그가 미국에 오면서 가지고 온 자개상과 병풍 한개를 소중히 간직하며 그를 기억하지만 더욱 값진 유산은 그가 나를 위해 베풀어 주신 기독교 교육과 의사의 길이었다.

나는 청진기 하나만 갖으면 어디고 가서 굶지는 않으리라고 자신하며 무엇을 먹을까, 무엇을 입을까를 걱정하지 않는 것이야말로 아버지가 내게 주신 값진 유산이기 때문이다.

25년간 의사로서 수련받고 개업을 하였지만 나역시 자식에 남겨 줄 유산도 그리 변변치 못하다.

"사실, 빛좋은 개살구이지, 일반 사람들이 생각하는 것처럼 의사 라고 자기사는 집외에 더 많은 부동산을 갖기가 힘든 것이 미국의 현실이다." 다행히도 나의 부인이 현명하여 부동산 투자보다는 자 식의 교육투자에 더 신경을 써서인지 두아들 모두가 수준급이상의 Violinist, piarist orchestra에서 concertmrster를 역임하는 등 자랑스럽 게 활동함을 나는 나의 최대의 자부심으로 여긴다.

또한 그들이 어머니를 따라서 Homeless people를 돕고 양로원에 가서 그들의 재주로 불쌍한 사람들을 격려해 줄 때 나는 흐뭇해지 는 마음을 느낀다.

스스로를 개척하고 자립하는 정신교육이 자녀에게 줄 최대의 유 산이 아니던가?

그들의 교육을 위해서 쓸 돈은 많이 있으나 그냥 몰려 줄 돈은 한푼도 없음을 나는 잘 안다.

창세기 잠언을 읽으라

성경 전부를 읽기가 힘들면 생활의 지혜로서 창세기와 잠언을 읽으라고 그들에게 권한다.

아브라함과 이삭, 이삭과 야곱, 야곱과 요셉으로 이어지는 아버 지와 아들의 관계를 읽으라고 부탁한다.

나의 조부와 아버지, 나의 아버지와 나, 그리고 나와 아들이 얘 기가 마치 다윗과 솔로몬의 얘기가 되기를 바라는 마음뿐이다.

여호와를 경외함이 지식의 근본임을 깨우쳐 주고 싶다. 세상의 척도에 연연하지 말라. 세상에서는 좋은 대학을 나와서 좋은 직업을 갖고 승진하여 부장이 되고 사장이 되는 것이나 교수가 되는 것이 성공한 것이나 반드시 그것이 성공한 것이 아니라고 하는 것이다.

나는 미련하고 못나게도 이런 세상의 척도에 만족하기 위하여 부단히 노력해 왔다.

의과대학을 졸업하고 공군 군의관이 되고 미국에 와서 대학병원에서 수련도 하였으나 언제나 불만과 미련뿐이었다. 조금도 성공한 것 같지를 않았고 남과 비교하면 언제나 뒤떨어지는 느낌이었으니 늘 나의 마음은 허전함뿐이었다.

이것은 나의 척도가 항상 변하는 즉 변동이자와 같은 것이기 때문이었다.

내 사랑하는 아들에게 주고 싶은 것은 "변하지 않는 척도" "하나님 보시기 좋은 척도"를 참는다는 것이다.

이것이 25년 의사의 일을 하면서 아버지가 뒤늦게 깨달은 사실임을 내 아들에게 주는 고백이다.

내가 하는 일이 너를 기쁘게 히고 하나님을 기쁘게 하는 일이라면 굳이 변호사 의사가 아니어도 좋으니 자신을 갖고 추진해 나가기를 권장한다.

그리고 거기에서 너의 참 행복을 찾으라!

미국 대통령중에서 가장 재직중에 업적을 쌓지 못하고 무능했다는 지미카터는 대통령을 그만두고 나서 더욱 위대해졌다.

그가 해군 중위로 근무하면서 영리하고 요령있게 그의 직무를 성실히 수행하지 않고 있을 때 그에게 충고를 해준 선배 해군 함

장의 한마디 "Officer, Have You dme your best"

중위! 자네는 자네의 최선을 다했는가? 라는 질문을 평생 잊지
않고 기억하며 그의 최선을 다했으며 청렴하며 도덕적인 대통령이
되었기에 그는 인기가 없었지만 은퇴후 그는 빈민층을 찾아가서
집을 짓고 평화의 해결사로서 그의 생애를 이바지하고 있지 않는
가?

아버지인 나도 나를 반문해 보다 "과연 나는 나의 최선을 다했
던가?"

부끄럽게도 나는 아니었다고 생각한다. 내 사랑하는 아들아 너
는 너의 최선을 다하라. 그리고 그 결과는 묻지 말라. 그것은 하나
님이 판단해 주시리라. 너는 너의 최선만을 다하는 것뿐이다.

하나님의 축복이 네게 있기를 진심으로 기도한다.

"별"

내가 사는 로스엔젤레스를 떠나 산디에고(SAN Diego) 내륙으로
가다보면 세계적으로 유명한 팔로마 천문대(Paloma)에서 불과 10여
분 거리에 있는 유황온천장 WARNER'S Splings에 가끔 가서 밤을
지내면서 느끼는 것은 공해가 없는 산중에서 보는 별들은 너무나
깨끗하고 밝고 마치 손에 잡힐 듯 내 머리 바로 위에서 사랑스러
운 애기를 주고받는 연인들처럼 느껴진다.

공해가 심한 서울이나 L.A에서는 거의 기대하기 힘든 자연의 변화 앞에 인간들이 저질러 놓은 공해와 소음을 절실하게 느껴보곤 한다.

별들…

성경에서 말하듯이 별들의 수효는 너무나 무한해서 지구의 바닷가 해안에 널려있는 모래의 숫자와 같으리라고 했는데 학자들의 연구에 의하면 정말로 별들의 숫자는 생각했던 것보다 많은 것이며 별들과 지구와의 거리는 몇 억 광년이 되는 무한한 공간이라고 하니 방대한 우주계 앞에 나라고 하는 인간은 바닷가의 모래알보다도 더 적은 존재에 불과하다고 하는 사실에 나는 우주의 엄숙함에 고개 수그리고 조용해질 수 밖에 없다.

뿐만 아니라 질서 정연한 우주계의 생태와 이것을 관장하시는 하나님의 섭리앞에 나는 자연스럽게 종교인이 되어지며 피조물임을 스스로 인정하게 된다.

L.A에서 보는 별이나, 서울에서 보던 별이나 프랑스 남부의 도시 리용이나 오르레앙에서 보던 별이나 정녕 같은 별일진데…1994년 보는 별이나 1963년에 보던 별이나 정녕 같은 별일진데…고등학교 3학년 교과서에 실렸던 단편 소설 "별"이 생각난다.

프랑스 사람, "알퐁스 도테"의 작품으로 17세 소년 시절에 읽으면서 잠시나마 꿈속에서 환상에 빠지던 소설이었다.

프랑스 남부 어느 시골에서 양과 소를 보살피던 목동의 얘기였다.

나와 비슷한 소년으로 집이 가난하여 학교에는 못 가고 산에 올라와서 목동이 되었으나 소년은 늘 별을 보며 살았고, 자연의 신비속에서 순진한 양과 소들과 지내던 중 어느 날 주인집 따님이 손수 목동을 위해 음식과 생활용품을 갖고 산으로 오게 된다.

세상에 이토록 아름다운 여인이 있을까?

주인 따님은 보잘것없는 목동에게 음식을 전달하고 신기한 듯이 목동이 사는 집과 동물들을 돌아보고 산을 내려가다가 갑자기 쏟아진 소나기로 되돌아와 목동이 사용하는 보잘것없는 숙소에서 그날 저녁을 지내게 되며 목동은 집밖에서 따님을 위해 밤을 새우며 지키고 있던 중…

양과 소의 떠드는 소리 바람소리 등으로 잠을 못 이루고 그녀는 집밖으로 나와서 목동과 여러가지 자연을 얘기하게 된다.

순박한 목동에 의해서 그녀는 별들의 자리와 동물의 생태, 자연을 배우게 되며 깊은 밤 그녀는 졸음을 참지 못하고 목동의 어깨에 기대어 잠이 들게 된다.

순박한 목동에게는 마치 저멀리 밤하늘에서 반짝이던 별, 그 중에서도 가장 밝고 큰 별하나가 내려와 그의 어깨에 기대어 자고 있음을 느끼며 그별이 잠자는 동안 조금도 움직이지 않고 그별을 밤에 보호했다는 소설이다.

별은 분명히 밤이 되어야 보이는 것이다.

별중에는 태양처럼 스스로 빛을 내는 별이 있는가 하면 지구처럼 빛을 내지 못하는 것도 있고 달처럼 반사하여 빛을 내는 별도 있다. 그런가 하면 별은 언제나 고상하며 아름다운 것만은 아닐진데…

고운 목소리의 가수 은희가 부르던 "꽃반지 끼고"에 나오는 별은 분명히 슬픈 별이었다.

"생각난다 그 오솔길, 그대가 만들어 준 꽃반지끼고 다정히 손잡
고 거닐던 오솔길이…

그대와 둘이서 쌓던 모래성, 파도가 밀리던 그 바닷가…

그대가 만들어 준 이 꽃반지, 외로운 밤이면

품에 안고서 그대를 그리네…

옛일이 생각나…

그대는 머나먼 저 하늘의 저 별—"

1973년 어느 겨울 나는 은희가 노래한다는 뉴욕의 삼복식당에
가서 그녀를 먼발치에서 쳐다본 기억이 난다.

신학교 다닌다는 남자를 따라와서 뉴욕에서 살던 그녀가 이혼하
고 실의에 빠져서 노래 부른다는 얘기를 듣고 나는 이 노래를 가
끔 불러보며 그녀를 위로하며 나 또한 위로를 받았었다.

내게도 한때나마 아름다운 별이 있었다. 나는 그별이 와주기를
바랬고 그렇게 되는 꿈도 꿔봤지만 끝내 그별은 먼 저 하늘의 저
별이 되었다.…

지금도 그별은 저 수많은 천체속에 어디에서인가 빛나고 있어야
되는데…

내눈에는 이제 뵈지를 않으니 그것은 L.A와 서울의 공해가 짙어
져서 그런것인지, 아니면 또다른 별을 찾아서 어디로 사라졌기에
내 눈에서는 뵈지를 않는 것인지…

무명초(無名草)

세상에서 다른 사람보다 더 나지면 흔히들 유명(有名)해졌다고 하며 이것을 명예욕, 출세욕이라고 하며 대부분의 사람들이 갖고 싶어하는 바임에 틀림없는 것이다.

나도 또한 이것을 바라고 한국보다 더 낫다는 멀리 美國까지 유학와서 의사 수련한지도 어언간 21년이 되었으나 도대체 무엇을 했는지, 무엇을 이루어 놓았는지 계산해 보면 별로 손에 꼽히는 것이 없는 셈이다.

비단 이것은 나뿐만이 아닌, 대부분의 사람들에게도 마찬가지일게다. 이 세상에 어느 누구도 자기 스스로를 불러 나는 성공한 有名草라고 감히 칭하겠는가?

정신병자가 아닌바에야 누구나 스스로를 부족해하며 아쉬워 하는 것이 아니던가….

나와 같이 근무하는 L씨는 내가 보기에는 가정적으로도, 인간적인 면에서도 성공한 분이지만 그는 늘 스스로를 無名草에 비유하며 이 노래를 즐겨서 불렀다.

누구나 잘아는 세기적인 영웅, 알렉산더 대왕도 세계는 통일하였으나 그는 스스로를 낮추고 살았다.

종교적이며 스스로의 죄를 느끼며 하나님께 감사하는 생활속에서도 有名보다는 無名을 택하는 것을 흔히 보게 된다.

이것은 혹시 약자나 실패자의 변명이라고 누군가 반박할 수도 있으나 벼이삭도 익어가면 고개를 떨구고 더 겸손해지는 법이 아니던가…

"남몰래 지는 꽃이 너무도 서러워
떨어진 꽃잎새 마다 깊은 사연 서리네
따스한 어느 봄날 곱게도 피어나서
애꿎은 비바람에 소리없이 자는구나.
아― 지는 꽃도 한떨기 꽃이기에
웃으며 너는 가느냐.
그 누가 그이름을 無名草라 했나요.
떨어진 잎새마다 깊은 사연 서리네.
밤새워 피어나서 그 밤에 몰래지는 너무나 애처러워
아픈 가슴 적시네.
아 지는 꽃도 한떨기 꽃이기에 웃으며 너는 가느냐"

L씨는 스스로를 無名草라고 부르며 때로는 눈물젖는 모습을 보이며 비통해 하는 것도 가끔 눈에 띄인다.

그러나 가만히 생각해 보면 이 세상에 누구도 無名草가 되기 위해서 곱게 피어나지는 않았다.

따스한 어느 봄날 곱게도 피어나서 소리없이 지려고 태어나지도 않았다.

나는 L씨에게 늘 격려한다.

사실 미국에 와 있는 한국사람들의 대부분은 영리하고 의욕적이며 야망과 포부를 갖고 태평양을 넘어서 이곳까지 온 것이지 어느 누구도 소리없이 밤에 지는 꽃이 되고 싶어서 온 것은 결코 아니었다.

그러나 수많은 사람들이 무명초처럼 애꿎은 비바람에 소리없이 지고 있지 않던가…

특히 美國이민은 결코 쉬운 것이 아니었다.

선진국으로 세계 초강대국에 와서 그들과 경쟁한다는 것이 한국에서 한국사람들과 같이 경쟁하는 것에 비교가 되지 않을만큼 힘든 것이었다.

나도 또한 이런 경험을 심감나게 체험했으니 말이다. "선생님이야, 성공하셨지요…", "훌륭한 자녀들 두시고, 부인까지도 의사이신데" "우리 같은 사람과 비교가 되나요…"

그렇다 성공이란 결국 상대적인 것이지 절대적인 것은 아닌 것 같다.

성공이란 자기가 어떻게 생각하는가에 따라서 無名草도 되고 有名草도 되는 것이라고 생각된다.

돌이켜보면 나의 1994년까지는 無名草가 아니었던가 하는 느낌이 든다.

醫師가 된지 25년, 정말 무엇을 이루어 놓았던가? 밤새워 피어나서 그 밤에 몰래지는 그런 꽃이 되어야 되겠는가. 미국에 와서 미국 사람틈에서 시원스레 웃어보지도 못하고 소리한번 크게 질러보지도 못하고 남들이 다가는 Rose Hill에 가서 묻혀야 되는가…

이런 생각으로 인생을 산다면 분명히 이것은 無名草의 人生인데 어떻게 이런 人生을 有名草의 人生으로 바꾸게 할 수가 있을까?

이것이 1995년을 맞은 나의 최대의 목표가 되는 것이라고 다짐해 본다.

밤새워 피어나서 동녘에 해가 뜰 때도 피어 있고 해가 중천에 뜬 대낮에도 그리고 저녁 석양이 질때 살며시 지는 그런 꽃이 되어야지…

PART X 친구 은사에게 존경을 베풀겠노라

"Love does not die,

People do.

So, when all left on me

Is love,

Give me away."

"너 고운 목소리를 들으면, 내 묻힌 무덤 따뜻하리라.

너 항상 나를 사랑하여 주면 네가 올때까지 내가 잘자리라"

고히 잠드소서, 나의 사랑하는 별들이여.

墓碑銘(묘비명)

노동절 연휴를 맞아 Rose Hill을 방문하여 얼마전 세상을 떠난 친구의사 정병찬군의 묘를 찾았다.

미국의 풍습에는 묘비가 동판으로 만들어져서 무겁기 때문에 땅이 굳어질때까지 묘비를 묻기까지는 몇 개월 기다린다고 하는데 며칠전 산뜻한 묘비가 새겨져서 땅에 놓여 있었다.

"사랑하는 남편, 의사 정병찬"이라고 영어로 쓰여 있는 것이 인상 깊었다.

정병찬의 무덤에서 멀지 않은 곳에 내가 3-4년전 미리 사둔 나의 묘지가 있어서 더욱 실감이 나며 현실적인것 같다.

인간은 언젠가는 저렇게 지하로 들어가서 수면을 취하게 되고 그의 영혼은 하나님품에 앉기게 되고 언젠가는 부활한다는 기독교의 교리가 내 머리를 때리며 이 진리를 믿는가? 라는 엄연한 질문에 "예"라고 대답해야 되는 것이 구원인줄 믿는다.

나도 죽으면 엄연히 정군과 가까운 그곳에서 묻히게 되겠고 우리는 다시 만나게 된다고 하는 진리를 믿는다면 만사는 그리 슬퍼할 이유는 없는 것이다.

묘비명을 쓰기에는 너무나 제한된 공간을 주었지만 나는 누군가 썼던 묘비명을 정군앞에 바치고자 한다.

(묘비명)

여기 대지의 무릎위에 머리를 베고 누워있다.

재산과 명예를 알지 못하던 청년이

학문은 그의 미천한 신분에 얼굴 찌푸리지 않았고

우울이 그를 자기 것으로 점찍어 놓았었노라.

그의 관용은 넓고 그의 영혼은 진지했으며

하늘이 풍성히 보상을 내리셨다.

그는 비참하게 그가 가진 모든것, 눈물을 주었고,

하늘에서(그게 그가 바랬던 전부) 친구를 얻었노라.

이 이상 더 그의 장점을 밝히려 하지 말라.

또한 끌어내지 말라 그의 약점을, 그것들의 두려운 거처

(장점과 약점이 꼭같이 떨리는 희망속에 쉬고 있는)부터

그의 '아버지'와 그의 하나님의 가슴으로부터.

고히 잠드소서, 정병찬군이여,

그리고 후일 나와 다시 만나 못다한 그후의 일들을 밤새도록 얘
기하리이다.

THE EPITAPH

Here rests his head upon the of Earth

A youth to Fortune and to Fame unknown

Fair Science frowned not on his humble birth

And Melancholy Markedhim for her own.

Large was his bounty, and his soul sincere,

Heaven did a recompense as largely send:

He gave to Misery sall he had a tear.

He gained from Heaven(twas all he wished) a friend

No farther seek his merits to disclose

 Or draw his frailties from dread abode

(THere they alike in trdmbling hope repose).

The bosom of his Father and his God.

나의 친구 정병찬 의사의 부인되시는 김영숙 여의사님께서 작고 하신 남편을 위해서 아래의 시를 내게 보내왔다. 김영숙 여의사는 의사로서 뿐아니라 시인으로, 수필가로 좋은 글을 써오셨다.

EPITAPH

When I die

Give what's left of me away

To children

And old men that wait to die.

And if you need to cry,

Cry for your brother

Walking the street beside you.

And When you need me,

Put your arms
Around anyone
And give them
What you need to give to me.

I want to leave you something,
Something better
Than words
Or sounds.

Look for me
In the people I've known
Or loved,
And if you cannot give me away,
At least let me live on your eyes
And not on your mind.

You can love me most
By letting
Hands touch hands,
By letting
Bodies touch bodies,
And by letting go
Of children

That need to be free.

Love does not die,

People do.

So, when all that's left of me

Is love,

Give me away.

By Merrit Malloy

아 목동아

심야에 듣는 이 노래, 아 목동아를 듣노라니 마치 나의 죽음을 애기하는 듯하다. 나도 불렀고 나의 사랑하는 부인도, 그리고 나의 친구들도 부르던 노래, 뿐만 아니라 나의 삼촌, 아버지도 즐겨 부르던 노래소리 인데 오늘은 꼭 나의 노래로 들리는 것을 느끼며 작고한 나의 벗들을 회상해보며 나 또한 그들의 곁으로 한발짝 한 발짝 가까이 가고 있음을 느끼게 된다.

> "그 고운 꽃은 떨어져서 죽고
> 나 또한 죽어 땅에 묻히면
> 나자는 묘를 돌아보아주며
> 거룩하다고 불러 주어요
> 너 고운 목소리를 들으면
> 내 묻힌 무덤 따뜻하리라
> 너 항상 나를 사랑하여 주면
> 네가 올때까지 내가 잘 자리라…"

영원히 살것 같던 나의 절대적인 존재 아버지가 가시던 날 나는 인간은 한포기 풀이며, 그 풀은 마른다는 것을 배우게 됐고 나의 친구 또한 죽어 땅에 묻히던 날 나는 나도 거기에 묻히게 되는 보잘것없는 피조물인 것을 배우게 되었다.

그전에 오늘 나는 문득 들은 아 목동아를 통해 거기에 묻힌 나의 아버지 나의 친구들은 그들을 위해 노래를 불러주어서 내가 올 때까지 따뜻하게 묻혀있기를 소원한다는 것을 새삼 느끼게 되었고 정작 나를 위하여 진정 노래를 불러서 내 묻힌 무덤을 따뜻하게 해줄 나의 친구는 몇이나 될까 생각하니 눈물이 왈칵 솟으며, 내가 이런 사랑을 받기를 원하기 전에 내가 누군가를 사랑하고 있는지를 생각하니 나의 이기적인 마음속에 와 닿는 그런 친구가 없음을 소스라치게 놀라며 나의 싸늘한 무덤을 상상해 보게 된다.

죽음을 수많이 보아왔다.
한국인의 죽음, 미국인의 죽음
부자의 죽음, 가난한자의 죽음
조용하고 평화스러운 죽음, 악을 쓰며 저주하는 죽음 등등…

언젠가는 내게도 죽음이 엄습하여 나 또한 이땅에 묻히우고 누군가 나를 찾아와 묘비명을 만들어 주겠지.
무엇이라고 쓸것인가?
그리고 나의 무덤에 따뜻하게 고운 목소리로 노래를 불러주겠지. 마치 나의 친구들이 했었던 같이…

두 친구의 죽음을 보면서

금년에 50세가 됐으니 어떻게 보면 많이 살았지 않나 하는 마음도 생기나 한편으로 보면 인생은 지금부터 시작이 아닌가 한다.

의사가 된지 25년만에 나는 나의 친구들을 통해서 상이했던 그들의 인생을 조명해보며 느끼는 바가 크다.

금년에 세상을 떠난 나의 두친구 K군과 C군은 공교롭게도 나와 같은 동네인 청량리에서 만나 대학을 졸업하고 하나는 국내에 있는 대학병원에서 일하다가, 하나는 미국에서 일하다가 타계했는데 그들의 일생은 180° 다른 결과를 갖게 되었다.

K군은 청량리역 뒤편 답십리에서 부유하지 못한 평범한 가정에서 성장했고 아버지는 고지식한 한의사로서 그는 대학생 초기에는 교회에 나가지 않았으나 늦게 하나님을 영접하고 기독교신자가 되었다.

의대를 졸업하고 대학병원에 남아서 힘든 정형외과를 전공하였는데 중도에 간염을 앓게 되어 일년을 쉬게 되었고 회복후 수련을 마치고 군에 입대하여 군의관으로 복무하고 세상에 나와 그의 길을 밟아왔다고 한다.

대학에서 받은 월급의 일부는 자선사업으로 흔쾌히 기탁했고 후배들을 위해서도 아끼지 않았다 한다.

부인과 자녀들과 같이 외식할때도 그는 월등히 음식값이 비싼 고급식당을 기피하였고 휴일에도 입원환자를 위해 몸소 회진을 도는등 그의 생활은 "예수님과 같은 사나이"였다고 하는 얘기를 듣고 그의 죽음앞에서 숙연해 졌었다.

한편 요 근자에 타계한 C군은 역시 청량리에서 살았는데 그는 아버지가 의사로서 청량리에서 돈도 많이 벌었고 지방유지로 사셔서 C군은 소위 Silver spoon으로 중고교를 다녔었다. 6·25후 별로 보기 힘든 자가용을 탔었고 피아노를 치며 자전거를 타는 등 부유했고 의대 졸업후 군입대를 하지 않고 곧바로 미국에 와서 외과 전문의 과정을 마치고 미국인 부인을 아내로, 성공적인 개업으로 백악관 같은 집에 정구장 수영장이 갖춰져 있었고 부인을 따라 기독교에서 카톨릭으로 개종하여 한인 사회에서나 동창사회에는 얼굴을 내밀지 않고 완전히 미국인으로 한국말보다는 영어를 즐겨 사용하며 주말에는 골프를 치며 살다가 그 나름대로 세상을 떠났는데 그의 명성은 미국인의사들 사이에서 훌륭한 의사로서, 성공한 의사로서 길이 남게 되었다. 그도 많은 금액의 돈을 미국사회에 희사했고 카톨릭에서 많은 봉사생활을 했다고 하는데도 내게 크게 와닿지 않는 것은 나의 의사로서의 질투심에서 일까?

아니면 나의 삐뚤어진 마음에서 오는것일까?

의사 유상진군을 추모함

아침 일찍 어제저녁 늦게 병원에 입원한 중환자를 진료하고 병원문을 나서는데 문득 목이 메스꺼워지더니 검은 핏덩이를 토하고는 상진형은 그가 늘 환자를 시술하던 병원에 환자로서 입원하여 정밀검사를 받고 그는 간경화증이 심해진 중증의 환자임을 알게 되었고 서둘러서 복부수술을 받았으나 경과가 악화되더니 그는 불과 41세의 젊은 나이로 우리 졸업동기중에서 제일 먼저 세상을 떠나고 말았다.

세월이 흘러 10년, 뒤늦게 상진형을 생각하며 기억하며 추모하고자 한다.

닥터 유는 의과대학 6년동안 나와 같은 그룹에 속한 짝꿍이었다. 의예과에 입학하여 통성명하고 같은 짝이 되어 점심도 같이 먹고 실습도 같이하고 시험도 같이 치며 교회도 같이 다녔으며 그의 덕분에 예쁜 여자분들과도 몇차례 데이트도 해봤다.

그는 비교적 가난한 집에서 둘째 아들로 태어나서 고등학교는 전액 장학금을 받으며 졸업했고 대학생활중에는 가정교사로 학비도 벌고 아버지가 경영하시던 국수집에서 배달도 하며 어렵게 지냈지만, 그는 교회에서 성가대로 봉사하고 무의촌 진료도 하며 누구에게도 가난을 보이지 않고 굳세게 지낸 모범적인 동기이다.

재학중에서부터 그는 신경계통의 질병에 흥미를 갖더니 대학졸업후 곧바로 오하이오에 와서 유명한 Clevaland Clinic에서 신경과를 수료하고 전문의가 되었다.

수료후 그는 남들이 가기를 꺼려하는 미시간주 북쪽 Bay city에서 신경과의사로서 바쁘게 헌신하였고 한밤중에라도 병원에서 부르면 불평없이 환자를 보러 추운 겨울에도 나갔다고 한다.

한동안 나는 그를 보지 못하다가 1983년 겨울 LA에서 만나게 되었으니 실로 12-3년만에 그를 보게 되었다.

그의 아버지가 간암으로 운명하시게 되어 장례를 지내게 되었고 우리는 옛날처럼 다시 만나 지난 애기를 했었다.

나는 내가 간염으로 고생했던 일을 얘기해주며 부디 몸조심하라고 그에게 부탁했었는데 그도 그 다음해에 그의 아버지를 보낸지 1년후에 간 질환으로 타계하였으며 그 다음해 나의 아버지가 역시 간 병으로 타계하였으니 나의 안타까움은 누구보다도 컸었다.

형이 떠난지 벌써 10년여 금년에 다른 두 친구를 보내면서 나는 형을 더 생각해 보게 되었다.

그러면서 내 주위에 도사리고 있는 죽음을 실감하면서 그가 다하지 못한 일들을 나는 주섬주섬 챙겨 보고 있다.

상진형은 갔지만 그가 늘 추구하던 봉사정신과 농촌사업에 나는 그를 대신해서 뛰어들어야함을 느끼게 된다.

그가 늘 추구하던 선교사업을 나는 이어받아야 된다.

그는 그 바쁜 중에서도 늘 성경을 읽으며 기도하며 의를 추구했었는데 오늘 나는 그의 의를 추구함을 기억하게 된다.

친구여

<유상진, 강군순, 정병찬을 보내며>

문득 들려오는 노랫소리, 형들도 좋아했던 그노래 "친구여", "친구여" 꿈속에서라도 만나 볼까 조용히 눈을 감는 마음! 형들! 좋은 自作詩로 노래를 못하고 남이 지어놓은 詩와 대중가요 노래를 빌려서 형들을 기억하고자하는 것도 결코 부끄러운것은 아닐 것 같습니다.

형들을 땅속에 묻던것이 초여름과 한여름이었는데 어느덧 가을도 저물고 성큼 겨울이 다가 옵니다. 이곳 LA의 겨울은 그래도 따뜻하련만 한국의 겨울과 멀리 미위간의 겨울은 몹시도 추워서 형의 몸에 동상이라도 걸릴까 하는 걱정이 듭니다.

그 옛날 청량리, 답십리 약수동 고개에서 어렵게 살면서 醫師의 꿈을 꾸었고 延世동산에서 그렇게 땀흘려 공부해서 醫師가 되었었지…

정형외과, 신경과, 마취과, 내과를 하면서 조그마하나 그래도 배운바 직분을 사회 정의에 옮겨 보고자 노력했었지…그러나 형들은 그 큰꽃들이 채 되기도 전에 세상을 달리했구려.

"꿈은 하늘에서 잠자고, 추억은 구름따라 흐르고

친구여 모습은 어딜갔나 그리운 친구여

옛일 생각이 날때마다 우리 잃어버린 정찾아

친구여 꿈속에서 만날까 조용히 눈을 감네.

슬픔도 기쁨도 외로움도 함께 했지

부푼꿈을 안고 내일을 약속하던 우리 굳센 약속 어디에

꿈은 하늘에서 잠자고 추억은 구름따라 흐르고

친구여 모습은 어딜갔나 그리운 친구여.

옛일 생각이 날때마다 우리 잃어 버린 정찾아

친구여 꿈속에서 만날까 조용히 눈을 감네.

슬픔도 기쁨도 외로움도 함께 했지

부푼꿈을 안고 내일을 다짐하던 우리굳센 약속 어디에

꿈은 하늘에서 잠자고 추억은 구름따라 흐르고

친구여 모습은 어딜갔나 그리운 친구여!

형들 고국 고향선산에서 잠들고

LA Rose Hill에서 잠들고

　저멀리 미쉬간 호숫가에서 잠들고 있을 형들의 모습은 옛날 형들이 꿈꾸던 히포크라테스의 실천을 우둔하나마 찾아서 숨쉬는 우리 동기들이 힘을 합쳐 하고자 하며 이 노래속에 형들을 기억해 봅니다.

홍교수님과 같이

나는 좋은 은사님을 많이 모시고 있는 것을 늘 행복으로 생각하고 있는데 수많은 은사님들을 다 기억하며 기록하기는 다소 무리지만 이 무슨 인연인지 미국에 와서 특히 캘리포니아에서 나의 곁에 모시고 계시는 은사님 한 분을 소개하고자 한다.

6년전 어느날 지금은 작고한 정병찬군의 전화를 받았다. 세크라멘토에 계시던 홍순각 교수님이 글렌데일 따님집으로 이사오셨다가 얼마전 가든그로브로 내려가셨다고 하며 혈압이 높으셔서 약이 필요하다고 하는 내용이었다.

홍교수님은 일찍이 의과대학 다닐때 안과 주임교수 과장으로 재직하셨고 나보다 25년 선배가 되시는 노교수이신데 10여년전 은퇴하신후 미국에 있는 아들을 찾아오셔서 이곳에서 영주하시게 되었는데 정병찬군의 결혼을 주례하신 분이라고 하여 그는 그를 아버지처럼 모시고 지냈다. 원래 조용하신 분이어서 학교 다닐때도 별로 대화가 없으신 분으로 내 기억으로는 3-4시간 안과 강의와 실습에 나가서 1주일 동안에 1-2번 같이 있었던 기억과 인턴 2주 실습중에 같이 있어보지 못하고 교수님 휘하의 조교수와 전임강사님들에게서 주로 배웠다.

홍교수님은 Sacramento의 따님댁과 Oklahoma의 아드님 집에서 계시다가 몇년전에 불행하게도 사모님과 사별하시게 되었는데 사모님은 뇌암으로 고생하시다가 돌아가셨다고 했다.

그후 따님 집에서 마침 불구로 있는 외손자를 돌봐주시다가 정말 다행으로 오랫동안 혼자 사시던 현재의 사모님을 만나셔서 이곳에서 새로운 여생을 출발하시게 되었는데 마침 우리와 만나게 되신 것이었다.

홍교수님은 일찌기 황해도 솔내에서 출생하셨으며 세브란스를 졸업하시고(44년) 그후 계속 학교에서 봉직하셨던 세브란스의 산 증인이시다.

교수님을 통해서 내가 모르던 학교역사도 많이 알게 되었고 그의 믿음이 그토록 좋으신 것을 알게 되었다.

더욱이 다행한 것은 작고하신 아버지로 인해 허전해 하던 중 비슷한 연세의 교수님을 만났으니 마치 아버지를 만난 것 같아서 좋았고 교수님과 같이 같은 교회에서 신앙생활하게 되니 그 또한 좋았다.

교수님과 같이 같은 성가대에서 찬양을 하게 되어서 나는 꼭 옆에 앉아서 부르게 되는데, 7-세 노인 답지 않게 음정이며 박자가 매우 정확하며, 가끔 솔로도 하시곤 했다.

안과 의사답지 않게 눈이 나빠서 두꺼운 안경을 쓰시며 요즘은 골프공도 제대로 찾지 못해 하시니 세월의 무상을 느끼게 된다.

교수님은 고혈압에 통풍이 있으며 천식이 다소 있는데 요즘은 깨끗한 편이시다.

몇년전부터 Warner Springs에 mobile Home을 구입하여 욕심 없이 좋은 공기 마시며 온천하시며 지내시는바 그래도 매주 토요일, 일요일은 교회를 위해 일부러 그 시간에 먼길을 나오신다.

홍교수님을 보면서 옛날의 어려웠던 교수님에서 이젠 인자하고 자상한 할아버지를 보는 듯 하다.

금년 25주년 기념식에는 나와 같이 한국에 나갔으며, 그에게는 50주년 기념식인 셈이었다. 나는 늘 그를 보면서 나의 남은 25주년을 생각해본다. 과연 나도 그처럼 50주년을 맞을 수 있을까? 하는 것이며 그때의 나의 모습은 어떻게 될 것인가?

교수님처럼 좋은 믿음을 갖고 온화하게 살 것인가?

연로하셔서 경제적으로도 신체적으로도 점점 약해하시니 나하나라도 그를 위해 무엇인가 도움을 드려야지 하는 마음뿐이다.

얼마전 사랑하는 제자 정병찬의 죽음을 보시고, 특히 그의 장례식에 친히 오셔서 먼저 가는 제자를 보며 조용히 눈물을 흘리고 계시던 모습을 보며 나는 그에게서 나의 아버지가 거기 서 계심을 느끼게 됐었다.

박현교 이비인후과

의사이지만 내게 잊혀지지 않고 있는 의사가 있어서 몇 자 적어본다. 아주 유명한 분도 아니며 내가 잘 아는 분도 아니며 그렇다고 선배가 되는 분도 아니고 평범한 이비인후과 의사인데, 얼마전 전남 광주 출신의 환자와 얘기하다가 25년전에 광주에서 개업하시던 박현교 이비인후과를 물어보니 아직도 그곳에서 개업하신다기에 편지를 인편에 보내서 아직도 그분에 대한 사의를 표시하였다.

의과대학을 졸업하고 공군에 입대하여 공군군의관으로 처음 복무지가 광주근교인 송정리 제일 전투 비행단이었다.

인연이 된 것은 1968년 사라호 태풍이 지난후 8月에 광주 제주 병원에서 1개월간의 학생 수련을 받은 적이 있었다.

전라도 땅을 처음 밟았고 객지는 처음이며 사라호태풍이 휩쓸고 간 전라도는 인심이 흉흉하니 그렇지 않아도 별로라고 하는 전라도 땅에 가게 됐으니 집에서도 걱정이 이만저만이 아니었다. 그래도 그곳에서 (제중병원) 좋은 의사분들을 만나서 교육과 인정을 흐뭇이 맡은 기억이 있어서 처음 군복무지로 내려갈 때는 마치 친정집에 가는 기분으로 내려갔었다.

뜻밖에 문제가 생긴 것은 지역감정도 아니고 출신학교에서의 문제도 아닌 나의 신체적인 문제였었다.

비행기를 몇 번 탄것이 그만 나의 왼쪽 귀의 고막을 상하여서 고막뒤에 출혈이 되어 들리지를 않는 것이었다.

서울에 올때 어쩌다 비행기를 타면 심히 아프며 두통이 나고 청진기를 귀에 대도 들리지를 않는 상태로 약 2개월을 지내게 되었는데 그것은 공군병원내의 이비인후과가 없어서였고 차일피일 하다보니 그렇게 세월이 지났고, 나의 괴로움은 극에 달하게 되었다. 송정리에서 공군 전용 버스를 타고 광주로 들어오면 유난히 크게 보이는 간판 "박현교 이비인후과"가 눈에 띄었다.

금란로 5가에 그런대로 비교적 잘 지은 3층 건물내에 1층에 있었다.

군의관 봉급을 민박 하숙비 내고 집에 조금 들이고 나면 도무지

여유가 생기지를 않는 지경이었는데 어느 날 용기를 내서 박 이비
인후과에 가서 진찰받게 되었다

　30후반기에 든 인물 좋으신 의사이신데 자기는 전남의대 출신이
며 근처 육군 병원에서 근무한적이 있노라하며 친절히 진찰하더니
주사기를 이용하여 고막을 뚫고 피고름을 뽑아야 되겠노라고 해서
그렇게 하시라고 허락하니 붕 하는 소리가 나며 나의 고막을 뚫고
주사바늘을 넣은 후에 피고름을 뽑아내니, 세상에 이처럼 밝은 소
리가 들리는 것이 아닌가. 앓던이 뽑은 것과 같은 것이었다. 일주
일 있다가 다시 오라며 항생제와 약을 주는 친절함에 눈물이 왈칵
났었다.

　"얼마나 되는가"고 간호원에게 물어보니 그냥 가라는 것이었다.

　급히 박의사를 만나서 치료비를 내겠다고 하니, "군의관이 무슨
돈이 있겠는가…"라며 일주일 후에 꼭 다시 오라고 하며 들어갔다.
이 무슨 고마움이던가?

　그렇게도 욕하던 전라도 땅인데 더구나 개업한지도 얼마 안되는
듯하여 돈도 꽤 필요한 것 같은 젊은 의사인데 말이다.

　인근 제과점에 가서 큰 케이크 하나 사서 다시 들러서 감사의
표시로 간호원에게 주니 박의사가 나와서 "고맙다"고 인사를 하며
1주일 후에 다시 와서 귀를 재검진하자고 당부하며 다시 염증이
생기면 귀먹을 수도 있으니 술마시지 말라는 것이었다. 경과가 좋
아서 그후 2-3주후에는 완치가 되었고 나는 다시 귀의 건강을 되
찾게 되었다.

　굳이 사양하는 박의사를 다시 만나서 꼭 치료비를 일부라도 전
달했더니 다시 자기 방으로 불러서 내게 꼭 그렇게 해야 되겠느냐

고 묻길래 그렇다고 했더니 4만원을 도로 주면서 그렇게 해야만
될것 같으면 군 병원에서 쓰는 에리스토마이신을 1병만 갖다주면
되겠다고 했는데 그 당시의 의약품은 역시 미제가 좋았기 때문이
었다.

나는 그 길로 곧 공군병원에 가서 원장님께 자초지종을 얘기했
더니 한 Box를 주면서 갖다 드리라고 하며, "그 친구 괜찮은 친구
같은데"하는 것이었다.

박의사는 분명 성공하여 돈도 많이 벌고, 지역사회에 흐뭇한 인
정을 베풀 의사라고 가끔 생각해보며 오늘날도 나를 찾는 환자들
이 그때 일을 연상시키는 분들도 곧잘 있음을 느낀다.

후일 누군가가 "연규호 내과에 가서" 받은 일들을 좋게 기억해
주길 비는 마음뿐이다.

이상구 선배가 개업에 미치는 영향

연세대학교 의대 100여년의 역사중에 한국사회에 큰 영향을 주
었던 의사들이 부지기수로 많았지만 이상구선배는 좀 특이한 방법
으로 소위 "이상구 Syndrome"을 창조해낸 분이신데 그가 끼친 식
이요법 등은 나의 개업에도 직접, 간접으로 영향을 끼칠 정도로
유명한것 같고 지금도 그의 가르침은 전국민들과 나의 환자들 누
구에게나 심도 깊게 영향을 주고 있는 것이다.

성경을 보면 최초의 인간은 식물을 주식으로 하고 살았으며 노아홍수이후에 비로소 동물을 음식으로 먹을수가 있었는데 그것도 피는 빼고 먹으라고 되어 있어서 제7일 안식교회 및 여호와 증인 교회에서는 철저히 이를 지키고 있는 것이다. 세월이 흐르다 보니 인간은 이처럼 채식동물에서 육식을 같이하던 소위 잡식동물로 변하였고 또 최근의 한국인들의 식성을 보면 뱀고기, 염소고기, 개고기 등 닥치는대로 무엇이든 먹는 것을 보면 참으로 놀라운 일들이다.

경제적으로 안정되고 부유해지다보니 이제는 콜레스테롤이나 지방질, 당분 등에 대한 관심이 커지게 되었고 자연식에 대한 연구가 활발해지기 시작하게 된 것인데, 이 때에 자연발생적으로 알러지를 전공한 이상구 선배께서 안식교에 심취하게 되고 여기에 이론을 정리하여 체계 있게 설명하게 되어 전국민에게 유익한 의학강좌로서 성공하게 된 것이다.

사실 동맥경화는 놀랍게도 이미 20대 초반부터 시작되기 때문에 Diet는 가능한 젊어서부터 시작하는 것이 유리하며 식물성 불포화성지방(Unsaturared)를 섭취하는 것이 절대적으로 신체에 좋으며 적당한 운동을 함으로써 HDL(High Density Liroprotein)이 증가하게 되며 동맥경화의 속도가 느려지게 되는 것이다.

즐거울때 많이 분비된다는 엔돌핀이나 T-임파구(T-Lymphocyte)의 이론등의 이상구선배의 가르침은 내과학적으로 거의 맞는 정석이며 조금도 틀리지 않는 나도 전적으로 동감하는 것이다.

그런데 실제적인 문제에서 다소 방법의 반론이 있음을 지적하고 싶은 것이다. 많은 한국인들은 철저한 Diet로 마치 백년, 천년, 영원히 살 수 있는 것으로 착각하고 있는 것 같다.

인간의 수명은 성경에서도 병없이 살면 120은 살 수 있으리라고 가르치고 있는데, 현재의 노인병학에서도 120은 살 수 있으리라고 믿는다.

실제로 산이 높고 바다가 가까운 오끼나와 주민들이나 산이 높은 중국의 신간성 산속에서 사는 사람들에게서 100세가 넘는 사람들이 꽤 많이 있는데 이것은 무공해, 저콜레스테롤에서 기인한 것으로 믿는다.

또한 이상구식의 Diet로 불치의 암이 정복되고 완치된다고 믿는 환자도 꽤 있는데 이것도 고쳐야 될 생각이다. 왜냐하면 그런일로 인해 우리가 시도해야 될 X-ray치료, 항암제 투여 들에 너무나 큰 차질을 주기 때문이다.

1972년 Nixon 대통령에 의해서 추진된 "암정복에 관한 연구로 미국에서는 과거에는 상상도 못하던 암치료 방법이 쏟아져 나왔고 실제로 100% 완치되는 경우도 있는데, 문제는 흔히 생기는 암의 치료에서는 아직도 더딘 발전을 하기 때문에 눈에 띄는 진보가 안 보이는 듯하지만 전반적으로 크게 발전하였고 앞으로도 크게 전망이 보이는 것이다.

혈증 콜레스테롤을 크게 내리고 체중을 줄이는 방법이며, 철저하게 채식을 하여서 암을 정복하려는 학문적인 연구 방법에 이의를 달고 싶지는 않으나 너무 과대하게 선전을 하거나, 과대하게 이론을 전개하는 것은 금해야 된다고 믿는다.

C목사는 취장암으로 진단이 났고, 그의 병은 철저하게 나빠져서 소위 수술불가능(Inoperable)한 경우로 죽는 날만 기다리던 분이었

는데, 어느 날 위마에 가서 이상구식의 치료를 하겠다고 그리로 갔다.

얼마후 다시 내게 돌아왔을 때 그는 너무나 수척했고 황달도 심하여 며칠을 살기가 힘든 것 같았는데 한국 TV방송에서는 Diet와 치료에 대한 애기가 나옴 사례를 들고 있는데 공교롭게도 C목사님을 "완치된 환자로" 애기하고 있었다. 그후 그는 사망하고 말았다.

C여사는 교육도 많이 받으신 분으로 혈압이 높고 당이 높고 몇년전 중풍으로 쓰러졌다가 깨어난 후 지금은 그런대로 어려움을 갖고 살고 계신는데 역시 Diet치료를 위해 위마에 갔다가 오셨다.

몸이 많이 말랐고 역시 Cholesterol과 지방은 정상으로 되었고 환자는 몹시 배고파하며 기운이 없어 했다.

그녀의 중풍은 큰 차이 없이 보였는데 TV 방송에서는 그를 등장시켜서 중풍에 관해 설명하고 있었다.

나는 이런 예를 들어서 이상구 Syndrom을 부인하고자 하는 것이 아니고 너무 과장된 선전을 하여 혹시라도 정상적인 진료마저 받지 못하게 되는 것에 대한 안타까움으로 이 글을 쓰는 것이다.

Diet도 하고 식물성, 자연음식을 취하는 것은 계속 하기 바란다마는 여기저기에 있는 일반의사들의 진료 받는것을 거부하거나 등한히 해서는 안됨을 거듭 강조하고 싶다.

일반의사들을 통해서도 암의 진단과 치료가 이루어지고 있는데 꼭 특수의사, 특수비방법으로만 암이 정복되는 것은 아닐 것이다.

마치 국민학교 중학교를 거쳐야 대학을 가는 것이지 국민학교에서 곧장 대학으로 갈 수는 없는 것이니까…

조사

오늘 우리가 여기에 모인것은 평소에 사랑하고 존경하던 고 장익평군이 갑작스런 죽음을 마음속 깊이 우러나오는 슬픔을 가지고 육체적인 이별을 고하는 것은 물론 그가 평소에 그토록 소망하던 하나님의 나라에 가서 안식하고 계심을 확신하며 슬픔에 쌓인 유족들을 위로하고 그가 못다했던 일들을 계승하고자 함입니다.

사랑하는 고 장익평군은 2차세계대전이 끝나기 일년전, 몹시도 힘들었던 때 태어나서 한많은 38선을 넘어 자유를 찾아온 기독교 가정의 일원이었으며 6·25와 4·19와 같은 격동기를 겪으며 조국을 위해 헌신해 온 산 역군이었습니다.

부족한 제가 고 장익평군을 알게 된것은 지금으로부터 벌써 39년전 4월 어느날 진달래가 피고 아카시아 잎새가 돋아나고 봄이 움트기 시작하던 신설동, 대학중학교 교정에서 코흘리개 소년으로 만났던 것이 처음 인연이었지요.

그는 나보다 키도 컸고 체격도 우람했던 활달한 소년이었지요. 그로부터 지금까지 나와 그리고 친구들과의 관계는 변함없는 우정 그것이었지요.

익평아, 그리고 네가 즐겨 쓰던 미국이름 스티브(Steve)야! 내가 너를 그토록 생생히 기억하는것은 네가 공부를 잘하고 못하고가 아니고, 특기가 있고 없고도 아니고 돈을 많이 벌었거나 적게 벌었거나 하는 것도 아니고 너의 그 특유한 인간미 그것이었다.

1960년 4 · 19 혁명의 아침…

교문을 박차고 함성을 지르며 두 주먹을 불끈 쥐고 뛰쳐나가던 날.

분명히 너는 제일 앞줄에 서서 돌진해 나가다가 경찰곤봉에 맞아 피투성이가 되어 돌아왔던 너의 모습이 아직도 내 눈에 선하구나…

너의 남다른 의협심과 남자다운 기개는 대학을 가고 군에 가서도 그러했고 사호에 나가서도 그랬으며 이곳 미국에 와서도 변함없이 그랬던 것을 나는 기억한다.

바쁜 이민생활중에 어느 누구도 맞지 않으려 하는 大學15회 동기회장을 수년간 역임하며 매월 주옥같은 글을 써서 보내며 동기생들의 생일, 결혼기념일등을 기억하며 일일이 꽃을 보내주던 너의 헌신이 있었기에 우리는 이렇게 한마음을 갖고 이 자리에 모일 수 있었다고 느낀다.

더욱더 눈물나는 것은 사건이 나던 날 너의 부인의 생명을 쫓아온 갱단으로부터 구하기 위하여 피할 수 있는 기회를 스스로 포기하고 그들이 총탄을 맞고 쓰러졌다고 흐느껴 말하는 네 부인의 절규어린 설명을 들으며 책임있는 남편으로서의 애뜻한 사랑을 새삼 느끼게 되었으며 대견스럽게 키워놓은 너의 세딸을 보면서 너의 자랑스러운 아버지됨을 누구에게나 얘기하고 싶구나.

그런데 이게 웬일이드냐… 이렇게 네가 세상을 홀연히 떠나야 된단 말이드냐… 누군가 이런 노래를 불렀는데 한번 들어보려므나

…

"남몰래 지는 꽃이 너무도 서러워
떨어진 꽃잎마다 깊은 사연 서리네
따스한 어느 봄날 곱게 피어나서
애꿎은 비바람에 소리없이 지는구나…
밤새워 피어나서 그 밤에 몰래지는 꽃
너무나 애처러워 아픈 가슴 적시네…

익평아!

너의 삶! 불과 52세 인간의 수명으로 수명으로 볼때에는 결코 길지 않은 세월이구나…

너 그렇게 빨리 가 버리면 어떻게 할려고 그러느냐…

시집안간 세딸을 두고 그렇게 가다니…너, 네눈 감기 정말 힘들겠구나…

할수만 있다면, 익평아 다시 벌떡 일어나려므나…

벌떡 일어나서 규호야! 야 너 여기서 뭐히는거냐?

라고 물어보려므나…

익평아! 이런것을 실존이고 현실이라고 하는구나… 너는 우리보다 조금 먼저 가는 것이요, 우리는 조금 늦게 간다는 것 그것뿐 큰 차이는 없는 것이지 않니? 해마다 우리의 동창들중에서 한두명씩 이세상을 떠나 저 먼곳으로 가야 하는 것도 현실이 아니더냐…

그때마다 나는 누군가 불렀던 이 노래를 또 부르며 울어야 되는데 이번에는 바로 네 차례였구나…

"꿈은 하늘에서 잠자고 추억은 구름따라 흐르고 친구여 모습은
어딜갔나 그리운 친구여!
옛일 생각이 날때마다 우리 잃어버린 꿈찾아
친구여! 꿈속에서 만날까 조용히 눈을 감네.

익평아! 내가 자신있게 하고 싶은 말은
너는 분명히 멋진 사나이였고 값진 인생을 살다간 승리의 사나
이였다"

익평아!
할말도 많고 사연도 많다만
人間의 힘은 유한한 것이며 아무리 부인해 본들 하나님이 하시
는 일에 너나 나같은 피조물이 무엇을 더 하겠는가마는 간절히 바
라기를,
믿는자를 위하여 예비해 두신 저 천국에서 다시 만날것을 기약
하며 평소에 네가 그토록 좋아했던 時를 너의 묘에 새겨 두고자
한다.
　　　"그 고운 꽃은 떨어져서 죽고
　　　나또한 죽어 땅에 묻히면
　　　나 자는 묘를 돌아 보아주며
　　　거룩하다고 불러 주어요
　　　너고운 목소리를 들으면
　　　내묻힌 무덤 따뜻하리라…
　　　너항상 나를 사랑하여 주면

네가 올때까지 내가 잘자리라…"

익평아!

두고가는 너의 사랑하는 부인, 귀한 세딸들, 그리고 너의 연로하신 장모님, 걱정하지 말고 산사람은 숨쉬는 사람들에 맡기고 눈 꼭감고 고히 잠들어라…

부족하나마 너의 벗 延圭昊가…

친구들을 대신하여 삼가 조사를 드린다.

잘가거라, 익평아!

PART XI
이제 일어나 가야지

보물을 하늘에 쌓아두라

"너를 위하여 보물을 땅에 쌓아두지 말라. 거기는 좀과 동록이 해하며, 도적이 구멍을 뚫고 도적질하느니라. 오직 너희를 위하여 보물을 하늘에 쌓아두라. 네 보물이 있는 그곳에는 네 마음도 있느니라.

미국이나 한국이나 의사들도 열심히 개업하여 그 일한 댓가로 큰 수입을 얻어서 땅도 사고 건물도 사서 먼후일 평안한 여생을 갖기 위해 퇴직계획도 갖게 되는데 보험회사나 금융계통을 통해서 하던지 부동산회사를 통해 하던지 여러가지 길이 있게 마련이다.

나도 개업하면서 다른 의사들과 조금도 다름없이 생명보험, 불구자보험, 퇴직보험 등으로 꽤 많은 지출이 나가고 있는데 요즘같은 불경기에는 혹시 보험을 넣지 못할까 하는 우려를 갖는다.

그런데 내가 본 문제는 수입에 비해 엄청난 부의 축적을 노리고 과도하게 투자한 결과, 부동산을 잃거나 집을 뺏기는 일을 볼 수가 있었다.

며칠전, 고등학교 동창인 한국의사가 불행하게도 폐암으로 누워서 돌아갈 날을 기다리고 있었다. 평소에 너무나 일을 열심히 해서 자기몸 돌볼 기회를 놓쳤다. 죽으면 그만이지 하는 가련한 느낌이 든다. 그가 일구어 놓은 부동산과 기타 재산들은 그 무엇이던가?

나의 동기의사 C는 역시 부지런히 개업하여 200 unit가 넘는 큰 아파트를 구입한지 6-7년이 되는데 불경기로 인해 운영이 되질 않아서 부득이 포기하게 됐다. 치과의사 S씨는 400여 unit의 아파트를 구입하여 퇴직해서 그곳에서 나오는 수입으로 편히 살고자 온통 수입을 그곳에 투자했는데 주위의 군사기지가 철수하면서 아파트에 입주해 있던 사람들이 하나둘 빠져나가고 나니, 10여년간 피땀흘려 모은 그의 부동산을 포기하게 되었고 그는 신체적으로 위궤양으로 고생하고 있으며 이제 다시 이민은 기분으로 새출발 했다고 한다.

선배되는 L의사는 훌륭한 전문의사로 명성도 있지만 수입도 좋아서 300여만불짜리 집과 3-4대의 밴츠차와 아파트, 상가, 그리고 최근에 공동으로 구입한 1,200만불짜리 건물등으로 그는 의사 세계에서는 누구나 부러워하는 인물이다. 하지만 그의 보물도 오래 가지는 못하고 많은 재산을 잃게 되었는데 이제 그의 나이는 60을 바라보는 나이로 시력도 감퇴되고 손도 떨리게 되니 그의 외과의사로서의 생명도 끝나게 된 셈이다.

의사 H씨는 미국에 와서 외과전문의로 보드도 갖고 성공한 의사인데 많은 의사들이 그렇게 했듯이 3-4채의 주택과 Apart등을 구입하고 큰 Building을 크게 짓고 재정적으로로도 큰 성공을 하여서 부동산 값으로 해도 수백만불에 달하여서 이젠 더 일하지 않아도 된다고 생각하고 골프를 치명 인생을 즐겼는데 근자에는 건물도 잃었고 부채를 갚는다고 토요일, 일요일도 닥치는대로 수술을 하니 그 벌로 감기에 허겁지겁 하다보니 인생이 피곤하고 집안에서도 잦은 다툼으로 크게 고생하고 있으며 자연히 자녀들과 같이 하는 시간도 거의 없게 되니 도대체 사는 맛이 무엇인지 모른다고 한다.

의사 L씨는 정형외과 의사로 크게 성공한 분이신데 정형외과보다도 교통사고 환자들을 취급하는 변호사들과 같이 약간의 불법적인 사업으로 쉽게 큰 돈을 벌게 되어 역시 건물등을 구입하며 큰돈을 번 듯하나 잘못이 들통이 나게 되어서 국세청에서부터 추적을 당하고 모았던 재산도 잃고 의사로서의 자존심과 긍지도 잃어버렸다.

위에서 언급한 바와같이 미국에 이주한 한국의사 분들은 이민올 때 갖고 온 순수한 의사로서의 히포크라테스의 정신에서 자본주의와 소수민족으로서의 주류사회에 참여하기 힘든 약점을 엉뚱하게 재산 모으기에로 눈을 돌리게 되었고 그로 인해 심한 스트레스에 살게 된 것 같았다.

보물을 땅에 쌓아두지 말고 하늘에 쌓는 지혜를 일찍이 알았더라면 그토록 자본주의 물질만능주의에 빠지지 않고 건실한 오늘을 만들었을텐데, 아깝게도 많은 나의 동기들 내지 동업자들은 값없는 과거를 보낸 느낌이 든다.

나의 경제철학

나의 동기들 중에 백만장자가 된 사람은 62명 졸업생중 부지기수이며 그중 유능한 교수도 있으며 지역사회에서 없어서는 안되고 유능한 지방유지의사도 많다.

나의 25년 의사생활을 통해서 나는 경제철학으로 잠언 30장에 나오는 다음 구절로 삼고 있다.

"내가 두가지 일을 주께 구하였사오니, 나의 죽기전에 주시옵소서. 곧 허탄과 거짓말을 내게서 멀리하옵시며 나로 가난하게도 마옵시고 부하게도 마옵시고 오직 필요한 양식으로 내게 먹이시옵소서.

혹 내가 배불러서 하나님을 모른다 여호와가 누구냐 할까하오며 혹 내가 가난하여 도적질하고 내 하나님의 이름을 욕되게 할까 두려워 함이니이다"

의사가 되어 25년이 지난 지금까지 나의 경제철학은 너무나 명백하고 간단하여 늘 이 성경말씀을 기초로 하게 된 동기는 나의 성격이 다분히 수동적이며 진취적이기보다는 보수적이기 때문이며 가장 큰 이유는 불행하게도 간염을 앓고 난후 절실히 재물보다는 건강을 갖고 싶은 산 체험에서 나온 결론이었다. 아무리 돈을 많이 모았다고 해도 건강하지 못하면 그 모은 돈 한번 써보지도 못하고 자식들에게 쉽게 물려줄 때 못된 자식으로 되기가 쉽상이기 때문이었다.

자식에게 재산을 물려주기보다는 지혜와 재능을 개발시켜서 스스로 생업을 개척하고 스스로를 지켜가게 하는 것이 가장 좋은 방법이라고 생각한다.

내가 미국에 와서 인턴할 때 받은 월급은 생활비 등으로 쓰고

Wife가 받은 월급을 부동산에 투자했더라면 지금쯤 꽤나 부자가 됐었을텐데 나의 경제철학 미숙으로 전혀 부동산투자에 관심을 갖지를 않았던 것 같았다.

1970년도의 뉴저지, 내가 살던 백인촌의 주택값이 5-10만불이었으니 말이다. 그래도 나는 세금 잘내고 할머니, 어머니 모시고 용돈 모자라는 줄 모르는 부유한 삶을 하고 있는 편이라고 자위한다.

대추나무에 연 걸리듯이 종가집 종손의 입장에서 혼자만 움켜쥐고 있기에는 여기저기에서 돈써야 될 일들이 비교적 많았었다.

의사이기 때문인지 아니면 내게도 자주, 보험, Stock, 부동산 회사로부터 투자하지 않겠는가 하는 전화와 안내서가 곧잘 오는데 그때마다 별 얘기없이 끊어버리던지 쓰레기통으로 집어던지던지 해 왔었다.

아예 그런 방면에 개입하지 않으려고 말이다. 내가 아는 환자 한분은 실속있는 부자인데, 불행히도 간암으로 거의 죽게 되었는데도 돈에 대한 애착이 어찌나 대단한지 장지를 미리 구입하려고 하니, "나더리 빨리 죽으려고 하느냐"고 호통을 치며 듣지 않았고, 조그만 물건을 사더라도 한푼이라도 더 싼 집으로 다니느라고 피곤해 하던 것을 기억한다.

목숨이 재물보다 더 중하다고 하지 않았던가? 재물을 더 모으려 하다가 친구 잃어버리고 목숨 잃어버린다고 하는 평범한 진리가 실행되기 힘든 세상이 아니던가?

오늘 갑자기 불리우면 그토록 애써서 모은 재산 하나도 가지고 가는것이 못되는데 한벌의 양복입고 썩어지는 것인데, 특히 생과

사의 건널목의 관계를 누구보다도 잘아는 의사들에게서 풍요하는
물질만능주의에 서글픔마저 느낀다.

로데오 거리

L.A의 명소 로데오거리에 가보면 물건값이 비싸고 질이 좋다고
한다. L.A근교에 산지도 벌써 15년이 넘는데 나는 아직 그곳을 가
보지는 못했는데 그것은 내가 사는 곳에서 너무 떨어져 있고 그곳
에 가서 살 물건은 내집 근처인 "K Mart"에서 다 찾을수가 있기
때문이다.

며칠전 나의 둘째 아들이 근육을 만들기 위해 역기와 완력기 운
동을 하고자 하여 운동기구를 사러 조금 떨어진 Sports상회에 갔는
데 제법 큰 Mall 內에 있어서 무심코 "이 근처에 이렇게 좋은 Mall
이 있었나?" 하고 나혼자말로 했는데 나의 Wife가 받아서 "이곳
처음 와보나 봐?"하기에 "내가 가본 데가 뭐있나, 집에서 Office,
병원이나 왔다갔다 했지… 그리보면 나는 바보야."라고 응수한 것
이 그만 내 Wife를 화나게 만들었다.

"나도 마찬가지야. 나는 로데오거리에도 가보지 못했어. 의사부
인들치고 안가본 사람없는데 나는 의사면서 의사부인인데…"라고
제법 서글픈 듯이 지금까지 나와 같이 경제적이지 못한 사람하고
살아온것이 후회라도 되는듯 말하는데 그만 나는 움찔해지고 말았

다. 듣기로는 로데오거리의 상점에서 사는 물건은 보통 내가 즐겨
사는 K Mart에 있는 것과 비슷한 물건인데도 10여배가 비싸다고
한다. 꼭 그런데를 가야 하는 것인지? 특히 한인의사부인들이 많이
간다고 하는데 어떻게 그렇게 큰돈을 그렇게 쉽게 쓸 수가 있을는
지…

언젠가 U.C.L.A에 다녀오다가 L.A. 한인타운에서 설농탕이나 한
그릇 먹고 갈려고 윌셔거리를 지나는데 로데오라는 싸인판을 보았
다.

"로데오라는데 한번 구경갈까?" 하는 아내의 질문에 "가봐도 살
것이 아닌데 그냥 갑시다."하고 지나온 적이 있다.

선명한 색감의 벤츠 타고 로데오에 가서 내복을 사온 의사부인
의 얘기를 듣다보면 차라리 저 돈주고 K Mart에서 1Box사서 몇년
을 대놓고 입고 지내지, 왜 저럴까?

얼마전 세금 내기가 힘들다고 6月달로 연장한다고 하던 것이 생
각나는데… 세금은 내기 싫지만 로데오는 가서 비싸게 돈주고 사
와야 하는 의식구조가 의심스럽다 못해 그렇게 못하는 내가 오히
려 바보스럽게 생각되어서 씁쓸히 웃고 말았다.

좋은 사마리아 사람

醫科대학 교육시간중 교수님들로부터 좋은 의사가 되라는 강의

를 꽤 자주 듣게 되어서 대부분의 의사들은 병에 친절하여야 될
것인지 환자에게 친절하여야 될지, 아니면 둘에 다 친절하여야 될
지를 구분하고 있을 줄 믿는다.

좋은 의학교육을 받고 새 지식을 습득하여 질병을 빨리 정확하
게 진단하고 곧 수술, 치료 등을 하는 행위를 병에 친절하다고 정
의 할 수 있으며 환자에게 친절하다는 것은 환자의 감정 재정상
태, 사회적인 위상에 부합하는 것을 말한다.

지위가 높다고 무조건 그에게 기대 이상의 호의를 갖고 비굴하
게 행동하는 것도 문제지만 그렇다고 너무 적의를 품고 대하는 것
도 삼가해야 될 것이며 반대로 너무 가난하다고 해서 무시하거나
그렇다고 너무 동정적이어서 병 치료에 소홀해서는 안되는 것이
다. 내가 개업하는 이곳에서도 때때로는 이 문제로 인해 과연 좋
은 의사와 나쁜 의사란 무엇인가 하는 의문이 제기된다.

K씨는 좋은 대학을 나와서 외과의 특수분야를 전공하여 수술
도 잘하고 그로 인해 부하게 사는 소위 성공한 의사로 소문이 나
있다마는 그는 한인들과는 거의 상종하지 않고 그렇다고 외국인과
도 그리 어울리지 못하고 홀로 제 만족으로 살고 있는것 같다.

진단이 제대로 되고 꼭 외과적인 수술이 필요하고 꼭 K씨의 집
도가 필요하여 의뢰를 하면 반드시 환자의 재정상태(보험)을 확인
하고 진료비를 지불하는 경우면 수술을 하지 그렇지 못하면 내가
보기에도 가혹할만큼 냉혹하게 거부한다. 그 이유는 만일의 경우
에 생기는 Malpractice때문이라고 했다.

언제인가 내게 얘기하기를 자기도 여러차례 Good Samariran정신
으로 수술을 해준 기억이 있는데 그중 한명이 배은망덕하게도 자

기에게 Malpractice Sute을 걸어와서 그 일로 약2년간 고생하다가 겨우 해결되었는데 그후부터는 한국인이건 미국인이건 꼭 확인된 case만 수술한다고 얘기한 후 그를 충분히 이해하게 되었다.

의사 L씨도 역시 외과계통의 전문의사로서 심장수술에는 누구도 따르지 못할만큼 유명하다고 하는데 그의 집에서 가정부로 일하던 분의 얘기를 들어보면 너무나 크고 잘 갖추어진 집이어서 청소하는데도 시간이 꽤 걸리는데 한국말은 거의 사용하지 않고 영어로만 생활하는 신기한(?)집안이라는 것이었다.

그토록 훌륭한 기술을 갖고 있으면서 돈이 되는 수술을 하지만 자선적인 수술은 거의 하지 않는다고 했다.

과연 누가 불한당의 피습을 당한 사람의 한 이웃이었는지? 제사장도 아니요 유태인도 아닌 멸시받고 천하다고 하는 사마리아 인이 참 이웃이 되었고 친구가 되었듯이 병들은 자에게 의사는 교육과 실력을 많이 쌓은 의사도 아니요 돈많이 벌고 말 잘하는 의사도 아니요 환자와 더불어 직접 거하며 그의 상처를 쓸어주며 싸매주는 의사가 진정 좋은 사마리아인이 되는 것이다.

그러나 새벽두시 한참 곤하게 잠들었을때 울리는 응급실로부터의 전화는 나로 하여금 사마리아 사람으로부터 멀어지게 만든다.

내가 아는 오렌지 카운티의 C의사는 밤이나 낮이나 추우나 더우나 늘 전화를 하는 사람이 부를때 언제나 그 환자를 위해 그의 귀한 시간을 헌신하며 가까이에서 씻어주며 상처를 치료하는 것을 보며 나는 그를 존경한다.

그를 볼적마다 나는 무안해지며 그는 분명히 하나님으로부터 축복을 받으며 좋은 상을 받을 것이라 나는 믿는다.

아무리 좋은 기술을 가졌다 해도 그것이 자기의 경제적인 이익만을 위해 사용될 때 그것은 사업가이지 의사는 아닌것임을 나 자신도 느낀다.

르완다 난민과 의료선고

Ruanda Urundi - Rwanda Urundi - Burund
피그미종족 반투족 Watusi(Emerged) 300년전 이주 정복

전기불도 없는 시골에서 태어난 의사 윤삼혁씨의 기사가 신문에 났다. 안면은 있어서 잘 알지만 가까이 해보지 않아서 잘은 모르나 퍽 온화해 보이며 예의 바르신 소아과의사인데 아마존으로 멕시코로 무의촌 봉사를 하다가 다시 르완다에 의료선교를 간다는 기사인데 과연 그는 작은 슈바이처이며 히포크라테스의 후예인 것이다.

그는 미국에서 의사들중에 돈도 비교적 잘 안벌리는 소아과 의사로서 2남1녀의 가장으로 1개월씩 Office를 비우고 오지에 다서 의료하기란 보통 결심이 아니며 희생이 큰 것임을 의사로서 능히 알고 그를 칭찬하고자 한다.

돌이켜 보면 내가 처음에 의료봉사에 눈을 뜬것은 지금부터 35년전인 고등학교 1학년 때였다.

4·19가 나고 온통 한국은 새생활운동과 정치적인 혼동으로 어수선할때 고등학교에서의 모임에서 부터였고 농촌봉사에 참여하게 되었다.

대학에 들어가서는 C.C.C와 대학 (기독학생회)를 통해 서울 주위의 일영, 송주, 인천, 간석등등으로 무의촌 진료를 다니면서 고생 아닌 고생을 하면서 대학생활을 보냈다. 본과 3학년때는 간석교회 여전도사님이 간질로 부엌에 쓰러진것을 보고 당황하여 어찌해야 할지도 모르며 간호학생들 앞에서 모른다 소리도 못하고 수면제를 주어서 환자를 재웠던 기억도 난다.

경상북도 청송 영덕으로 여름에 진료를 나가서 모기에게 사정없이 뜯기면서도 선배의사들 곁에서 마치 내가 의사인양 진찰도 하다가 정작 인턴이 되어서 진료팀을 책임지게 되었을 때는 어깨가 무거웠었다. 강원도 원성군에 있는 황둔 마을 사람들을 진료하게 된것은 지금의 부인이 그 당시 의대 졸업생과 알고나서 이화여고 샛별봉사팀 의사로서 참여하였는데 그 시골에서 봉사하는 그때의 나는 너무나 순수했고 봉사 그것뿐이었다.

내가 태어난 시골보다도 못한 산골에, 갑자기 내린 눈으로 버스가 끊기기도 했으며 아슬아슬하게 산을 올라 내리던 15인승 미니버스는 아직도 추억에 남는다.

무의촌 봉사를 통해서 나는 나의 Wife와의 사랑을 싹텄고 어려움을 서로 나누며 결혼도 하게 되었다.

몇년후 결혼하여 신혼여행으로 경주, 제주도를 거쳐서 시골 황둔산골을 다시 방문하여 주민들의 대접도 받았으며 군의관이 되어서도 강원도 산골을 여러차례 찾아서 봉사했는데 어찌된 일인지

미국에 이민 온 후에는 세상사는 재미에서인지 바빠서인지 캄캄하
게 그들을 잊고 살아왔다.

르완다는 본래 Raanda Urundi라는 영국과 프랑스의 신탁통치를
받던 나라로 Rwanda와 Braundi로 바뀌어서 독립하게 되었고 주미들
은 피그미족으로 작은 인종이었는데 비교적 몸이 큰 Emerges계통
의 Watasi족속들이 약 300여년전에 이주하여 정복하고 통치해왔는
데 이것이 인종분규의 원인이 되어 죽고죽이는 나라가 되었다. 신
문을 보니 산체로 죽어가는 모습, 뼈만 남은 아이들, 기운도 없이
쓰러져 있는 어른들 이것이 지옥이 아니던가!

한양대학 의료 단장으로 민득영동기가 그곳에서 고생하고 돌아
갔다는 기사를 읽으며 나의 동기들중에서 아프리카 오지를 찾은
의사가 있음을 읽으며 나는 감격하던중 오늘은 윤삼혁의사의 기사
를 읽게 되어 마음에 가벼운 홍분마저 느끼게 된다.

돌이켜 보면 대학시절보다 현재가 더욱 의료봉사하기가 아는 지
식도 많으며 가진바 금전도 있는데 왜 선뜻 나서지 못하는가 곰곰
히 생각해보니 그간 나는 물질문명 자본주의에서 까맣게 나를 철
저히 잃어버렸던 것이다.

이제는 서서히 긴 겨울잠에서 깨어나야 되지 않겠는가? 지난 25
년의 의사생활이 바로 눈앞에서 산산히 부서지는 느낌이다. 강원
도 황둔은 내게 특별한 인연을 그리고 사랑을 알게 해준 곳이다.
첩첩히 산중이라서 아침이 늦게 오며 저녁이 빨리오며 산길이 험
하여 겨울에 다니는 길은 정말로 위험하며 여름에도 갑자기 내리
는 비로 산길이 끊기거나 사태가 나기 쉬운 시골이었으며 전등불
을 보지 못할 줄 알았던 곳이었다.

이곳이 이화여고 국어선생이신 이인수 선생님의 헌신적인 노력
으로 농촌봉사와 송아지, 돼지 사주기 운동으로 마을이 깨이고 문
명의 손길이 와닿기 시작했었다.

내가 본 인종

미국은 多人種으로 구성된 합중국인 것은 누구나 다 아는 사실
인데 뉴욕, 뉴저지에 살때는 영어 이외에는 별로 다른 언어가 필
요없었다. 오하이오에서는 더구나 다른 외국어가 필요 없었고 多
人種으로 된 합중국이라는 개념을 받기가 힘들었다. 그러다가
California로 이주해서 대학병원에서 잠시 일할 기회가 있었는데 완
전히 이중언어가 필요했다.

영어와 Spanish가 그것이었다. 날씨는 온화하여 야자나무가 여기
저기 있고 마치 남방의 어느곳에 온 느낌이었고 게다가 Spanish 까
지 겸하니 사뭇 이국적인 느낌이었다.

개업을 하고보니 다인종에 대한 문제는 더욱 심각하였고 진료의
애로도 이만저만이 아니어서 Spanish를 하는 특별히 고용했고 나자
신도 Spanish Colldge 야간부에 등록하여 3개월간 기본 Spanish를
교육받았다.

내 기억으로는 멕시코, 니카라과, 살바도르, 멜리지, 과테말라,
코스타리카, 콜롬비아, 불리비아, 아르헨티나, 브라질, 푸에르토리

코, 자마이카, 하이터, 도미니카에서 온 사람들을 진료했으며 이중
코스타리커 사람은 비교적 백인에 가깝다. 영국 프랑스계의 백인
은 대학병원에서는 많이 만났지만 개업한 후 고객으로는 거의 없
었고 루마니아에서 온 피난인, 불가리아에서 온 망명객을 진료한
기억도 있었다.

인도와 파키스탄에서 온 환자는 비교적 이기적이어서 나도 진료
하기를 꺼렸으며 그들은 인도 의사가 많기 때문에 나를 찾지는 않
았다.

남태평양의 사모아에서 온 환자들이 약 20-30명 되었는데 그들
은 체구가 무척 크며 목소리가 우람한데 비해 위생적인 면에서는
상당히 낙후되어 있었다. 기타 캄보디아 및 동남아시아와 아프리
카에서 온 사람들도 있었다.

동남아시아의 베트남난민, 타이사람, 중국, 일본인들을 합치면
내가 만난 외국인은 정말로 다양했으며 욕심같아서는 이들 나라들
을 한번씩 방문해 보고 싶은 욕망이다만 마음만 그러했지 인근 멕
시코도 제대로 가보지도 못하는 상황의 연속이니 마음만 그렇다는
것이다.

나의 환자를 보면 40%가 Spanish를 하는 무리들이며 40%는 한
국인이며 나머지 20%는 기타민족들로 구성되어 있는데 각 나라사
람들은 각각의 특성이 있기 마련이다. 하나 인상깊은 것은 1903년
구한말때 이민선에 실려서 망망대해를 걸어서 멕시코의 유카탄 반
도에 있는 사탕수수밭으로 노동이민온 후대의 가족들이 약 10-20
명 정도 나의 환자로 등록되어 있다. 1세 이민은 이미 타계했고 2
세이민의 할머니가 요즘 사망했으니 3세 4세는 거의 한국말을 못

하고 영어와 Spanish만 하는데 최근 그들은 한국과 한국어에 대해서 눈에 띄게 흥미를 갖고 그들의 뿌리와 조국을 연구하며 한국의 발전을 보며 자랑하며 King으로 된 성을 요즘 Kim으로 바꾸는 것을 보았다.

이토록 여러 인종의 환자를 보노라면 많은 민족들이 비교적 순하며, 검소한 것을 발견한다. 이에 비해 한국민족은 다소 공격적이며 영리하며 지켜야 될 법을 거의 무의식적으로 어기려하며 조금도 미안해하지 않은 경향도 있는 것 같다.

3개월이 지난 처방은 다시 처방전을 받아가야 되는데, 다들 별것 아닌듯 무시하며 약국으로 전화를 걸어달라고 부탁을 하는데 별것 아니지만 지켜야 될 법은 지켜야 하지 않은가?

소위 불구자용 주차허락료(Disabled parking permit)를 차에 부착하면 어디에도 특히 불구자용 주차장에 세울수가 있어서 편리하기 이를 데 없다.

그런데 이 허락을 받으려면 의사의 증명서(즉, 다리가 하나 없다든지 Stroke이나 중풍병에 걸려 있다는)를 발부 받아야 하는데 많은 한국노인들이 막무가내로 부탁하는데는 할말이 없었다.

비교적 우리보다 후진인 남미나 중미인들도 이런것을 부탁하지 않는데 그들이 그것을 몰라서라기 보다 그런식으로 생각하지 않는 생활습관에서인 것이다. 어쩌면 우리보다 비교적 도덕적으로 순수한 사람들인 것 같았다.

인생은 40부터

내게 하나 행운인 것은 비슷비슷한 나이의 동서가 많아서 (다섯 명) 형제들 이상으로 친하게 지내는 점이다.

나는 맏동서이나, 나보다 연상의 아랫동서가 하나 있어서 그를 통해 많을 것을 배우며, 오히려 형님같이 대한다.

자존심이 세며, 좋은 가문출신의 동서에게서 어느날 나는 뜻밖의 가르침을 받으며 희망을 갖게 되었다.

언젠가 그는 누구로부터 열쇠고리를 (Key Chain)를 받았는데 거기에 영어로 "Life Starts After Forty"라고 쓴것을 보고 그는 현재 그의 나이가 11세에 불과한 소년이라고 하며 "Dr. Yun은 금년 10세가 되는군요"라며 서로를 격려해 봤다.

그렇다 人生은 40세 이후부터인 것 같다. 그동안 준비하고 실패하다가 미워하고 질투하다가 이제서야 인생이 무엇인지를 이해하고 다시 시작하는 것이다.

켄터키 후라이 치킨의 창시자인 Colonel은 65세에 은퇴하고서야 비로소 이 사업을 시작하여 오늘과 같이 큰 Chain의 기업을 일구어 놓았으며 내가 미국올때 잠시 같이 살았던 Dr. Demy라는 분은 17세에 Hungary에서 미국으로 이민와서 2차 대전을 겪고 X-ray Technician을 하다가 35세가 넘어서 Wisconsin 의대에 진학하여 43세에 비로소 의사가 됐고 75세까지 무려 30년을 성공적으로 개업하신 분임을 나는 안다.

내가 섬기는 Bethel 교회의 목사님들 중에서 40이 넘어서 신학을 시작하고 50이 돼서 혹은 넘어서 목사로 안수 받으신 분이 계시는데 그들의 생활은 마치 20대의 기분으로 매일매일이 새로운것 같이 보여 활기차 보인다.

가끔 동기생들은 만나서 얘기하다보면 아직 50도 안됐는데 대부분 꽤 늙은것 같이 얘기를 한다.

나도 역시 그렇게 얘기를 해왔다. 사실 어떻게 보면 50세는 꽤 늙은것이 사실인데 괜히 억지로 늙지 않았다고 궤변을 하는 것 같았다.

그러다가 동서의 한마디 얘기가 무척 인상적이었다. 그후부터는 웬지 콧노래도 나오게 되며 무엇인가를 다시 시작하는 어린아이 같아지게 되었다.

보통사람

많은 사람들이 바라는 것은 보통사람이 아닌 특수한 사람, 성공한 사람, 비상한 사람, V.I.P.에 해당되기를 원하며 그것이 인생의 목표가 되는 셈이다.

어려서 아이들에게 커서 무엇이 되겠는가? 라고 물으면 그 대답은 대개 대통령, 장군, 의사, 판사… 등이었는데 나는 그래도 그중의 하나인 의사가 되었고 개업도 남들에 비하면 성공적으로 잘하고 있다고 한다.

그런데 내가 느끼는 것은 많은 의사들이 소위 "Super ego"를 원하고 있는 것이다.

즉 병원장, 교수, 학장 등… 유명한 전문의사, 꼭 그가 아니면 안되는 그런 유능한 의사가 되기를 바라는 것인데 이것은 Super ego에 해당하는 것이다.

어느 질병은 큰 지식은 필요 없으나 부단한 간호가 필요하며 같이 있어주면 되는 병도 있고 어느 것은 우수한 외과의사가 필요한 것이다. 특수한 사람은 고독하게 마련인 것이다. 누구도 그와 같이 있기를 힘들어하는 것이다. 미국 대통령은 고독한 사람이다. 누구도 그와 같이 할 수 없고 그는 어려운 결정을 스스로 해야 되기 때문이다.

유능한 특수한 사람이기에 의외로 자살율도 높으며, 정신분열증, 우울증이 비교적 높은 것은 당연한 것이 아니던가. 특별한 사람은 "나"를 강조하며 나를 중심하여야 되지만 보통사람은 나보다도 남을 생각하며 겸허하게 마련이다.

보통사람, 보통의사가가 되어서 보통사람들이 보통으로 생활하는 나의 시골에 언젠가 가서 나도 보통사람으로 그들과 같이 살고 싶다. 내 생활에 겸허하며 질병에 겸허하며, 남에게도 겸허하여 지는것이 보통사람이 되는 것인데, 결코 희망을 잃고 무기력해서도 안되는 것이다.

보리수

고등학교때 배웠던 독일노래, "보리수", 젊은 작곡가 슈벨트의 단순한 곡조의 노래이지만, 내게는 큰 의미가 있었다.

"성문앞 우물곁에 서있는 보리수…

나는 그 그늘아래 단꿈을 꾸었네

슬프나 즐거우나 찾아온 나무밑

친구여 여기와서 안식을 찾으라"

라는 가사의 노래였다.

美國! 분명히 지상낙원처럼 들렸던 이나라 너무나 힘들고 휴식을 찾기에 그토록 힘든나라…그러면서도 선뜻 뛰쳐 나가지 못하고 다람쥐 쳇바퀴 돌듯이 매일매일 바쁘게 지내는 곳.

새벽녘부터 이병원, 저병원 회진하고 밤늦게 집에 들어와서 조금 쉬려고 하면 다시 응급으로 불리는 새벽, 결국 24시간, 365일이 비상대기이며, 아픈사람, 불안한 사람, 의심많은 사람들과의 싸움이었다.

미국사람, 멕시코사람, 아랍사람, 한국사람들과의 싸움이었다. 장남으로 태어나서 그리고 맞사위로서 어깨에 지어진 의무도 크다. 그러기에 받은 스트레스도 심각했다. 그때마다 나는 "보리수"나무가 그리웠지만 그런것이 별로 없었다. 아버지가 그리웠지만 그는 이미 고인이 되셨고 어머니, 할머니 그리고 아내가 보리수와 같은 역할을 다소 한다고 싶지만 때로는 그들로 인해 스트레스가 덜 생기기도 했다.

敎會에 가서 하나님께 매달려도 웬일인지 그도 또한 보리수가 되지를 못했고 나는 마치 망망대해에 버려진 작은 돛단배 같았다.

그렇다고 나혼자의 힘으로 헤쳐나가리만큼 완벽하거나 역량이 있는 존재도 못되었다.

이와 같은 고백은 비단 나뿐만이 아닌 대부분의 의사들, 미국에 이민온 교포들에게서 공통적으로 느끼는 현실이었다.

안식을 찾을만큼 포근한 곳, "보리수"는 어디에도 없는 듯 했다.

1994년을 마감하면서 내가 갈구하는 것은 명예와 부귀도 아닌 포근한 "안식" 그것이었다.

성경에서는 포근한 하나님의 품, 예수님의 꿈…돌아온 탕자를 기꺼이 받으시는 주님으로 설명되고 있지만 아직도 내게는 그렇게 감이 와 닿지 않은 것은 나의 믿음이 적어서인가?

의사가 된지 25년에 갖는 진솔한 질문이며 솔직한 나의 고백일진데…아직도 나는 방황하는 고독한 존재임에 틀림없다고 느끼며 쓸쓸히 병원을 향해 차를 몰며 이런일이 얼마나 더 계속되어야 할지 짜증이 난다.

<(백인의사)와 (한인환자 기피증)>

한국사람들이 우월하고 능력이 있다고 하는 것은 나도 인정하지만 그런 말하는 사람들 중에 의외로 백인에 대해 열등감을 갖고 있는 사람들이 꽤 많다고 본다.

특히 의료업에 종사하다보면 백인의사한테 가야만 더 치료가 잘 된다고 믿는 사람들이 의외로 많은 것이 사실이며 그럴수 있다고 나는 인정한다.

그 이유는 우리 한국의 의사들에게도 문제가 있기 때문이다. 현재는 세분화된 시대이며 잘 모르는 일은 솔직히 잘 모르니 더 좋은 전문의사를 소개해주는 아량이 있어야 되는데 한국인 의사들 중에는 그렇지 못한 사람들이 가끔 있기 때문인데 이런 현상은 미국인 의사라고 없는 것이 아니며 더 하면 더했지 그들을 잘모르고 하는 얘기이다.

가끔 한국환자를 적절한 전문의사인 나의 동료 한국인에게 소개해서 보내면 그리고 가지 않고 엉뚱하게 중동에서 온 얼굴만 흰 일반의사를 찾아보고는 미국의사를 보았노라고 하는 한국사람 환자도 있었다.

미국사회에서는 사람을 속이거나 얼렁뚱땅 쉽게 할수가 없는 나라이며 제도가 그렇게 되어 있는 것을 알아야 될 것이다.

그 대신 미국인들은 자기가 한일에 대해서는 가혹하리만치 철저하게 그가 지정한 금액의 의료수가를 요구하는 것인데 한국환자분들은 전화를 해서 의료수가를 깎아줄 수 없겠는가 라고 요구하는데 정말로 유감이지만 그렇게 부탁하고 싶은 자존심이 없었다.

혹자는 내용을 알고는 선처해 주기도 했다마는 거의 대부분은 의료수가를 철저히 요구하였다.

한인의사들도 마찬가지로 한인환자들을 기피하는 현상이 농후한

데 그것은 불편한 관계나 되지 않는일을 무리하게 요구하기 때문
에 오는 현상이었다.

병원에 입원한 병원비를 한푼도 자기가 내지않고 어떻게 무료로
안되는가 라는 질문은 매일 받는 것인데 이를 해결해 주기 위하여
한인의사들은 자존심 굽혀가며 병원에 사정사정해서 할인을 해주
는데 그것도 많으니 어떻게 한푼도 안내게 해달라는 요구 때문에
받는 시달림도 꽤 큰 것이다.

자본주의 국가에서 돈 안내도 되는 일들이 어디 있는가마는 일
부 한국인들은 병원에 든 지불하는 것은 어찌 된 일인지 바보스러
워 보이는 듯했다.

중국인 산부인과 의사의 어머니가 중국에서 방문와 갑자기 발병
한 폐렴-폐암으로 10만불 이상의 진료비가 나왔는데 사정하여서 4
만불을 내는 것을 보았다. 그가 이 병원에 일년에 입원시켜서 병
원 수입을 올려주는 금액이 필경 이백만불도 될텐데도 그가 지불
한 금액이 그쯤되는 것이었다.

백인의사가 초진으로 100불을 요구하면 아뭇소리 않고 지불하고
나오는데 비해 한인의사가 50불을 요구하면 너무 비싸다느니, 나
중에 내겠다느니 하는 환자도 곧잘 있는 것 같았다.

말이 백인의사들이지 유태인들이나 영국, 독일계 의사들 빼고는
나머지 백인들 의사들중에 그리 신통한 사람은 많지 않았고 차라
리 한국, 중국, 일본사람 의사들이 더욱 착실하고 성의있게 진료를
하는 것 같았다.

토요일날도 사무실에서 환자보는 한국인이나 중국인 등 아시아
사람뿐이지 미국이나 중동 둥 소위 백인들은 거의 없는 것을 봐서

한국인처럼 근면하고 착실한 민족도 없는 것 같다.

한인의사가 한인환자를 좋아하고 한인환자가 한인의사를 서로 아껴주고 좋은 관계를 갖는 사회가 곧 오기를 기대해본다.

의과대학을 지망하는 학생들에게 주고 싶은 충고

내가 미국에 올때 나의 큰아들은 100일이 조금 지난 갓난아기였는데 어언간 대학을 졸업하게 된것을 보면서 세월의 빠름을 느끼게 되는데, 내가 개업을 시작했을때 찾아오던 아이들이 벌서 의과대학을 졸업하여 전문의 수련을 마치고 의젓한 의사가 된 것을 보면 더욱더 대견하게 된다.

나를 찾아오는 환자들 중에 꽤 많은 분들이 자녀들을 의사로 키우고 싶어하며 중고등학교에 다니는 소년소녀들 중에서도 의사를 지망하는 것을 많이 보아왔다. 대학을 지망하고 생물학(Biology)을 전공하여 의과대학으로 가고자하는 학생들은 부지기수인데, 이들 중에 특히 적은 숫자의 학생들이 의과대학에 성공적으로 입학하게 된다.

의과대학에 가지 못하는 사람 중에서 약대, 수의대, 검안의, Chiripractic등으로 진학하는 것을 보게 된다.

가끔으로는 아주 명문 의대에 입학하는 학생도 있었으나 입학하지 못하는 학생들이 절대적으로 많은 것 같았다.

의사가 된다는 것은 마치 나의 고교시절을 연상시킨다. 본인의 생각보다도 부모들의 강요가 더 많은것 같았다. 의과대학에 들어오려는 학생들에게 나 나름대로의 충고가 있다. 그것은 나처럼 실패의 연속으로 청춘을 헛되이 보내는 무모함을 반복하지 않도록 함일뿐이지 사기를 꺾고자 하는 것은 아니다

1. 의사가 되는 것은 특권이 아니고 봉사와 의무를 강요받는 직업이다.
2. 의사가 되는 것은 경제적으로 부유하고자 하는 것 만은 아니다.
3. 운동이나 오락을 좋아하는 사람은 가능한 의사가 되지 말기를 바란다.
4. 의사가 되려면 잠이 적어야 되며, 자기시간을 희생할 줄 알아야 된다.
5. 의사가 되는 것은 바닥에서부터 끝 정점까지를 왔다갔다 하는 것이다.
6. 의사가 되려면 신앙적이어야 한다.
7. 의사가 되는 것은 환자를 위해 나의 사적인 이익을 과감히 포기할 줄 알아야 된다.
8. 의사는 부모의 강요나 부모의 한풀이로 돼서는 안되며 본인의 철저한 결심으로 되어야 된다.
9. 의사가 되는데는 꼭 명문대학을 졸업하거나 명문의 가문에서만 되는 것은 아니다..

이상 몇가지를 두서없이 생각나는대로 기술하였는데, 이것은 나의 산 체험에서 나온 결론이며 꼭 드리고 싶은 얘기들이다.

내과 의사뿐만이 아니고 외과, 산부인과 의사들은 거의 밤낮없이 응급으로 불리워서 병원에 가게 되는데 그때마다 나의 사적인 즐거움 즉, 스포츠를 즐긴다든지, 잠을 잔다던지, 여행을 한다든지 하는일에 너무나 제한이 오게되며 심지어는 사전에 계획했던 여행도 급한 응급환자의 입원으로 무산되는 경우도 비일비재한데 무리해서 하게 되면 꼭 환자나 나에게 문제가 발생하게 되었다.

감사절 휴가 전날 아파서 찾아온 담석증 환자를 2일후에 진찰했을때 그의 담낭은 이미 썩어서 터지기 일보직전이었고 환자의 상태는 극히 나빠서 사경을 헤매고 있었다. 크리스마스 전날 찾아온 고혈압 환자를 입원하지 않고 돌려보냈는데 12시쯤에 응급실에 실려왔을때 그는 이미 반신불구가 되어 있었다.

차라리 감사절이나 크리스마스 같은 명절이 없었더라면 좋았을텐데 내가 의사였기 때문에 생긴 부작용이었다.

만일 내가 나의 사적인 휴가를 취소하고 그 환자를 입원시켜서 치료했다면 그렇게까지 악화되지는 않았을텐데 하는 후회가 앞질러 갔다.

의사, 아무나 하는 직업이 아니다

공부잘한다고 되는 직업도 아니다. 공부는 좀 못해도 바보같이 그저 환자와 일만 아는 묵묵한 사람이 해야될 직업이라고 생각한다.

교회생활과 의사

미국이나 한국이나 한국목사님 많기는 마찬가지인데 어려서부터 아버지 따라서 교회다니며 신앙생활을 해왔고 중고등학교, 대학을 모두 Mission(기독교)학교를 다녔으니 교회생활도 나의 생활에서 퍽 큰 비중을 갖게 되었고 때로는 잘못된 교회에 다니다가 시험에 빠지고 상처받고 고생한 일도 많았다.

뉴저지주와 오하이오주에서는 비교적 순탄하게 교회를 다녔는데 캘리포니아로 이주하고 개업하게 되니 교회생활도 복잡하게 되었다.

큰 교회에 다니면 교회를 통해서 환자가 많을 것이라고 생각하는 분들이 많으나 천만의 말씀 한국교회 교인들처럼 특히 내가 섬기는 교회 교인들처럼 힘들고 까딱 잘못하다가는 두고두고 욕먹기 쉬운일도 없다.

교회 목사님들도 그중에는 문제가 있었다. 설교시간에 듣던 설교내용과 그들의 행동을 보면서 시험도 받아보았다.

교인들을 환자로 볼 경우에는 2-3배의 시간과 노력이 들어가며 칭찬보다도 원망받지 않도록 극히 조심하여야 하는 것이었다. 어느 교회에 다닐때, 나를 찾아온 환자는 중병이 들렸는데도 돈이 없다고 검사를 차일피일 끌다가 급기야는 죽게 되었는데 그 가족들의 불평은 이만저만이 아니어서 교회가서 얼굴을 마주치기가 힘들어서 예배만 보고 나오는 경우도 비일비재했었다.

교인들은 교회에서 형제자매로 얘기하지만 막상 자기에게 불이익이 생기면 교인아닌 사람보다도 더욱 험악해지며 저주하는 것을 경험도 했다. 나는 그러기에 교회에 갈때에는 가능한 조용히, 직책도 받지 않고 평범하게 설교중심으로 믿고 있었는데 의사가 무엇이길래 집사를 하라, 장로를 하라, 건축위원을 하라, 성가대 대장을 하라, 이것저것 하라는 것이 많았다.

일요일날 아침 병원 환자 회진돌고 11시 예배를 보려면 어느때는 무척 빠듯한 경우도 있었는데 이해 못하는 목사님이나 장로님은 일요일에 일하는 것은 죄악이다 라고 몰아부치는데 의사가 아침에 병원 입원환자 회진 도는것도 일하는 것인지, 아니면 돈만 아는것인지 묻고 싶으나 워낙 의사사회를 잘모르는 그들과 변명 아닌 얘기를 꺼내기도 싫었다.

잘 알만한 어느 목사님은 무슨 재판관이나 된듯 일요일(주일)에 환자보면 얼마나 돈을 더 버는지는 몰라도 "성수주일 하라고"얘기를 하는데 나는 어안이 벙벙해지며 의사된 것을 못내 후회해봤다.

예배도중에 Beeper(응급 Call)가 삐삐 울리면 목사님의 말씀도 못듣게 되고 예배중에 방해가 되어서 아예 Beeper를 끄고 1-2시간을 지내게 된다.

가끔 이런사이에 응급환자가 생겨서 의사인 나를 찾다가 연락이 되지 않아서 환자의 상태가 나빠져서 좋지 않게 됐다고 항의를 받은 경우가 있었다. 한편 일요일날만 골라서 전화로 문의하거나 전화로 약 처방을 부탁하는 이해못할 사람들도 있었는데 월요일부터 토요일까지 자기사업으로 시간을 못내다가 일요일날 교회 안가고 쉬는 사람들이 있는데 그날따라 자기 부인이 약해보이고 애들이 기침하고 하니 응급이라고 하며 전화하게 되어서 자문을 구하는 것이었다.

전화로 대답해 주는 것이 나쁜 것은 아니나 환자를 진찰하지 않고 약을 처방했다가 그 환자가 악화되게 되면 의사인 나는 의료인으로서의 자질이 없는 것이 되며 고소의 대상이 되어 패소하는 것은 명약관화 한 것이기 때문이다.

또한 이로인해 면허증도 취소될 수 있는 지경에 이르게 된다.

3일간 병원을 비우고 산상수련회를 갈 기회가 있었다. 3일 쉬는 것도 중요하지마는 응급환자를 대신 봐줄 의사를 구하여야 되는데 그렇게 못하고 그냥 산으로 올라와서 큰 은혜를 받은 것까지는 좋았는데 그 사이에 잘아는 노인환자가 급하게 병원에 입원하여 다른의사의 치료를 받다가 돌아가셨는데 그 일로 인해 그 환자의 아들과 다소 불편한 관계가 되었었다.

그 아들은 비교적 지식이 있는 분인데, 급한 경우를 위해서 그동안 치료를 받았는데 마지막을 못 봐주어서 서운하다는 것이며, 좀 격해했었다. 이런 현상은 내과보다도 산부인과 의사들에게 더욱 흔한 현상이며 그들은 밤낮없이 급하게 뛰어다녀야 하는데 이것은 꼭 수입을 위해서가 아니고 의료사회제도가 그렇게 되어있기 때문이다.

오렌지 카운티에서 비교적 큰 교회에 적을 두고 건실하게 교회생활하고자 찾아갔더니 교회창립이래 처음 오는 의사라고 하며 환영이 대단하였다. 중요한 때마다 특별헌금도 요구했고 직책도 주어서 일을 하였는데 목사님의 개인적인 욕심에 다소 비협조적이라

고 하며 신앙이 없는 불성실한 종으로 몰아 세우는데에는 어안이
벙벙하여 참 목자를 찾아서 과감히 그 교회를 뛰쳐 나온일도 있다

의사도 사람이며 죄인이며 구원받고자 노력하는 개체이지 수단
을 위한 도구가 되어서는 안되리라고 믿으며 조용한 교인이 되고
싶을 뿐이다.

"진정 성공한 목회자"를 읽으며

(진정 성공한 의사)

어느 목사님이 신문 종교칼럼에 쓴 5분 명상의 글을 소개하며
내가 그동안 갈등해 왔던 문제들을 재조명해 본다.

25년전 졸업하고 미국에 온 동기생들이 무려 38명이나 되고 같
은 동기의 다른 대학 의대생들도 아마 150여명은 될 듯한데, 과연
25년후 "진정 성공한 의사"란 무엇이며 누가 성공한 범주에 속하
는지 하는 것이었다.

내 동기중에는 월등히 학문적으로 성공하여 대학에서 의대 교수
직을 맡고 있는 사람도 있는 듯 하며 외형적으로도 재산을 많이
모아서 부자가 된 사람도 있는 듯 하나 자세히 보면 한결같이 무
엇인가 불만스러운 생활을 하는 듯 했다. 방사선과를 전공한 한
의사는 요즘 살아가는 이유를 모르겠다고 실토했다. 전문의 과정
도 다했고 개업도 해봤고 큰 병원에서 Staff으로 있어봤고 남들 가

져본 아파트도 가져봤고 골프도 수준 이상으로 치며 좋은 차도 가져봤고 이젠 더 가질 것도, 올라갈 일도 없으니 죽을 것만 기다리는 심정으로 하루하루를 보낸다는 것이었는데 놀랍게도 그 주위에 있는 많은 의사들의 대답도 이와 비슷했었다.

그 목사님의 쓴 글을 읽어보면 처음으로 개척교회를 시작할때 아끼는 신도 분들이 해주었던 말들 "목사님 목회에 성공하십시요" 라는 격려의 인사였는데 대부분의 사람들이 말하는 성공한 목사란 교인의 숫자가 많던지 좋은 교회건물을 소유했든지를 보고 판단하는듯 했다는 것인데 그 목사님의 생각은 좀 달랐다.

진정한 성공은 소유에 있는 것이 아니라 존재에 있는 것이라는 것이다. 세상의 많은 사람들은 소유함에서 성공을 찾으려 하지만 진정한 성공은 존재속에서 찾을 수 있다는 것이다.

돈은 많이 벌었지만 탈선한 자녀로 인하여 고통 당하면 그것은 진정한 성공일 수 없다는 것이며 높은 자리와 명예를 얻었지만 그것 때문에 불안하고 괴롭다면 진정한 성공일 수가 없다는 것이다.

그러기에 그는 성공한 목사님이신데, 그 이유는 최선을 다해 섬길수 있는 신도가 있으며 눈물을 흘리며 아픔을 같이 나누며 기도할 수 있는 신도가 있으며 자신을 아끼지 않고 주님을 섬기는 정도가 감당할 수 없도록 많으니 진정으로 성공한 목사이라는 논리였는데 내게 느끼게 하는 바가 컸다.

의사도 그러했다.

신문에 오르내리도록 유명한 의사만이 성공한 것이 아니며 돈을 많이 번 의사가 과연 성공한 것인지, 의사들 사이에서 서로 생각해 보는 명제들이었다. 성공을 못했기 때문에 합리화하려는 자기

만족도 아닌 것이다. 최선을 다해 치료하며 봉사할 수 있는 환자
가 있으니 역시 행복한 의사인 것이며, 그 환자도 한국인이 아닌
미국인, 흑인, 멕시코인 등등으로 다양하니 더욱더 행복한 것이 아
니던가.

눈물을 흘리며 그의 질병을 위로하고 가족들과 한마음이 되니
그 어찌 복된일이 아니던가.

The Lake of Inisfre와 나의 조그만 꿈

힘든 세상 경쟁에서 하루하루가 지치다보니 기회만 되면 어디
먼곳으로 가고 싶어지는 심정은 비단 나뿐 아니라 이민 일세들 누
구에게나 있는 심정일진데 종종 애송하던 예이츠의 시를 읽어본다

"이니스프리 섬으로"

"나는 이제 일어나 가야지, 이니스프리로 가야지.
나뭇가지 엮어 진흙 발라 거리 작은 오막집 하나 짓고
아홉콩이랑 꿀벌집도 하나 가지리.
그리고 벌이 붕붕대는 숲속에서 홀로 살으리

그럼 나는 좀 평화를 느낄 수 있으리, 평화를 천천히
아침의 베일로부터 귀뚜라미 우는 곳으로 방울져 내려오기에
거긴 한밤엔 온세상 은은히 빛나고, 정오는 자주빛으로 불타오
르는
저녁에 가득한 홍방울새의 노랫소리

나는 이제 일어나 가야지 왜냐하면 낮이나 밤이나
호수물이 나즈막히 철석대는 소리 내게 들려오기에
내가 차도 위 혹은 회색 포도위에 서있는 동안에도
나는 그 소릴 듣노라 가슴속 깊이

세상의 일에 지치다 보면 실패를 거듭하다 보면 몸과 마음이 모
두 한계를 느끼며 나를 포기하게 되는 것 같았다.

가끔 이 시를 읽노라면, 나 또한 환상의 섬에 고요히 잠자는 것
같았다. 또한 심령의 피곤을 느끼며 지칠 때 부르던 노래

"거기서 우리 영원히 주님의 은혜로 해처럼 밝게 살면서 주 찬
양하리라."와 유사한 마음의 안식을 주는 시를 나는 자주자주 읊고
부르고 있다. 그리고 이것을 통해서 나를 위안하고 휴식하며 삶의
재충전을 한다. 나는 이제 일어나 가야지. 이니스프리로…

지난 25년을 돌이켜보면 너무나도 아깝고 후회스러운 세월이었
다. 청춘의 꿈을 꾸던 시절이 어제 같은데 좌절과 실패의 연속으
로 살다보니 아! 이렇게 해서 해는 중천에 떴다가 이제 저녁으로
향해가는 것임을 느끼게 되다.

존경하던 친구 의사들의 죽음을 보며 내가 받은 충격은 너무나

컸으며 인생의 길을 다시 한번 뒤흔들어 주면서 재도전을 하게 된다. 마치 지는 해가 한번 잠깐동안 환히 비치다가 사라지듯이…

나의 꿈은 세속적인 의미에서 이루어지지 못하고 미완의 장으로 끝나는 느낌이지만 그러나 결코 나를 그 누구와 비교해서는 안된다. 그것은 각자마다 주님께로부터 주어진 탈런트가 있었으며 전능자의 뜻한 바가 있었으므로 다같은 성공을 할 수가 없는게 아닌가. 눈을 감으면 살며시 떠오르는 나의 고향, 지금은 누구도 반겨주지 않을 줄 알지만 그래도 산골과 확트인 논밭의 냄새가 내 코를 혼란시킨다. 할아버지가 묻혔고 아버지가 묻힌 그 선산이 보이는 나의 작은 집! 지금은 퇴락하여 쓰러져 버릴 것 같은 조그만 집 나의 의과대학 입학을 축하해 주던 고향 어르신들이 하나 둘 묻혀버린 그곳. 20세기의 문명이 서서히 들어오기 시작한 그곳. 미국에 와서 애쓰며 같이 지냈던 나의 환자들보다도 더 불쌍한 나의 고향에 조그만 병원을 짓고 고향 어르신들의 자녀분들을 돌봐주는 소박한 보통 의사로 되돌아가고 싶은 느낌이다.

미국에 살던 내가 어떻게 그곳에 가서 지낼 수 있겠는가라고 묻는다면 나는 나도 모르겠습니다. 그러나 될 것 같습니다 라고 대답할 수 있을 것 같다.

산나물 캐며 산딸기를 찾으며 놀던 나의 유년 시절을 한번 더 재현해 보고 싶다.

비록 굶주렸으나 여기저기에서 메뚜기도 잡고 물고기도 잡고 때로는 큰 개구리고 잡아서 먹었던 그곳, 남의 과수원에 가서 참외 서리해서 먹던 그 논밭속에 조그만 병원을 지어서 그들과 같이 호흡하며 살고 싶다. 증기기관차가 지나가던 그 철도 옆에다가 적은 집을 짓고 기적소리를 들으며 잠을 자고 싶다. 구태여 중국이나 쏘련과 같이 먼곳이 아니라도 내가 청진기 들고 찾아갈 곳은 무척 많은 것 같다.

나의 이웃은 언제나 내곁에 있는것이 아니던가 나의 조그만 꿈이라면 내아버지가 묻히신 그 선산에 작은 병원을 짓고 그의 외로운 무덤을 뒤늦게나마 돌보아주고 싶다.

사랑

나는 지금까지 전문과목으로 內科이외의 과목은 생각해 보지도 않았으며 꼭 이 분야를 하겠다고 고집해 왔는데, 한가지 마음에 걸리는 것은 진료하는 대상이 어른이거나 노인이기에 죽는 문제와 부딪히게 되며 우울한 장례식에도 곧잘 가게 되었다.

그러나 가끔은 내게도 소아과 환자도 찾아오며 그들은 진료할 때는 죽음보다는 새로운 삶의 시작을 대하는 것이 마치 매일 먹던 밥을 거르고 별미의 국수를 먹는 기분이었다. Connie는 금년 10살이 되며 5학년에 재학하는 귀여운 소녀인데 어머니 따라서 내 Office에 온 것이 엊그제 같은데 벌써 이렇게 커서 고사리같은 손으로 쓴 詩 한편을 선물하고 갔다.

"사랑이란" 제목의 詩인데 그토록 수도 없이 들어온 "사랑"을 10살된 소녀의 가슴에서 나온 정의를 사뭇 내게는 새로웠다. 지루

하고 음산한 여름장마가 말끔히 걷히고 밝은 햇볕이 쬐는 듯해서
여기에 소개하고자 한다.

WHAT IS LOVE?

LOVE is something you cherish each day.

LOVE is something you keep in your heart.

LOVE is something you can count on.

LOVE is something where you treat people the same.

LOVE is something when where ever you go you can take it with
you.

It really seems like LOVE is nothing,

But you know what LOVE is everything.

사랑은…

사람은 당신이 날마다 키워가는 것입니다.

사랑은 당신의 마음속에 간직하는 것입니다.

사랑은 당신이 믿는 그것입니다.

사랑은 당신이 어제나 변함없이 사람을 대하는 것입니다.

사랑은 당신이 언제라도 어디라도 당신과 함께 하는것입니다.

때로는 사랑이 아무것도 아닌 것처럼 보이지만

실은 사랑이 그 모든 것입니다.

번역 ; 카니양의 어머니

안식

H형…

그는 나의 고교 동기동창이면서 나의 오랜 환자도 되며 나는 그로부터 人生에 대해서 많은 것을 배우고 있으니 우리의 관계는 아주 좋은 동반자의 관계였다.

그는 성실하며 쉬는 날도 그의 사무실에 나가서 늦게까지 Computer와 씨름하며 좋은 건축물을 디자인하는 건축설계사(Archirecture)이며 독실한 기독교 신자이다.

그러기에 그는 하나뿐인 그의 아들을 남가주에서 유명하신 Chuck Smith 목사에게 보내어서 교육시켜 젊은 목사로 키워서 한국인 2세들을 위해 헌신하고 있는 것을 보면 그의 신앙심과 인격을 가히 짐작할 수 있으리라…

그와 나는 의학적인 문제뿐만 아니라 신학적인 문제, 골프등, 여러가지 일들을 허심탄회하게 대화했었다. 그에게 한가지 문제가 있다면 고혈압과 과중한 업무에서 오는 스트레스로 그는 가끔 불면증을 고생하며 안정제를 복용하는 경우가 가끔 있었는데 어느 날 그는 서울로 business Trip을 가는길에 비행기에서 느꼈던 "평안한 안식을" 글로 써서 내게 보냈는데 너무나 공손하게 존대말로 보낸글이 하도 인상적이어서 고귀한 안식을 느끼게 했나하는 놀라움과 의사로서의 자랑스런 대화와 편지라고 느끼면서 여기에 소개하고자 한다.

오랜 피곤과 긴장에서 순간적으로 해방이 되면서 느껴보던 안식을 그는 비행기 속에서 느꼈다고 했다. 무서운 폭풍우가 몰아치고 난후에 느끼던 그 평안함과 쫓기던 불안에서 자유로워졌을 때 느끼던 그 안도감…

H형! 편지 보내주어서 감사합니다. 꼭 간직하고 느껴보리다. 형의 우정과 사랑을 죽는날까지 간직하고 느껴보고 만져보리다.

"경황없이 비행기에 탑승하고
주신책을 읽기 시작했습니다.
그러나 어느새 머리속에 들어와 있는 생각, 생각들…
식사를 하는데 내 목이 뜨겁고 눈물이 나는지
감사한 마음으로 내몸이 잦아들고 있는데
할 수없이 중간중간 먹기를 멈췄어요.
계속 읽어 가면서 더욱더 감사한 마음이 들고
그리운 그리운 마음.
소중한 것을 몸가득히 채우고 있는 뿌듯함,
본받아야 할 여러가지들을 가지고 잠시 떠나갑니다.
감사한 마음으로
바르게 열심히 살려고 합니다.
그것이 베풀어 주신 사랑에 대한 보답이라 생각되어서…

(3月편을) 읽으면서
섬광처럼 와 닿는

주님은 변함없이 지금도 나에게 사랑을 주고 계시는구나…
혼미한 정신에 잊고 있었어
너무 무거워 숨막혀 죽을것만 같았던
모든것이
한순간
스르르 쥔 팔을 풀어버리고
가벼워진 몸으로
어둡고 긴 터널을 뒤로 한다.”

이 편지를 쓴 후 H兄은 10여시간을 비행기에서 그의 일생에서
제일 길고 깊은 잠에 빠졌다고 했다.
H兄! 兄과 더불어 평안과 안식을 갖고 싶습니다.

제 5 편 변명의 장

변명

1960년부터 70년 중반기 사이의 한국 의학계는 의대졸업후에 미국으로 유학와서 수련받는 것이 큰 유행이었고 나도 또한 그 부류의 하나로 미국에 온 소위 해외 유학파 의사에 속한다. 미국에 오기위해서 별별 방법을 다 동원하여 남보다 빨리 와서 남보다 먼저 전문의 과정을 끝마치고 병원 Staff가 되는 것이 최상의 소원이었고, 그렇게 되면 자동적으로 성공한 의사로 불리우며 그후 한국으로 되돌아만 가면 대학교수가 되거나 큰 병원의 과장이 되는 것은 아주 쉬웠다.

마치 한국의학은 아무 것도 아닌 것으로 의례히 간주했고, 의과대학 다니는 중에 나의 선배들이 미국으로 유학가는 것을 "나는 언제 저렇게 비행기 타고 미국에 가볼 수가 있을까"하고 무척 부러워 했었으니까 말이다.

한국과 미국의 국력이 현저하게 차이가 날 때는 분명히 미국에

와있는것 자체가 우월해 보였고 자랑스러웠으나 한국의 국력이 신
장되는 것과 반비례해서 미국에 와 있는 것 자체가 이제는 경제적
으로나 사회적으로나 초라해지기 시작됐다.

　대부분의 의사들은 나를 포함해서 미국에서 공부하고 곧 귀국하
여 국가에 이바지하고 봉사하겠노라고 다짐들을 했으나 내가 아는
병원에는 귀국한 친구 의사나 선후배 의사들의 수효가 몇 명되지
않았는데 그것은 그들이 애국심이 없거나 혼자만의 부귀영달을 위
해서 그렇게 된것이 아니고 한국에서의 배타적인 사고방식의 팽배
로 인해 미국에서 공부해 갖고 한국에 다시 들어가기도 힘이 힘이
들어지게 되었고, 미국에서 수련받다보니 갓난애들이 자라서 국민
학교 들어가고 중학교, 대학교에 들어가게 되니 엉거주춤 애들을
위해서 시간 내고 일에 바쁘게 되어 차일피일 귀국의 기회를 놓치
게 되고 이곳에서 지내다보니 어느새 머리는 희어지고 벗겨지고
장년기로 들어가게 된 것이 더 큰 이유가 된다.

　미국이라는 꽉 짜여진 조직사회에서 세금내고 할부금 내고 후일
을 위해 부동산도 사게 되고 보험에 가입하고 하루하루를 바쁘게
뛰어 다니다 보니 조국도 잊어버리고 갖고 왔던 꿈도 흐지부지 되
어 버리고 근자에는 미국경기의 후퇴와 침체로 인해 많은 의사들
은 경제적인 어려움으로 인해 전보다도 더 여유가 없어지게 되었
고 서서히 노년으로 접어들면서 아깝게도 세상을 하직하는 선배들
과 동기생들이 생기게 마련이었다.

　나도 마찬가지의 변명으로 미국땅에 예상외로 꽤 오래 머물게
되었다. 1973년 미국땅을 밟을때 갖고 있던 벅찬 희망도 인정 없
는 미국사회 특히 유태인 의사들에 의해 무참하게 짓밟혀서 이제

는 보잘 것 없는 한갓 개업의사로서 하루하루 의식주를 해결하고
자 분주히 애쓰는 小醫로 살아가고 있다.

김명선 교수님으로부터 받은 강의 즉 "大醫는 治國이요".는 커녕
小醫는 治病도 옳게 못하는 평범이하의 의사가 된 것을 보면서 지
난 25년을 한스러워 하며 한번더 기회가 주어진다면 다시 잘해 볼
수 있을텐데 하는 생각뿐이나 세월은 다시 돌아와 주지 않는다.

당시 100일 됐던 아들이 자라서 곧 대학을 졸업하게 되니 나보
다 더 훌륭하게 사회에 기여하기만을 기대해 본다

나의 한계도 이젠 극에 달했는지 모르며 아무리 발버둥쳐봐도
크게 진전될 전망은 희박한 것 같았다.

아버지! 고국을 떠나오며 약속했던 "성공하여 곧 돌아와서 같이
모시고 살며, 사회에 큰 기여를 하겠습니다."라고 한 약속도 이젠
헛수고가 된 셈입니다. 한손에 막대잡고 오는 백발을 막아보려 했
으나 어느새 세월은 귀밑에 흰 머리털을 만들고 영원히 같이 계실
것 같았던 아버지도 이제는 그곳에 계시지 않습니다. 이젠 고국을
생각하는 마음이 멀어졌습니다. 그렇게도 가고 싶어했던 고향도
점점 멀어지고 있습니다. 어느 의사분의 그렇게도 간절하게 썼던
책 "3일의 약속"에서처럼 아버지와 나의 약속은 지켜지기도 힘든
것이 됐습니다. 나의 모교, 의과대학에게도 그렇습니다. 열심히 가
르쳐서 의사로 배출시킨 모교에도 아무 것도 기여하지 못하고 방
관자가 된 듯하여 더더욱 괴롭습니다.

25년만에 찾아본 의과대학이 그토록 눈부시게 발전하고 있는 동
안 나는 벽돌한장 같이 쌓아보지도 못하고 이곳 미국에서 허송세
월 한것을 생각하면 이곳에 있기보다는 차라리 아프리카 어느 오

지에서 조용히 있는 편이 더욱 가슴 편할 것 같습니다.

나의 선친께서는 교회와 특히 가난한 사람을 위해 헌신하셨고 내게도 그렇게 하기를 종종 가르치셨는데 지난 25년을 돌이켜보면 교회나 빈민을 위해서 한 것보다는 나와 나의 가족을 위해서 애쓴 것 뿐이었습니다.

헛점과 후회의 세월, 지난 25년은 결국 그렇게 흘러간 것임을 느끼며 아! 나는 이 저녁 짓누르는 마음으로 구차하게 변명의 글을 쓰고 있다.

"그러나, 아버지 애들 기르고 세금도 내고 미국사회에서 바삐 살다보니 그럴 수도 있지 않습니까? 살며시 눈감아 주세요."

마침내 가나안에 들어가다

메소포타미아 문명의 근원지인 갈대아 우르(UR)는 이락-Gulf전쟁으로 갑자기 유명해진 고대 명승지이며 찬란한 사적지로 부각된 곳이며 우리의 신앙의 조산 아브라함이 이곳을 떠나 하란을 거쳐 가나안으로 이주했던 이스라엘의 근원지인 셈이다.

창세기 12장에서 하나님은 아브라함이 60세 됐을 때, 모든 가산과 식구를 거두고 약속하신 땅 가나안으로 가라고 명령하여서 그는 유프라테스강 상류로 거슬러 올라가 하란에서 약 15년을 머물게 되었다.

그곳에서 그는 유목민으로 소, 말, 양을 기르고 가산도 늘고 식구들도 늘어 불안정한 생활에서 안정된 생활로 정착하게 되었고 그는 까마득하게 하나님의 명령을 잊어버리고 그곳에서 머무르며 인간적이며 사회적인 향락에 빠져들게 되었다.

註: "마지막 두편의 글은 내가 섬기는 베델한인교회의 손인식 목사님의 설교를 듣고 내게 주는 교훈으로 받아들이며 나의 변명의 해결책으로 쓰고자 한다."

그러던 어느날 그는 그가 있어야 할 곳이 여기 하란이 아니며 아직도 더 가야 될 곳은 가나안임을 느끼고 과감히 두번째 이민의 길로 나아가서 그는 "마침내" 가나안에 들어가서 아스라엘의 조상으로 신앙의 조상으로 성공된 삶을 마치고 헤브론에 장사되고 안장됐다는 역사적인 일깨움과 성경적인 가르침을 목사님으로부터 듣고 나는 느끼는 바가 컸었고 오늘 곰곰히 나의 갈길을 생각해 보았다.

1973년 21년전, 나는 분명히 아버지의 기대와 그와의 약속과 함께 미국유학하고 고국에 돌아와서 봉사하는 의사가 되고자 하여 이곳으로 왔었다.

그러던 나는 하나님의 계획인지 아니면 미지의 장난인지 수련의 사마저도 겨우겨우 힘들게 끝마치고 때로는 병으로 투병도 하며 좌절도 하며 남들보다 눈에 뵈는 성취와 성공도 못하고 이곳에서 (하란에서) 세상적인 일로 세월을 보내 왔었다.

내게는 희망이 별로 없었고 성취욕도 별로 없는 그저 하루하루를 지내는 평범한 인간 의사로 지내온게 벌써 21년이 된게다.

이곳에 수많은 한국인들과 소수민족의 질병을 돌봐주는 나의 삶이 하나님께서 약속하신 것인지 나에게는 판단의 능력이 없었다.

주어진 나의 두아들도 잘 자라서 하나는 대학을 졸업하게 되며 대학에 곧 입학하게 되니, 서서히 내게도 육체적인 자유스러움을 가질 수 있겠고 사회추세에 의해서 줄어 들어가는 의료사업으로 경제적인 부담도 점점 줄어들며 새로운 유능한 의사의 배출로 우리세대는 하나둘 다른 방향으로 나아가야 되는 필연성에서인지 하나님은 우리로 하여금 하란에 오래 머물게 하실 것 같지는 않은 것 같다.

서서히, 착실히 준비하며 언제고 하란을 떠나 가나안으로 들어갈 준비를 하여야 한다.

비단 신앙적인 교훈뿐만 아니라 나의 진로를 결정해주는 설교말씀이기에 나는 새삼 음미하며 기도해본다.

문제는 하란을 떠나는것은 UR(우르)를 떠나기보다 더 힘든 것인데 그것은 우르를 떠날때는 단돈 400불에 불과한 재산과 보다 나으리라는 희망과 기대가 있는 하란(미국)이었지만 이곳 하란에서 그간 모은 재산과 학문, 사회적 지위를 쉽게 떨쳐 버리기란 무척 힘든 것임을 절실히 실감한다.

갖기도 뭣하고 주기도 뭐한 닭의 갈비뼈같은 존재가 되고 말았기 때문인 것이다. 신앙심도 마찬가지 인것 같았다.

하나님을 믿는것도 아니고 그렇다고 안믿는 것도 아니 타성에 의한 교회생활에서 과감히 헤쳐 나와야 되는 것임을 강력히 느끼는 것이다.

1994년 겨울이 오기전에

1994년 겨울이 성큼 다가오며 나는 나의 인생의 겨울도 점점 가까이 오고 있음을 느낀다. 나는 나의 생을 대강 구별해 보고자 한다.

제1기는 25세전 까지로 의사가 되고자 노력하며 의사가 된 것이며, 제2기는 50세까지로 의사가 되어 활동한 25년을 마감하는 것이며, 제3기는 어떻게 주어질지 모르는 남은 25년의 의사의 길이라고 본다.

즉, 지금까지 뿌린 씨앗과 그 나름대로 자란 그 과일나무에서 열매를 거두어 드리며 곧 닥칠 겨울을 준비하며 그것을 얘기지만 포도원지기가 주인에게 간청하기를 금년에도 열매를 맺지 못하여 결국 찍혀서 아궁이에 던지워져서 태워버려야 하지만 내년 한해도 한번더 봐달라는 가련한 열매 없는 포도나무가 된 것 같다.

아니 열매는 고사하고 가지마저 시들어버린 25년된 과일나무에 불과한 것 같다. 보잘 것 없는 열매가 1-2개 달려 있을뿐 나무잎은 영양실조로 말라있으니 좋은 열매를 맺으려면 부득이 쓸데없는 가지를 치고 비료도 더 주지 않으면 도저히 나무로서의 기능을 못할 것 같다.

이 나무가 바로 내가 25년간 가꿔 온 그 과일나무인데 앞서간 두친구가 가꿔놓은 나무와 비교하면 왜 이리도 초라하고 잘자라지를 못했는가?

추운 겨울에 먹기 위해서 봄에 싹이 나고 파란잎이 돋고 여름에 잎이 무성하고 가을에는 먹음직한 과일이 주렁주렁 달려야 하는데 도저히 내가 기른 나무에서는 그런 소득이 나는 것 같지를 않아 안타깝다.

한알의 밀이 땅에 떨어져 죽지 아니하면 한알 그대로 있고 죽으면 많은 열매를 맺는다고 했는데 나의 지나 25년은 밀알이 땅에 떨어져서 아직도 죽지않고 마른채로 들짝밭에 그대로 있는지도 모른다.

죽지 않은 밀이 무슨 힘이 있겠는가.

자기 생명을 사랑하는 자는 잃어버릴 것이요, 자기생명을 미워하는 자는 영생하리라.

지난 25년의 나의 의사로서의 생활을 히포크라테스 선서를 하던 그날과 같은 열정과 희망은 해가 갈수록 서서히 무디어져서 이젠 그때 내가 그렇게 했던가 하고 반문하게 되고 내가 희망했던 목표와는 너무 동떨어진 상태로 이곳 가든그로브에서 여러민족을 상대로 그저 그날그날을 먹기위하여 개업하며 지내는 평범한 의사로서 있음을 느끼며 과연 이것이 내가 바라던 바였던가 하고 나늘 재조명해 본다.

지금까지 나는 하나님의 의의를 먼저 구하지 않고 나와 나의 가족의 의의를 먼저 구했고 무엇을 먹으며 무엇을 마실까에 더욱 더 신경을 쓰며 나의 온 정력을 그것을 위해 바쳐왔음을 느끼게 된다.

1994년 겨울이 오기전에 나를 다시 발견하고 1995년을 남은 25년의 새로운 의사로서의 발돋음하는 시작으로 하고자 하는 각오를 갖게 된다.

히포크라테스 선서를 목청높여 외치던 그 순진하고 의욕에 넘치던 24세의 청년기를 다시 갖고 싶다. "주여 다시 한번 주시옵소서." 그러나 나의 또다른 참발견은 히포크라테스 선서에 의해 살고자 했던 의사생활은 실패도 있으며 한계도 있으며, 그로인해 남으로부터 우열을 가리는 비교도 있으며 나는 그 기준에서는 분명히 실패한 의사임에 틀림이 없으나, "하나님의 선언에" 따른 의사생활은 실수도 없고, 비교도 없는 포용심과 관용만이 있어 누구나 성공하고 후회없는 의사가 되는것임을 뒤늦게 깨닫고 이제 제2의 의사의 생활을 시작하고자 한다.

돌아가신 아버지께 약속하고 이루지 못했던 그것들을 이번에는 주님께 약속하고 이루려고 하는 마음뿐이다.

글을 마치며

"많은 사람들이 자기의 글을 쓸때는 그들의 성공한 일을 써서 남들로 하여금 감동을 받게 하며 가르치는 바가 되지만 나는 의사로서 비교적 어렵게 성공을 하지못한 것을 부끄러움 없이 노출시킴으로, 의사란 꼭 성공을 하여야만 하는 것이 아니고 봉사하는 것임을 나의 아들들에게 알려주고자 하는 마음으로 이 글을 썼을 뿐입니다.

1994년 12. 6
California, Villa Park에서

延 圭 昊 (內科專門醫)

저자소개

延圭昊(연규호)

내과전문의
大光高, 연세의대
세브란스 병원인턴
공군 군의관
Englewood (NJ)
Wrights- V.A Hospistal(Ohio)
U.C Invine (california)

美國 內科 전문의
신경과 수련(Fellow)
內科 開業

醫師 그리고 25年

1996년 11월 15일 인쇄
1996년 11월 20일 발행

지은이 : 연 규 호
발행인 : 정 찬 용
편집인 : 한 봉 수
발행처 : **국학자료원**

등록번호 제4247호
서울시 성동구 행당동 28-7 정우B/D 402호
전화 : 291-7948, 272-7949
FAX : 291- 1628

값 8,000원

☆ 저자와의 협의하에 인지를 생략함